路上のヒーローたち

the Garbage King

エリザベス・レアード 作
Elizabeth Laird

石谷尚子 訳
Hisako Ishitani

評論社

路上のヒーローたち

THE GARBAGE KING

by Elizabeth Laird

The original edition is published by
Macmillan Children's Books, London.

Japanese translation published by
arrangement with Macmillan Children's Books,
a division of Macmillan Publishers Ltd. through
The English Agency (Japan) Ltd.

エリザベス・レアードは一九六七年にはじめてエチオピアに旅行したが、当時は皇帝《こうてい》ハイレ・セラシエがまだ王位に就《つ》いていた時代で、戦争による暗澹《あんたん》たる日々や飢饉《ききん》は、まだはじまっていなかった。レアードは、首都アディスアベバに暮《く》らしていた二年間に、トラックやバスに乗り、馬にまたがり、時には歩いて、エチオピアをくまなく旅してまわった。大勢の友だちもできた。農夫やその家族、兵士、学生、教師、ストリート・チルドレン、そして王女たちとも、親しくなった。

その後の三十年間、エチオピアは長い内戦や壊滅的《かいめつてき》な飢饉など、悲惨《ひさん》な出来事の数々に苦しんだ。しかしやがて平和になると、レアードは再びエチオピアを訪問《ほうもん》した。三十年前に行った場所に、もう一度足を運び、むかしの友人を探《さが》した。国外に逃《のが》れた人もいれば、亡《な》くなった人もいたが、何人かとは再会できた。そのむかし、路上でレアードに物乞《ものご》いをしたストリート・チルドレン二人にも、会うことができた。二人は、生活をうまく立て直し、幸せに暮らしていた。レアードはこの二人から、悲しい物語にもハッピーエンドがあることを教えられた。

その後もレアードは、たびたびエチオピアを訪《おとず》れ、国じゅうを縦横無尽《じゅうおうむじん》に旅行してまわった。その結果、さらに友だちが増《ふ》えた。アディスアベバできびしい生活に耐《た》えているストリート・チルドレンの一団とも親しくなった。レアードは彼《かれ》らから、その暮らしぶりについて聞き、「居場所《いばしょ》」を見せてもらい、犬を紹介《しょうかい》され、そして彼らの望みや心配ごとを聞かせてもらった。

アディスアベバのストリート・チルドレンに

1

粗末《そまつ》な小屋の中は、薄明《うすあ》かり一つない真《ま》っ暗闇《くらやみ》だった。月さえ出ていれば、トタン屋根のすきまからちらちら入ってくる月明かりで、物を見分けることができる。

でも今晩《こんばん》は、その月も出ていない。マモはぶるっと体をふるわせると、ぼろぼろの毛布を頭の上まで引っぱり上げ、縮《ちぢ》こまりながら姉ちゃんのあったかい体にくっついた。背中《せなか》を向けていたティグストが寝返《ねがえ》りをうち、藁《わら》まるだしのマットをギシギシいわせながら、あお向けになった。姉ちゃん、眠《ねむ》っていないんだ、とマモは思った。目をぱっちり開けて、墨《すみ》のような暗闇をじっと見上げているんだろう。

「おれたち、これからどうするの？」マモが言った。

「どうしたものかしらねえ」

母ちゃんが死んで、今日で一週間になる。でもマモは、あまりしょげていなかった。母ちゃんは、マモが物心ついてからずっと、病気でなければ酔《よ》っぱらっていたし、急に怒《いか》り狂《くる》うとこわいから、なるたけ近寄《ちかよ》らないようにしていた。

マモが好きなのはティグストだった。何年も前、マモが赤《あか》ん坊《ぼう》のころ、ティグストは自分もまだ、しっかり歩けないほど小さいのに、マモを腰《こし》に乗せ、よたよたと連れ歩いてくれたものだ。

ティグストはいつもマモに気を配り、きちんと食べさせ、ころびそうになれば抱《だ》き起《お》こし、ぶたれそうになれば、相手がだれであれ金切り声を上げてくれた。

「姉ちゃん、どっかに行っちゃったりしないよね？」マモのおなかがきゅっと痛《いた》くなった。「おれを置いてきぼりになんか、しないよね？」

「どうしたものかしらねえ」ティグストがまた言った。

突然《とつぜん》、マモの目の前に暗い穴《あな》があいたような気がした。ティグストをゆさぶって、どこにも行かないと約束《やくそく》させたかった。でもティグストの声が、今まで聞いたこともないほど暗かったので、思いとどまった。体じゅうに鳥肌《とりはだ》が立った。

「来週は家賃《やちん》をはらわないとね」ティグストが言った。「五十ブル*。そんなお金、どうやって工《く》面《めん》したらいいんだろう」

五十ブル！　見たこともない大金だ。

「どうなるの、はらえなかったら？」とマモ。

「ばかねえ。追い出されるにきまってるじゃないの」

「そしたら、どこに行くの？」

「いいかげんにしてよ、マモ。あたしに、わかるわけないでしょ。自分で考えて」

ティグストのとげとげしい声に、マモはぎくりとして、いよいよ心配になった。あれこれ聞く気も失《う》せてしまった。

「あした、食料品屋のファリダーおばさんのところに行ってみる」しばらくしてティグストが言った。「先週、商品の配達をしてくれないかって、たのまれたの。働かせてくれるかもしれない。店で寝かせてもらえばいいし」

マモはゴクリと唾《つば》を飲みこみ、ぷいとティグストからはなれた。

「でも、あんたを置いてきぼりにはしないから」

自信のない声だ。マモの心配が怒りに変わった。寝返りをうち、ティグストに背を向けると、毛布を体に引き寄せ、拳《こぶし》をにぎりしめた。

「あたしに、どうしろっていうわけ？」ティグストも怒《おこ》った声だ。「酒場で働けとか？　ばっちりお化粧《けしょう》して、店の奥《おく》でお客といちゃいちゃしろとでも？　ほかに何ができるのよ？」

マモは、こんなことになるとは考えてもいなかった。これまで通り暮《く》らしていけるとばかり思っていた。ティグストが母ちゃんのかわりに、毎月、家賃のお金をかき集めてくれれば、あとは二人で、その日の食べ物をめっければいい、と。

「おれ、働くよ」マモがぼそっと言った。「靴《くつ》みがきの道具を手に入れる」

ティグストが、ばかねというように鼻で笑った。

「靴みがきの道具は、だれが買うの？　場所とりはどうするつもり？　そういう手はずを整えるために、靴みがきの子たちは、すさまじい競争してるのよ。あんたなんか、太刀《たち》打ちできるわけないじゃない」

マモは両方の耳に指をつっこんだ。こんな話、もうたくさんだ。ティグストが毛布を引っぱったので、マモはまたティグストの方を向き、二人いっしょに毛布にくるまった。身動きするたびに、体の下で藁のマットがギシギシ鳴る。

「うかうかしてると」ティグストがほとんど聞こえないくらいの声でつぶやいた。「二人ともホームレスになりそう」

やがて太陽がのぼると、夜の冷えこみがやわらぎ、あたたかくなってきた。アディスアベバのいたるところで朝食のしたくがはじまり、煮炊《にた》きの煙《けむり》がきらめく空に立ち上っている。マモは、小屋の入り口にはめこんだトタン板一枚の扉《とびら》を引っぱって開け、外のせまい路地に出た。朝の光がまぶしい。

マモは心細そうな顔で立ち、急ぎ足で仕事に向かう人たちを見つめた。学校に行く子どもたちが三々五々、おしゃべりしながら通り過ぎるのには、わざと目を向けなかった。みんな鮮《あざ》やかなブルーの制服を着て、使いこんだ教科書を小わきにかかえている。マモが学校に通ったのは二年間だけだ。八歳《さい》の時にやめたから、もうずいぶん前のことになる。あの時から授業料《じゅぎょうりょう》がはらえなくなったのだ。覚えかけていた文字も、もうとっくに忘《わす》れてしまった。

マモが目で追っているのは大人だった。あの中のだれでもいい、コットンのスーツを着た事務員風の人でもいいし、マーケットに急ぐ母ちゃんみたいな女の人でもいい、派手《はで》なセーターを着ている若《わか》い秘書《ひしょ》でも売り子でもいいから、だれか助けてくれないだろうか。これからどうしたらいいいか、教えてくれないだろうか。

ティグストが出ていって三十分ほどになる。ティグストは顔と手を洗《あら》い、髪《かみ》を整え、着古したスカートに点々とついている汚《よご》れをごしごしこすり落としてから、ファリダーおばさんに会いに行った。しゃちほこばって石ころだらけの路地を小走りに行くティグストを見て、マモは、姉ちゃん、緊張《きんちょう》してるんだ、と思った。

ふだんなら、マモは朝から町に行く。そこにたむろしている少年たちを知っているのだ。みんなで、通りかかる人を品定めしたり、使い古して欠けてしまったゲーム盤《ばん》で遊んだり、身なりのいい通行人に物乞《ものご》いのまねをしたり、時間を忘れてのらくら過ごす。ときどき道をそれて、C《シー》D《ディー》ショップに行くこともある。店の外壁《そとかべ》にもたれてすわり、開けっぱなしのドアから流れてくる音楽に聞き入り、メロディーに合わせて鼻歌を歌う。でも今日は心配で、どこにも行く気になれない。

急に、おなかがすいていることに気がついて、小屋に入った。たった一つしかない棚《たな》の上に、ティグストがビニール袋《ぶくろ》にくるんで置いていってくれたパンがあった。それをつかむと、部屋のすみに置いてある瓶《かめ》の水を飲んだ。それから、土間の真ん中に置いてある冷えきった火鉢《ひばち》の横の椅子《いす》で、食べはじめた。

入り口から部屋に差しこんでいた日の光が、何かにさえぎられた。目を上げると、男の人のシルエットが見えた。外の明るい光を背にしているので、顔を見分けることはできないが、知らない人だということはすぐにわかった。

「やあ」男は低い入り口をかがんでくぐり、家の中に入ってきた。「マモか?」大きなくったくのない声で、なんだか親しげだ。

マモは、こわごわうなずいた。

「父さんはどこだ？」

ようやく男の姿《すがた》がはっきり見えるようになった。緑と茶のストライプのシャツの上にジャケットを着て、ぴかぴかの革靴《かわぐつ》をはいている。手を上げた拍子《ひょうし》に、金属バンドの大きな腕時計《うでどけい》が手首をすべって袖《そで》の中に入った。

「おれの父ちゃん？」マモは、どぎまぎした。「父ちゃんは死んだ、たぶん。軍隊で。ずっと前に」

男が薄ら笑いを浮《う》かべた。その顔は細長く、頬《ほお》から顎《あご》にかけて傷《きず》あとがあり、そのせいで口が曲がっている。男は小屋の中をすばやくながめ回した。

「おじさん、だれ？」マモはそわそわしはじめた。

男の薄ら笑いが満面の笑顔になった。

「おまえのおじさんさ。覚えてないのか？　母さんの兄貴《あにき》のメルガだ。母さんから聞いてるだろう？」

「聞いてない。一度も聞いたことない」

メルガはのっしのっしと二歩で部屋を横切り、棚に視線《しせん》をはわせた。

「母さんはいったいどこに、しまいこんだんだ？」

「しまいこむって、何を？　母ちゃんの持ち物なんて、ないよ」

メルガはかがんで、マットをめくった。

「おれに向かって生意気なこと言うんじゃねえ」どすのきいた声になった。「ラジオは？　現金は？　金のネックレスは？　何かあるだろうが。持ち物がこれっきりなんて言わせねえぞ。マットが一枚《まい》。椅子が一脚《きゃく》。毛布が一枚。水瓶が一つ。鍋《なべ》とスプーンとコップが二つずつ」

「だからさ」マモは言いながら、戸口の方へあとずさりした。「母ちゃん、なんにも持ってなかったんだ。なんにも」

「いったいだれが返してくれるんだい、そんじゃあ？」メルガはそっくり返って、マモをにらみつけた。

「返すって？　何を？」

「おれが貸してやった金だ」

「いつ借りた分？」

「先月。母さんがやってきて、百ブル貸してくれって」

メルガが目をそらした。

あっ、うそついてる、この人、とマモは思いながら、もう一歩、戸口の方にあとずさった。するとメルガの手がさっとのび、マモの手首をつかんだ。メルガはまた、にこっと笑った。どすのきいた声は影《かげ》をひそめ、やさしい声にもどった。いかにも親切そうな声だ。

「なあ」メルガが言った。「金のことはもういい。おまえはまだ子どもだ。おまえに返済《へんさい》をたのもうとは思わん。金のことで来たわけじゃないんだ、どっちみち。おまえの力になりたくてね。おまえのおじさんなんだから。めんどうを見てやりたいのさ。これからどうするつもりなんだ？

母さんが死んじまったんだろ？」

マモはほっとして大きく息を吐《は》き、肩《かた》の力をぬいた。疑《うたが》ったりして悪かった。この人は家族みたいなものだ。親戚《しんせき》だもん。信用していいんだ。

「わかんない。でも、靴みがきの道具を買おうかな」

メルガは声をたてて笑い、首をふった。

「靴みがきか？　やめとけ――おまえなら、もっとましなことができる。おれが仕事をめっけてやる。まともな仕事を。人並《ひとな》みの食事と親切な人たち。どうだい、そういうの？」

けさ目が覚めてからずっと、重く沈《しず》んでいたマモの心が、みるみる軽くなった。これって、奇《き》跡《せき》かも！　こういうことが起きないかなって、すがりつく思いで道行く人を見ていた時から、ほんの三十分しかたってないのに、その夢《ゆめ》が家の入り口からころがりこんできたなんて。

「ほんと？　ほんとにめっけてくれるの？　仕事ができるの？　どこで？　何すればいいの？」

「まあ待て。ついておいで。今すぐ連れてってやる」

マモは、神さまのお使いのようなこの見知らぬ男が、心変わりするのではないかと気をもみながら、大急ぎで水瓶の後ろから靴を取り出した。靴は、もうきつくなっているので、ふだんはほとんどはかないが、はじめて会う雇《やと》い主《ぬし》には、感じよく見えないと。

マモは靴をはき、ひもを結んで立ち上がった。

メルガはマモをしげしげと見た。

「いくつなんだい？　十歳かな？　それとも十一？」

「わかんない。十三歳、たぶん」

「ちとチビじゃないか、その年にしちゃあ？」

マモはあわてて背すじをのばした。

「おれ、力持ちだよ」マモが心配そうに言った。「重い物だって運べるし」

「そうかい。じゃ、行くぞ」メルガはもう一度、家の中を見回して、首をふった。「あばら屋もいいとこだな」

メルガについて外に出ながら、マモはうれしくて、わくわくした。蝶番《ちょうつがい》がスムーズに動かない扉を引っぱって閉《し》め、南京錠《なんきんじょう》をかけた。メルガはもう、せまい路地を先に立って歩きはじめている。ちょうどその時、となりの小さな家からハンナーおばさんが出てきた。

「なんとかなってるの、マモ？」ハンナーおばさんはやさしく言いながら、ずり落ちそうになっている背中の赤ん坊を、背負いなおした。

「だいじょうぶ。おじさんが来てくれたから」マモは得意そうに言った。「仕事めっけてくれるって。これから見に行くんだ」

「おじさん？」ハンナーおばさんは、びっくりした顔でメルガを見た。「それはよかった。うまくいくといいね。結果を聞かせてよ、今夜。夕ごはんは、あんたたちにも分けてあげるからね、よかったら」

「マモ！」メルガが前の方をずんずん歩きながら、きびしい声で呼《よ》んだ。

「ティグストが先に帰ってきたら、言っといて！」マモは大声で言いながら、メルガを追って路地を走っていった。

「だれなんだ、あれは?」マモが追いつくと、メルガが言った。

「となりのハンナーおばさん。すごくやさしいんだ。今夜も――」

「それでティグストってのは?」

マモは目を丸くした。

「姉ちゃんだよ。知らないの?」

「そうだった、そうだった。忘れてた」メルガが、しめたという顔をした。「姉ちゃんはいくつになる?」

「おれより年上。十六かな」

「今どこにいる?」

「朝から仕事めっけに行ってる。食料品のお店。ファリダーおばさんがね――」

「もういい。ぺちゃくちゃしゃべるな」

マモはどんどん心が晴れて、靴がきつくて痛いのに、石ころだらけの道をスキップしながら進んだ。聞きたいことは山ほどあるが、がまんした。

バラ色の夢が次から次に浮かんだ。ケーキ屋さんで働くのかもしれないぞ。派手にペンキを塗《ぬ》りたてた店。蝶ネクタイをしめて、あまい香《かお》りのケーキや湯気《ゆげ》のたったコーヒーをお客さんに運ぶんだ。ケーキ屋さんのにおい、たまんないよね。それとも家具屋かな。店の前の歩道に並《なら》べてあるようなベッドや椅子の作り方を覚えようっと。ちょっと待った、もう少し現実的にならなくちゃ。市場で荷を運ぶポーターだよ。おじさんはチビとか文句《もんく》を言ったけど、力はあるんだぞ。

ほどなく、マモがいつも歩きまわっている見慣れた通りや路地を過ぎてしまった。心配が胸《むね》をかすめた。帰り道、わかるかな？　目印になるものを覚えておこうと、周囲を注意深く見ながら歩いた。大きなビル、ショーウィンドウのカラフルな広告、フェンスを越《こ》えて蔓《つる》をのばしている鮮やかな花。

「そこって、遠いの？」がまんしきれなくなって、メルガを見上げ、おそるおそる聞いた。

ちょうどバスが黒い煙を出しながらガタガタと通り、メルガには聞こえなかったらしい。メルガは答えるかわりにマモの腕をひっつかみ、引きずるようにして通りをわたった。気がついた時には、ガヤガヤと人であふれかえったバスの停留所《ていりゅうじょ》にいた。

そうか、ここの事務所で切符《きっぷ》を売るんだな。またわくわくしてきた。それとも、ここを通って、むこうの車庫に行くのかな。バスにガソリンを入れる仕事かもしれない。

マモはメルガにくっついて、人で埋《う》まった停留所の中を進んだ。乗客の長い列と大きな荷物をかきわけ、ピーナッツ売りやダフ屋にぶつからないように身をかわしながら歩いた。

それから起きたことは、あれよあれよという間のできごとで、マモにはどうすることもできなかった。気がつくと、オレンジ色と金色のツートンカラーの大型バスの前に押《お》し出《だ》されていた。エンジンの音でほかの音がみんなかき消されたと思ったら、メルガに襟《えり》をがっちりつかまれ、そのままバスのステップにつるし上げられ、混《こ》み合《あ》った通路を一番後ろの、二つ空《あ》いている席まで押しこまれた。

メルガは、窓《まど》ぎわの席にマモを乱暴《らんぼう》にすわらせると、となりに腰をおろした。マモはおどろいてメルガの顔を見た。これは、いったいどういうことだ。さっぱりわからない。みぞおちのあたりが恐怖《きょうふ》で凍《こお》りついた。

「どこに行くの？」マモが聞いた。「これって、アディスの市内バスじゃないよね。長距離《ちょうきょり》バスじゃないか。どこに連れてく気？　おろしてよ。ティグストのとこに帰らなくちゃなんないから」

メルガはいっそう力をこめてマモをつかんだ。押さえつけて、座席《ざせき》から立ち上がれないようにしている。そして耳に顔を寄せてきた。その時はじめて、マモは男がひどく酒くさいのに気がついた。かすかにタバコのにおいもする。

「さわぐ気か？」メルガが声をひそめて言った。「そんなことしたら、手足をしばりつけるぞ。家出《いえで》小僧《こぞう》だって言えばいいんだから。さわがないのが身のためだ。仕事がしたいんだろ。その仕事をめっけに行くんだ。ありがたく思え、このろくでなしの乞食小僧《こじきこぞう》め」

小さく振動《しんどう》していたエンジンが、急に大きくうなりだした。車掌《しゃしょう》がドアをバタンと閉め、バスは動き出した。すばやく方向を変えてバス停を出ると、アディスアベバから郊外《こうがい》に向かう幹線《かんせん》道路《どうろ》に入り、マモが慣れ親しんできたすべての場所とすべての人から遠ざかっていった。

同じアディスアベバの一角に、花ざかりの並木で彩《いろど》られた堂々たる大通りがある。坂を下り大《だい》統領宮殿《とうりょうきゅうでん》の前を通ってまっすぐのびている通りだ。その通りをちょっとそれたところに大きなホテルがある。そのホテルのプールのへりに、一人の男の子が腰かけていた。足でポシャポシャ水をかき回している。

まわりでは大勢の子どもたちが水しぶきを上げながら、にぎやかに遊んでいる。同じ学校の、しなやかな体つきの凛々《りり》しい少年が、後ろの方からプールサイドを走ってくるなり大きくジャンプして、褐色《かっしょく》の長い足をはさみのように動かしながら水に飛びこんだ。大きなしぶきが上がった。水が、へりに腰かけている男の子と近くで顔だけ出して泳いでいる子どもたちに、もろにふりかかった。飛びこんだ少年は水面に浮かび上がると、顔をぶるぶるっとふって、目に入った水をはらった。

「ダニ！　ダニ！」少年は小ばかにした顔で、男の子に次々と言葉を浴びせかけた。「ふとっちょ！　泳げないんでやんの！」

ダニは、まるまるした肩をすぼめてうつむき、プールをじっと見おろした。太陽の光で水がきらめき、まるで火花のように目を射《い》る。ダニは視線をそらした。すぐそばに、あさいプールがある。妹のメゼレットが得意そうな顔で水の中を歩いている。ピンク色の水着。両腕にはめた浮き袋が、大きなパフスリーブに見える。髪は細かい三《み》つ編《あ》みにして頭にはわせ、オレンジ色の玉の髪飾《かみかざ》りをいくつも結びつけている。

「見て、ママ！」すぐそばの、ストライプのビーチパラソルの下の寝椅子に、じっと寝そべっている女の人に、メゼレットが大きな声で言った。「あたし、ワニになっちゃった！」

ダニはそっとふり返ってママを見た。ママは上げた手を、大儀《たいぎ》そうにメゼレットにふってみせた。それから、その手を、肩をすっぽり包んでいるショールの下に、そそくさともどした。この暑さの中で寒がっているのは、プールサイドにいる大勢の人の中で、ママだけだろう。

メイドのゼニは、ママのわきで、背の立った椅子に腰かけていたが、あわてて立ち上がり、子ども用のプールのへりに行った。

「お母さまのじゃまをなさっちゃ、いけません」ゼニがメゼレットに言った。「お母さまは休んでいらっしゃるんですから」それからゼニは、ダニの方を見た。

「そんなところで一日じゅう、じっとしているつもりですか?」ゼニが大きな声で言った。「プールにお入りになればいいのに」

ダニは、はずかしくて顔が赤くなるのがわかった。やだな、と思いながらも、プールのへりぎりぎりのところまでお尻《しり》をずらし、エイッとばかり水の中にすべりおりた。たちまちおぼれ、足をがむしゃらにばたつかせた。でもよかった、すぐに足がプールの底に当たり、立つことができた。なんだ、たいして深くないんだ。水は肩にも届《とど》かない。ダニは両腕で水をかいて、泳いでいるふりをした。そろそろと歩きながら。

プールの反対の端《はし》までたどり着くと、またプールサイドに上がった。そしてさっきと同じように、へりにすわって足を水につけた。これで、メゼレットとゼニから遠い方のプールサイドに移《うつ》ることができた。こっちなら、子どももあまりいない。

ヨーロッパ人の女の人が数人、日なたで寝そべって、オイルを塗りたくったピンク色の肌《はだ》を焼いている。藁のような色をした髪は、かたくてごわごわしているように見える。そのむこうの木《こ》陰《かげ》に、エチオピア人のおばさんが二人すわり、頭を寄せて話しこんでいる。

ダニは空想の世界にさまよい出た。プールから聞こえてくる音という音が消えていく。水しぶきの音も、子どもたちのはしゃぎ声も、たまに鳴る携帯電話《けいたいでんわ》の呼び出し音や、プールの囲いの外でくつろいでいる大人たちの笑いどよめく声も、その中をぬって歩くウェイターたちのささやき声も、みんな聞こえなくなった。

ダニは燃えさかる建物の前に立っていた。窓から炎《ほのお》がめらめらと噴《ふ》き出《だ》し、煙が空に渦《うず》を巻《ま》いて上っていく。パパがさけんでいる。「中にいるぞ！　メゼレットもママも！　二人とも焼け死んじまう！」

ダニは建物の中に飛びこんだ。熱や煙と戦いながら、決死の覚悟《かくご》で突《つ》き進《すす》んでいく。ママと妹のメゼレットが、すみの方で縮こまっているのが見えた。

「ぼくについてきて。もうだいじょうぶだよ」

ダニはメゼレットを抱き上げ、ママの手を引いた。息もたえだえに建物の外まで逃《に》げおおせると、パパがかけ寄ってきた。

「ダニ！　おまえのおかげで、二人とも助かった！」パパがおいおい泣《な》いている。ダニは気が遠くなり、パパの足もとにくずおれながら、パパのささやき声を聞いた。「すまなかった。おまえを見そこなっていたよ。こんな勇敢《ゆうかん》な人間は、はじめて見た」

ママの名前が聞こえて、ダニははっと我《われ》にかえった。

「ルースがね」だれかが言っている。

ダニはあたりを見回した。エチオピア人のおばさん二人が、むこうのプールサイドの寝椅子でショールにくるまっているママの方を見ている。ちょうど、ほとんどの人がプールサイドに上がったところで、はしゃぎ声が静まった。すると突然、二人のおばさんの会話がはっきり聞こえてきた。

「そう、あの人。あれがルース」一人が言った。「かわいそうにね。見てよ。ここからでも病気が重いのわかるでしょ」

「なんの病気？　癌《がん》？」もう一人が言った。

「ちがう、心臓《しんぞう》だって。手術をしなければいけないの。ヨーロッパかアメリカに行くんじゃないかしら」

「じゃあ、一財産《ひとざいさん》つぎこまなくちゃね」

「あら、お金ならたっぷりあるのよ。パウロスがやり手だから。でも、わたし、あんな人と結婚《けっこん》しなくてよかった」

「わたしも。こわくて、ふるえあがっちゃう。特にあの目！　あの人に会うといつも、裁判官《さいばんかん》の前にいるような気になるのよね。ルースも気の毒に、しゃんとせい、仮病《けびょう》は使うな、なんて思われてるんじゃないかしら」

「あら、それはどうかな。わたしの従姉《いとこ》がルースの親友なの。パウロスはあれでも不器用ながら、ルースのことはとても大事にしているそうよ。治療《ちりょう》のために、外国に送り出すんですって。でも、その道中、体がもつかどうか心配してたわ」

「そんなに悪いの？　気の毒にね」

「そう、心配よね。ウェイター！　ちょっと！　クラブサンドとペプシ二人分、まだ？　注文して、もう三十分以上たってるんだけど」

プールはまた子どもたちであふれ返り、それっきり、おばさんたちの声は聞き取れなくなった。聞きたいとも思わない。あんなイカレポンチに、ママのことがわかるもんか。うわさ話をしてるだけじゃないか。おばさんてのは、うわさ話をはじめたら何を言い出すかわかったもんじゃない。

ダニはママの寝椅子の方を見やった。ゼニがかがんで、サンドイッチのお皿を差し出している。声は聞こえないが、ママに食べるようにすすめているのがわかる。

その時、人影がダニの目に入った。パパが守衛《しゅえい》の前を通って、プールサイドに入ろうとしていた。金のモールで縁取《ふちど》りした制服姿の守衛が、将軍《しょうぐん》さまを出むかえる兵隊のように直立不動で立っている。パパはすぐに気づいて、ママの方に歩いていった。力のみなぎる、しっかりした足取りだ。上背のある体を真っ白なテニスウェアで包み、重そうなスポーツバッグを下げている。バッグからはラケットの柄《え》が飛び出している。

ダニはそそくさと水に入り、これ見よがしに腕を動かして泳いでいるふりをした。目の端で盗《ぬす》み見《み》ると、もうパパはママの寝椅子の横に立ち、じっとママを見おろしている。

ダニは二人がいる方のプールサイドに着いた。ここなら、二人の話が聞ける。

「だいじょうぶか？」

「ええ、もちろん」

「頭痛《ずつう》はどうした？」

「いくらかよくなったわ」

「朝は、何か食べたのか？」

「もちろん。サンドイッチをたいらげたわ。それに、一人でプールまで歩いてこられたのよ」

ママはいっしょうけんめいパパを安心させようとしている。でもほんとうは、ホテルの従業《じゅうぎょう》員《いん》に両わきから支えてもらって、ようやく階段《かいだん》をおり、ホテルの庭を歩いてきたのだ。

「それはよかった。やったじゃないか。ところでダニはどこにいる？」

「プールに入ってるわ。ずっと泳ぎっぱなし。くたくたよ、きっと」

ダニは心の中で「ありがとう、ママ」とさけんだ。ママはいつもかばってくれる。ダニはわざとそっぽを向き、もっとうまく泳いでいるふりをした。パパがやれやれよかった、という顔で見ているはずだ。

「あれで泳いでいるつもりなのかね？」パパの軽蔑《けいべつ》しきった声が聞こえて、ダニはたじろいだ。

「箸《はし》にも棒《ぼう》にもかからんやつだ。金の無駄《むだ》とは思うが、家庭教師を雇うことにするか。ダニ！」パパが声を張り上げた。「上がってこい。帰る時間だ。ゼニ、メゼレットを連れてきてくれ。こんなところで、一日だらだら過ごすわけにはいかん」

ダニは、もがきながらプールの端の手すりにたどりつき、水から上がった。パパの目をちらっと見上げ、すぐまたうつむいた。こわがったり憤慨《ふんがい》しているのに気づかれたら、ますますひどいことになる。ゼニの椅子の下に置いてあったタオルと服を拾い上げ、更衣室《こういしつ》に向かった。エチオピアの田舎《いなか》の農家を思わせる、小ぎれいな更衣室だ。

パパなんて、大っきらい。大の大の大っきらい。ダニは、いけないことだと思いつつ、小声でののしりながら、T《ティー》シャツと半ズボンを身につけた。

更衣室を出て、空を見上げた。扇型《おうぎがた》の雲が風に飛ばされ、広くて真っ青な空を横切っていく。突風《とっぷう》が吹き、プールの入り口近くの生《い》け垣《がき》の、真っ赤なハイビスカスがいっせいになびいた。雨になりそうな空模様《そらもよう》だ。

＊ブル……エチオピアの通貨。一ブルは十一〜十二円くらい。一ブル＝百セント。

2

マモとメルガを乗せたバスが走り出して二時間ばかりたった時、雨になった。いきなり猛《たけ》り狂《くる》ったようにふり出したので、バスはもう少しで、くねった細い道をはずれ、はるかかなたまで続く青々とした大麦の畑に飛び出すところだった。

バスの後ろ、メルガのとなりの席に押《お》しこめられているマモの横の窓《まど》にも、雨粒《あまつぶ》がたたきつけてくる。マモはそれを、ぼんやり見つめていた。この激《はげ》しい雨も、今日、マモの身に起きた一部始終も、とてもほんとうのこととは思えない。信じられないようなことが起きてしまった。夢《ゆめ》だとしても、最悪の夢だ。

バスがアディスアベバの郊外《こうがい》の人と自動車でごったがえす道を、警笛《けいてき》を鳴らしながらぬうように進んでいるうちは、マモもなんとかしてメルガの横をすりぬけてドアのところまで行こうと、じたばたしていた。どなったり、泣《な》いたり、わめいたりして、誘拐《ゆうかい》されたんだと、まわりの乗客に助けを求めた。ところがメルガはそれを笑いとばし、周囲の人たちに、こいつは家出少年でしてね、父親のところに連れもどすところなんですよ、さぞかし鞭《むち》でたたかれるんでしょうな、などと言った。

バスに乗っている全員が、メルガの方を信じているのはまちがいない。メルガの膝《ひざ》をうまく乗《の》り越《こ》えられたとしても、大勢の乗客につかまって、とてもドアまで行きつけそうにない。

マモはとうとう、あきらめた。窓の外を見つめていると、とんでもないことになってしまった、もうおしまいだという気持ちにかられた。バスは見慣れた、入り組んだ町並《まちな》みをはなれ、急な坂道をのろのろ上っていく。やがて四方が開けた広い台地に出た。マモはこんな田舎《いなか》まで来たことは、これまで一度もない。そう思っただけで、縮《ちぢ》みあがった。

マモは、メルガの黒い影《かげ》が戸口に現れた瞬間《しゅんかん》から今までのことを、一つ一つ思い出してみた。はたしてメルガは、おじさんなんだろうか？　母ちゃんからは、兄弟がいるなんて話、一度も聞いてない。親戚《しんせき》のことだって口にしたことはない。メルガが母ちゃんの兄さんだとしても、なぜ父ちゃんのことを聞いたんだろう。父ちゃんは、おれが生まれてすぐ、いなくなってしまったことを、知らないんだろうか。それになぜ、ティグストのことを知らなかったのだろう。でも、もしメルガが母ちゃんの兄さんじゃないとしたら、母ちゃんが死んだことをどうして知ってるんだろう。マモって名前を知ってたのは、どうして？　何しに家に来たの？　ただの泥棒《どろぼう》で、盗《ぬす》むものを探《さが》しに来たんだとしたら、二人分のバス代まではらって、アディスアベバからこんな遠くまで来るのはなぜ？　でも心配することなんて、ないのかもしれない。そのうち、なーんだってわかるよ、きっと。

「ここはどこ？」マモはもう何回も聞いていた。「どこに行くの？　どのくらい遠いの？」

「そんな芝居《しばい》はやめろ！」メルガは大きな声で言いながら、通路をはさんでマモの反対側の席にすわっている男の人を横目で見た。「行き先はわかってんだろうが。親父《おやじ》さんの家だろ、この悪ガキめ」

マモはふるえあがった。やっぱり思った通りだ。メルガがほんとうに、おれを助けようとしてるなら、こんなふうにののしるわけがない。

雨がやんでずいぶんたって、ようやくバスが止まった。何時間くらい乗っていたのか、見当もつかない。何年も乗っていたような気がする。マモはメルガにくっついてバスをおりた。

二人が立っているのは、どうやら小さい町の真ん中の、ほこりっぽいが見晴らしのいい一角だった。土くれの道にそって、一階しかない店が軒《のき》を並《なら》べているが、それも短い区間だけで、その先はすぐ田園地帯が広がっている。

マモの心臓《しんぞう》がドキドキしはじめた。今こそ逃《に》げるチャンスかもしれない。あたりをきょろきょろ見回し、何か助けになるものはないかと探した。

トラックが二台、道のむこう側に止まっている。バスが来た方角に頭を向けて。メルガのすきをついて逃げ出せば、トラックの荷台のシートの下にもぐりこんで、こっそりアディスアベバまでもどれるかもしれない。それとも、町の中のどこかに隠《かく》れて——どこだっていい——次のバスに乗って帰るという手もある。その時は座席《ざせき》の下にもぐりこまなければ。運転手に見つかったら、タダ乗りがばれて引きずりおろされてしまう。

こんなちっぽけな町でおりる人はあまりいなかった。何人か急いでおりた人も、近くの店にかけこんでお茶を飲んだり、トイレに行ったりするだけだ。バスが警笛を鳴らし、早くもどれとせかしている。もしかしたら、とマモは思った。トイレに行きたいふりをすればいいかも。店に入ったらすぐ、裏《うら》に走り出て、塀《へい》を乗り越えて逃げればいい。

「トイレに行きたくなっちゃった」とメルガに言って、店の入り口に向かおうとした。するとメルガの手がさっとのび、腕《うで》をむずとつかまれた。

「がまんできるだろう」メルガが言った。「おまえの心は読めとるわい。何か文句《もんく》でもあるのかい？　仕事がしたいんだろう？　それをめっけてやろうってんで、こんなに手間ひまかけてるんじゃないか」

最後の乗客があわててもどってきて、バスに乗りこんだ。車掌《しゃしょう》がドアを閉《し》めた。使い古されたエンジンがゴホン、ゴホンとうなり、バスはゼイゼイあえぎながら行ってしまった。それを見送るマモは、心細くて全身が凍《こお》りつきそうだった。バスだけが、マモとアディスアベバをつなぐ糸、ティグストのいる家とつながっている糸だった。バスのガタガタいう音がするかぎり、まだだいじょうぶ、と自分に言い聞かせていた。それが今では、こわいほど静まり返った世界にいる。町のざわめきに慣れきったマモが、はじめて経験する静けさだった。

メルガはマモの腕をつかんだまま立ち、いらいらした顔で、あっちやこっちを見ている。だれかを待っているらしい。

やがて一声、やーれやれと言うと、メルガはマモを引きずるようにしながら、急ぎ足で歩きはじめた。むこうから中年の男がやってくる。服装《ふくそう》から見て農夫らしい。肩《かた》を白いシャーマ*でくるみ、太い杖《つえ》を持ち、ぼろぼろのズボンの下から、はだしの足が見えている。

男と出会ったところで、メルガは立ち止まった。

「やあ」

「会えてよござんした」

「元気か？」

「へえ、このとおり」

「調子はどうだ？」

「うまくいっとります、おかげさんで」

「それはけっこう」

二人は、通りいっぺんのあいさつをそそくさとすませた。男の言葉は、田舎なまりの、とつとつとしたアム**ハラ語だった。同じアムハラ語でも、マモが使っている都会のまくしたてるような言葉とはずいぶんちがう。

「これがその子で？」農夫がマモをじろじろ見た。「こんなチビですかい？」

メルガが笑った。

「力はある。よーく見てくれ。十四歳《さい》と一か月だぞ」メルガは農夫に見せようと、まだつかんだままのマモの腕を上げてみせた。

「ふーむ」農夫は眉《まゆ》をひそめてマモを見おろしたが、意地の悪い目ではなかった。「これまで、どんな仕事をしたんかい？」

「そりゃ、いろんな仕事を経験してる」マモが答える前に、メルガが口を出した。「使いっ走り、荷物の運搬《うんぱん》、家畜市場《かちくいちば》の手伝い」

「ちがうよ、おれ――」マモが本当のことを言おうとすると、メルガが、爪《つめ》が食いこむほどきつく腕をしめつけてきたので、マモは言葉をにごした。

「よっしゃ」農夫がうなずいた。「決めやしょう」

農夫はふくらんだシャーマの下に手を入れ、シャツのポケットを探《さぐ》った。それから薄《うす》い札束《さつたば》を取り出し、一枚《まい》ずつ数えながらメルガの手に置いた。

そのとたん、マモにすべてが飲みこめた。メルガがおれを売っている！　売りとばされるんだ！　アディスアベバとティグストから無理やり引きはなされたのは、ここにいる人さらいの金もうけのためだったんだ！

ショックのあまり棒立《ぼうだ》ちになった。

メルガは手の平のお金を、まさかという顔で見つめた。

「なんだ、こりゃ？　約束《やくそく》は百五十ブルだぞ！」

「百三十でなんとか」農夫が言った。

「百五十！」メルガは小ばかにしたように、札束を相手の顔の前でパラパラとふった。「それにバス代。往《い》きは二人分、帰りはおれの分」

農夫は肩をすくめた。

「持ち合わせはこれだけで。これでなんとか。だめなら、こいつを連れ帰ってくだせい」

マモの小さな期待に火がともり、心がぽっと明るくなった。

「約束は約束だ」メルガの顔がけわしくなった。「こっちの苦労《くろう》も考えてみろ、わざわざ行ってだな、はるばるやってきて……」

「わかりやした」農夫は、にやりとした。「どうしても足りんなら、家まで取りにきてくんせい。あっしの家まで。しゃれた靴《くつ》じゃあ、いささか遠い道のりだが」

メルガがたじろいた。農夫は、もっとあからさまに、にやりとした。してやったり、というように。

「なら、行こうじゃないか」メルガが声を荒《あら》らげた。「何をぐずぐずしてる？」

「今晩《こんばん》のうちにアディスにもどるバスなんて、ありゃしませんぞ、あっしの家に来てもらったんじゃあ」農夫が、まずいなという顔で言った。

「おれを泊《と》めるしかないな」メルガが言った。「おまえさんの家に行って金を受け取り、朝のバスでアディスに帰る」

マモの期待はまたたく間にしぼんだ。もう逃げ出すのは無理だろう。この人が、親方になるんだ、おれのご主人さまに。この人のために働く毎日が始まる。農家の手伝いをするわけだ。人里はなれたところで。

ずっとゆるむことのなかったメルガの手がマモの腕をはなれ、今度は襟《えり》をつかんだ。まるで鎖《くさり》につながれているようだ。この鎖をふり切って逃げるなんて、とうていできそうもない。

町から遠くはなれた荒野《こうや》について、これまでに聞いた恐《おそ》ろしい話が、次々に頭に浮《う》かんだ。夜になると、ハイエナやジャッカルが歩きまわる。大人も子どもも、夜明けから日没《にちぼつ》まで働きづめ。それでも雨がふらなければ、一網打尽《いちもうだじん》、飢《う》え死《じ》にだ。

泣きそうになったが、必死でこらえた。弱音をはくのはまだ早い。機転をきかせてチャンスをねらえば、まだ逃げ出せるかもしれない。

三人は足早に歩いて、小さい町を出た。なだらかにうねる田舎の風景が四方に広がっている。あんまり広々していて、こわいほどだ。空も、アディスアベバの家で見ていた時よりずっと大きくて高く見える。たどっている道はでこぼこで、大きな石があちこちにころがっている。とつぜん、メルガが石につまずき、マモの襟をつかんでいた手が、一瞬ゆるんだ。

今だ、とマモは思った。逃げろ！　走れ！　しかし足をふみ出す前に、農夫がマモの足と足の間めがけて杖を突《つ》き出《だ》したからたまらない。マモはもんどりうってばったり倒《たお》れ、地べたで両手をすりむいた。

「ほれ、ちゃんとつかまえて」農夫がメルガにぶつくさ言った。

農夫はまたシャーマの下に手をつっこむと、こんどは長いロープを取り出した。そしてあっという間に、ロープの端《はし》をマモの首にゆわえつけた。

「また逃げようたって」冗談《じょうだん》のつもりらしいが、農夫はにこりともしない。「自分で自分の首をしめちまわあ」

それからの二時間は、果てしなく長かった。くたくたに疲《つか》れ、おなかがすき、喉《のど》がかわき、その上、小さい靴のせいで足が痛《いた》くてたまらなくなった。あんまりみじめで喉がつまり、心は鉛《なまり》のように重く沈《しず》んだ。首にロープが当たるたびに、はずかしくて顔が赤くなる。これじゃあ、奴隷《どれい》とおんなじだ。動物だ。物みたい。

売られちまった。この言葉が頭からはなれない。頭の中で渦《うず》を巻《ま》いている。まるでロバかヤギみたいに。あいつが、おれを売った。売りに出して、それからほんとに売った。小麦粉《こむぎこ》の袋《ふくろ》みたいに。

暗くなりかけたころ、ようやく農夫は、それまで一時間ほど歩いてきたでこぼこ道から別の道に曲がった。マモもよろめきながら、農夫にくっついて曲がった。野原の中をぬうように進むせまい道だ。両わきはサボテンの茂《しげ》みでおおわれ、視界《しかい》がきかない。

その道がU《ユー》ターンするようにくねったとたん、小さく囲われた敷地《しきち》の入り口にぶつかった。くずれかけた土壁《つちかべ》に貧弱《ひんじゃく》な藁《わら》ぶき屋根を乗せただけの古いぼろ家が二軒《けん》、トゲだらけのウチワサボテンに囲まれて、くっついて建っている。三頭か四頭の牛と五、六匹《ぴき》の羊とヤギが、くるりと首をまわして、たどり着いた一行を見た。小さい男の子もいる。やせこけた脚《あし》、丸い大きなおなか。おへそまでしかないシャツを着ているだけで、はだか同然のその子は、見知らぬ人を見て、おびえた声を上げ、大きい方の小屋に逃げこんだ。

おばさんが、ギャザーたっぷりのスカートで手をふきながら出てきた。

「この子ってわけ？」おばさんが農夫に言った。「名前は？」

「マモだ」メルガが答えながら、前に進み出た。メルガと農夫は、おたがいの恨《うら》みつらみを胸《むね》におさめたらしい。ここにたどり着く前の三十分ほどは、けっこう仲よく話していた。

おばさんはメルガに、ごくふつうのあいさつをしたが、あまり心はこもっていなかった。おばさんはメルガを見ても、あまりおどろいたそぶりは見せなかったが、「だから言ったじゃないの」

と言いたげな目で夫を見た。

「まあ、お入んなさい」おばさんが先に立って小屋に入った。

農夫がさりげなく、馬の手綱《たづな》でも解《と》くように、マモの首からロープをはずした。マモは、これでやっと水と食べ物くらいはもらえるだろうと、ほっとしながら、みんなについて家に入った。


アフリカの太陽は突然沈む。日がとっぷり暮《く》れたころ、ティグストは家に向かって小道を急いでいた。いいニュースを早く知らせたくてうずうずしていた。でも、マモがどう思うか心配だ。

ティグストは錠《じょう》をはずし、家に入った。マモはいなかったが、別におどろかなかった。どうせ、近所の子とそこらで遊んでいるのだろう。大通り沿《ぞ》いの、CD《シーディー》やカセットテープを売っている店のあたりを、うろついているのかもしれない。マモはよく、その店の外壁にもたれてすわり、まにあわせのラウドスピーカーから一日じゅう大きな音で流れてくる音楽を聞いている。

ティグストはランプをともし、今にもこわれそうなテーブルの上に置くと、持って帰ったビニール袋から、ファリダーおばさんがくれたパンを取り出した。あしたにはもうかたくて売れないパンだから、それをくれるのは、おばさんにとって痛くもかゆくもないが、いくつか卵《たまご》も持たせてくれたのは、おばさんの好意だ。パンと卵があれば、二人の夕食にはじゅうぶんだ。

卵を料理しようと火を起こしながら、マモが帰ってくるのではないかと耳をそばだてた。やがて小屋の外で足音がした。

「マモ！」ティグストが大きな声で呼《よ》んだ。「お帰り。話すことがいっぱいあるの」

答えたのはハンナーおばさんだった。

「帰ってたのね」と言いながら、ハンナーおばさんが入ってきた。赤ちゃんを腰《こし》にじょうずに乗せている。「あんたとマモに、夕食を分けてあげようかと思って。たっぷり二人分、残ってるの」

ティグストは火のそばにしゃがんで、薪《まき》をくべているところだったが、手を止めて立ち上がり、ハンナーおばさんの肩を抱《だ》いた。

「いつもよくしてもらってるのに」ティグストが言った。「なんにもお返しできなくて」

ハンナーおばさんがティグストの肩をやさしくたたいた。

「母親を亡《な》くすってのはどんなことか、わかるもの、たとえどんな母……」ハンナーおばさんが口ごもった。「とにかく、あんたはけなげな子だわ。もっと助けてあげられればいいんだけど」

ティグストはおばさんから体をはなし、おばさんに笑顔を向けた。

「もう、だれにもお世話にならなくていいことになったの」ティグストが言った。「何もかも、うまくいきそうよ。今日、食料品屋のファリダーおばさんに会ってきたの。おばさんが雇《やと》ってくれるって！　あたしね、おばさんのお店で働くことになったの。使い走りをしたり、家の手伝いをしたり。やり方を教えてもらって店番もさせてくれるの。あした、新しい服もくれるって。靴も。それから、物置きで寝《ね》てもかまわないって」

赤ちゃんが、ぐずりはじめた。ハンナーおばさんは自分の指を赤ちゃんにしゃぶらせ、笑顔でティグストを見た。

「よかったわねえ！　実はね、あんたたちのこと、心配してたの。いったいどうやって暮らしていくんだろうってね。あんたたちのおじさんが、マモにもいい仕事を見つけてくれるといいわね」

「おじさん？」ティグストが怪訝《けげん》な顔をした。「おじさんて？」

「けさ、訪《たず》ねてきたの。マモにいい仕事があるんだって。マモ、どんな仕事か見てくるって、おじさんについていってたわ」

「おかしいなあ」ティグストが考えながら言った。「おじさんなんて、いないけど。少なくとも知らないわ。父さんの親兄弟は、一人も知らない。父さんは北の出身てことだけ。母さんの方は、兄弟二人とも戦争で死んだって言ってた」

「じゃあきっと、従兄《いとこ》か友だちよ」ハンナーおばさんがのんきに言った。「マモが帰ってくりゃ、何もかもわかるわ、帰ってきさえすりゃ。男の子って、そんなもの。ぷいと出てったら最後、わざわざ家族に元気だよなんて言ってこないものね」

「そうね」ティグストは明るい表情になった。「ちょっと安心したわ、正直なところ。ファリダーおばさんがね、マモの住むところが決まるまで、あたしといっしょに店に泊まってもいいって言ってくれたけど、ちょっと迷惑《めいわく》そうだったの。でも、信じられない！　二人そろって、それも一日で、仕事が見つかるなんて！　マモの仕事もいい仕事だといいな。あたしはあした、お店に引っ越すつもり。もしマモが、それまでに帰ってこなかったら、おばさん、マモにあたしの居《い》所《どころ》を伝えてくれる？」

「じゃあ、ここは明けわたすつもり？」ハンナーおばさんは、すすけた壁やでこぼこの土間を見回した。

「ええ、もちろん」ティグストは、なんだかうれしそうだ。「どうせ、こんなみじめな家ですもの。なつかしくもないし。おばさんのことは別よ、もちろん。でも、おばさんには会いにこられるもの、余裕《よゆう》ができたら。すてきだわ、ファリダーおばさんのところで働けるなんて！　とってもかわいい赤ちゃんがいるの。そりゃ、この赤ちゃんほど、かわいくないけど。ファリダーおばさんがいそがしい時は、その赤ちゃんの世話もするの。ハンナーおばさん、ほんとに夕ごはん、ごちそうになりに行っていい？　もっとくわしく話したいの――お店のことも、服のことも、寝る場所のことも」


農家には明かりが一切なかった。土間の真ん中で薪が赤々と燃えているだけだ。男の子が部屋のすみにうずくまり、部屋の壁にそってぐるりと盛《も》り土《つち》したところには、女の子が腰かけていた。女の子はマモより少し年下らしい。男の子は学校の制服を着ている。二人ともふり返って、マモをしげしげ見たが、にこりともしない。

おばさんがメルガに小さい椅子《いす》を持ってきて、火のそばに置いた。マモに話しかける人はだれもいない。マモはもじもじしながら、どうしていいかわからず、戸口のそばに突っ立っていた。

農夫がマモに顎《あご》で合図した。

「牛を中に入れろ」農夫が言った。

「どうやって？」マモは、まごまごしながら小声で言った。

「教えてやれ」農夫が男の子に言った。

男の子は農夫が持っていた杖を拾い上げ、マモを押しのけて先にたった。マモは男の子について外に出た。男の子は小さい方の小屋の入り口の掛《か》け金《がね》をはずした。それから牛たちの後ろにまわり、杖で尻《しり》を追い立てた。

「ほら！　入れ！」うんざりしたような声で、男の子が言った。

牛たちが目の前を通ったので、マモは飛びのいた。角《つの》が長くて恐ろしい。男の子がばかにしたような顔でマモを見た。

「牛がこわいとか？」

マモはわざと知らんぷりした。

羊とヤギは、追い立てなくても牛にくっついて小屋に入った。小屋の中にはロバが一頭いた。立ったままうなだれて、眠《ねむ》っているように見える。男の子はそれっきり一言も言わず、入り口に掛け金をかけて家にもどった。マモも男の子にくっついてもどった。

メルガと農夫とおじいさんが、大皿のまわりにすわり、ホットケーキを薄くしたようなインジェラを取り分け、そこにスパイスのきいたシチューをかけているところだった。マモはおなかがすいて倒れそうになりながら、大人たちの仲間に入ろうとした。

「おまえ、どうしようっての？」おばさんが、眉《まゆ》をひそめて言った。「おまえはあと。あたしと子どもたちが食べてから」

「お願いです」マモが言った。「水をもらえませんか？　喉がからからで」

「水瓶《みずがめ》は、あっちのすみ」おばさんは、水瓶の方を顎でしゃくってみせた。

マモは水瓶のところに行って、牛の角でできたコップで水を飲むと、暗がりの壁にもたれて腰をおろし、膝をかかえてうなだれた。なんてみじめなんだろう。さびしくてたまらない。涙《なみだ》が、汚《よご》れた顔を二本の黒い線になって流れ落ちた。すすり上げると目を光らせている子どもたちに泣いているのがばれるので、顔を左右に動かし、膝でハナと涙をふいた。

悲しみにひたっているうちに、ふつふつと怒《いか》りがわいてきた。胸がかっと熱くなり、みるみる頭に血がのぼった。だましやがって。まんまとひっかかって誘拐されちまった。でも悲運に負けるもんか。今になんとしても、ここから逃げ出してみせる。そうしてメルガをめっけ出して、復《ふく》讐《しゅう》してやる。

三人の男たちがやっと食べ終えた。皿の上にはもうほとんど食べ物が残っていない。マモはがっかりした。おばさんは、その皿を子どもたちのところに持っていき、いっしょに残りものをきれいにたいらげた。それから丸い部屋のむこう端の、ついたての裏《うら》に行き、焼いたトウモロコシを四本持って出てきた。

「あいよ」おばさんは子どもたちに一本ずつ、マモにも一本わたし、残りの一本は自分が取った。マモは、けさパンを食べたのを最後に、何も食べていない。トウモロコシにかぶりついてがつがつ食べた。これだけでは、とても足りない。おかわりが出てくるのを待ったが、それっきりだった。子どもたちもがっかりしたようだったが、おどおどと父親を見て、不平は言わなかった。みんな眠そうだった。それぞれ、壁ぎわの盛り土のところに行き、高くなったところに牛の皮を敷いて、その上に横になった。マモも横になった。

「よっしゃ」農夫がマモを見おろしながら言った。「今晩はここで寝てよし。でもあしたからは、家畜小屋で寝て、家畜の番をしろ」

一瞬、たき火に照らされた農夫のやせた黒い顔に、やさしい笑みがこぼれたように見えた。

「そんなにしょげかえるなって。町のもんに、ここの暮らしはつらいわな。でもすぐ慣れる。いい子で、いっしょうけんめい働けば、わしもいい親方になるってわけだ。理由がなければ、なぐったりせんから」

マモはごろりと横になり、だまって顔を壁に向けた。

＊シャーマ……コートや毛布のかわりに使う厚い木綿《もめん》のショール。色は白で、男性も女性も着用する。
＊＊アムハラ語……エチオピアの国語。公用語。
＊＊＊インジェラ……エチオピア人が食事のたびにパンのかわりに食べる薄く焼いたホットケーキのようなもの。

3

学校で一番むかつくのは、とダニは思った。なんたって、しょっちゅうせかされることだ。どうしてなのか、さっぱりわからないけれど、みんな、いつもいらいらしてる。

「ダニエル！　また辞書《じしょ》を忘《わす》れたのか？」マルコス先生は、高い鼻の上に濃《こ》い眉《まゆ》を寄《よ》せながら、しょっちゅう言う。「教科書を家に置きっぱなしで、いったいどうやって英語の勉強をする気なのか？」

友だちからも、同じような、いらだたしげな言葉を投げかけられる。

「まさか本気じゃないよね。あいつは誘《さそ》うなよ」サッカーをしようという時に、こんなひそひそ話が交《か》わされることもある。「あいつにボールを蹴《け》らせてみろ、あいつの足、おどろいてずっこけちゃうから」

イブラヒムじいさんはタクシーの運転手だ。毎朝ダニをむかえにきて学校に送り、午後は校門で拾って家まで連れ帰ってくれる。そのイブラヒムじいさんまで、ダニにあれこれ注文をつけるようになってきた。南部なまりの強い、おかしなアムハラ語だが、言っていることは、はっきりわかる。

「せいぜいがんばらなくちゃいけませんぜ」というのが、じいさんの口ぐせだ。「せっかくのチャンスを無駄《むだ》にするなんて、まったくもってもったいない。あっしに金があって子どもらを学校にやれたら、尻《しり》をたたいて勉強させて、クラスでいつも一番にしてやりますぜ」

なぜだろう、ダニはタクシーの窓《まど》から外を、ぼんやり見つめながら考えた。なぜみんな、ぼくが思っているのと反対のことばかり、させたがるんだろう。みんなが喜ぶように、みんなの言うとおりにしようとしても、いつのまにか、それでもまだだめってことになって、やっぱり失敗してしまう。

今日もそうだった。理科の時間、ほんとにいっしょうけんめい勉強しようと努力していた。先生は白い肌《はだ》の若《わか》いアメリカ人で、いつもにこにこしている。それなのにぼくを見るたびに、その笑顔が消える。

「きみ、今の説明、わかった？　ここに流れてるのはマイナス電子、つまり陰極《いんきょく》。そこのところ、ちゃんとわかってる？」

ダニはうなずいたが、ほんとうは、何もわかっていなかった。英語で困《こま》るのは、とくに外国人が話すと、早口でツルツルッと言うこと。わかったと思っても、そういう意味じゃないのかもと心配になって、そうすると頭が真っ白になり、結局あやふやなまま授業《じゅぎょう》が進んでいく。かんたんな文章まで自信がなくなってしまう。

「さて」先生は授業を続けた。「電子が流れると、電流が生まれる。するとどうなる？　さあ、答えてごらん、ダニエル。やさしいだろ」

ほかの生徒たちは、待ちきれずにそわそわしながら、さっと手を上げて我《われ》さきに答えようとしている。ダニの脳《のう》みそは、さっぱり働いてくれない。答えはわかるはず、もう少しでわかりそう。わかった。これでいいんだ。ところが、わかったことがわかったとたん、正しいのかどうか自信がなくなってしまった。

「考えてごらん、ダニエル。ほら、考えて」先生がくり返している。

考えてるんだよ。でもわかんない。頭に霧《きり》がかかってるんだ、綿雲《わたぐも》みたいにふわふわした霧が。

先生はあきらめて、ほかの生徒を当て、マコンネン——プールでダニの頭の上をジャンプしていった頭のいい子——が答えた。それっきり、授業が終わるまでの長い時間、だれ一人ダニに目を向ける人はいなかった。まるで教室にダニなんていないように。まるごと、消えてしまったみたいに。

こんなふうに無視《むし》された時は、逃《に》げ出《だ》すにかぎる。立ち上がって教室から出ていくわけにはいかないが、頭の中なら、どこへでも行ける。心おきなく空想の世界で遊ぶことができる。出番を待っている、わくわくするようなおもしろいお話をここぞとばかり引っぱり出して、物語の世界にとっぷりつかる。

秘密《ひみつ》のビデオをかけて、心の目で見るようなものだ。好きな役を演《えん》じることもできる。望みどおりの人にもなれる。ハンサムで、強くて、勇敢《ゆうかん》で、頭がいい人気者。せかされることもない。

今日の午後も、なかなか楽しいお話の世界に入りこむことができた。のっけから銀行強盗《ぎんこうごうとう》が出てきた、映画《えいが》みたいに。ダニがパパといっしょにナショナル銀行にいると、銃《じゅう》を持った一団が押《お》し入ってきた。みんな凍《こお》りついた。強盗は「伏《ふ》せろ！　動くな！」とさけんでいる。そんな中、ダニだけは冷静だ。ちゃんと非常ベルに気づく。ダニは体をくねらせながら、じりじりと非常ベルに近づく。パパが拝《おが》むような姿勢《しせい》で、必死に、危険《きけん》なまねはよせとささやいている。もう少しで非常ベルにたどりつく。その時……。

「あそこにいる子どもらを、ごらんなせえ」イブラヒムじいさんが言った。「あの靴《くつ》みがきの少年たちを。ダニぼっちゃんの境遇《きょうぐう》を、どんなにうらやましく思っとることか」

大きなため息がダニの口からもれた。空想してると、いつもこうなんだから。最後まで続いたためしがない。だれかが横やりを入れてきて、せっかくの場面が、煙《けむり》のように消えてしまう。そうなったら、もうもとへはもどれない。

タクシーはダニの家の前で止まり、イブラヒムが警笛《けいてき》を鳴らすと、片目《かため》のネグシーが門を細く開け、しわだらけの顔をつき出した。タクシーだとわかり、門を大きく押し開けた。イブラヒムじいさんがタクシーを敷地《しきち》の中まで乗り入れて止め、ダニはドアを開けておりた。

「ほれ」イブラヒムじいさんが呼《よ》んだ時には、ダニはもう大理石の階段《かいだん》に足をかけ、鉄の飾《かざ》り格子《ごうし》がはまったガラスの玄関扉《げんかんとびら》に向かっていた。「教科書を半分、置《お》き忘《わす》れとるって！」

イブラヒムじいさんがタクシーをバックさせて門を出ながら、しようのない子だといわんばかりに笑うのが聞こえてきた。ネグシーまで、喉《のど》をゼーゼー言わせながらいっしょになって笑っている。

マモは挽《ひ》き臼《うす》がまわる音で目を覚《さ》ました。真《ま》っ暗闇《くらやみ》の中で横たわったまま、その音を聞いていた。

母ちゃんだ、ぼんやりした頭で思った。こんな朝早くから、何してるんだろう。

やがて、はっきり目が覚め、何もかも思い出した。母ちゃんじゃないんだ、トウモロコシを挽いてインジェラを焼いてるのは。母ちゃんは死んじゃって、おれはこんな遠いところまで来ちまって、名前も知らない人たちの家にいるんだった。その人たちの言いなりになりながら。

起き上がると胃《い》がむかむかして、耳の中で血がドック、ドックと鳴った。

挽き臼の音がやんだ。小屋の中を赤い光がちらちら動く。おばさんが前の晩《ばん》の燃えさしの薪《まき》に、長い筒《つつ》で息を吹《ふ》きこみ、枯《か》れ葉《は》を一つかみ入れて、火を起こそうとしている。

メルガと農夫は、部屋の反対側の壁《かべ》に沿《そ》った盛《も》り土《つち》の上で寝《ね》ていたが、もぞもぞ動き、のびをしてから起き上がった。二人とも体をゆすって、くるまっていた古びて灰色《はいいろ》になったシャーマをぬいだ。子どもたちはまだ寝ている。

農夫が、革《かわ》の蝶番《ちょうつがい》をきしませながら戸を開けると、冷たい風が吹きこんできて、マモは大きく身ぶるいした。開け放された戸のむこうを見ると、遠くに黒々とした地平線と、その上の空が白みはじめているのが見えた。もうすぐ夜が明ける。

ひとりぼっちなんだと思うと、マモは恐《おそ》ろしくて気力が萎《な》えるのがわかった。ここには、助けてくれる人は一人もいない。

「こら、おまえ」農夫がマモの方を向き、戸口を顎《あご》でしゃくった。「牛を外に出せ」

マモは起き上がり、よろめきながら外に出た。農夫は敷地のすみの方に無造作に積み上げてある干《ほ》し草《くさ》を指さした。

「あれを牛にやれ。山をくずすんじゃないぞ、わかったな」

マモが干し草に向かって歩き出すと、背中《せなか》にガツンと一発食らわされて、もう少しでころびそうになった。

「行けと言われたら、走れ」農夫は杖《つえ》をふりおろしながら、がなった。

農夫はくるりと背を向け、家に入ってしまった。マモは家畜小屋《かちくごや》の扉の取っ手をまさぐった。夜明けとともに空がみるみる白み、もうじゅうぶん明るいのだが、涙《なみだ》のせいで、よく見えない。

それでもなんとか戸を開けると、牛たちが低くした頭を左右にふりながら、ぞろぞろ外に出てきた。牛たちは干し草の山までマモについてきた。干し草を少しつかんで地面にまいてやる。牛は、においを嗅《か》ぎながら、むしゃむしゃ食べていく。近づくたびに飛びのくマモのことなど、気にもかけずに。

メルガが小屋から出てきた。あくびやのびをしてから、道に出て行った。しーんと静まり返る中、メルガが咳《せき》こんだり唸《うな》ったりしながら、ウチワサボテンの生《い》け垣《がき》に向かってオシッコしているのが聞こえた。

メルガはもどりしなに、あたりを見回し、マモと目が合った。ぎごちなく笑いながら、悪いなというような表情を、ちらっと見せた。

「だいじょうぶ、やっていけるさ」メルガが言った。「きびしいが、悪い夫婦じゃない。仕事はすぐ覚えられる。アディスでぶらぶらしてるより、いいじゃないか。いずれは、おれに感謝《かんしゃ》するさ。今に、わかる」

憎《にく》しみがマモの胸《むね》にふつふつと広がった。

「母ちゃんは、あんたの妹じゃない」マモは言った。「あんたは、おじさんなんかじゃない」

メルガは顔をくしゃくしゃにして笑ったが、すぐに意地の悪い目つきになった。

「おまえの母ちゃんとはな、兄貴《あにき》どころか、もっと縁《えん》の深い人間よ。おれだけじゃない、アディスに住む男の半分以上は深い縁で結ばれてるんだ」

憎しみが、マモの頭に怒濤《どとう》のようにかけのぼった。メルガに飛びかかりたかった。なぐりつけ、蹴とばし、たたきのめしてやりたかった。でもメルガはマモのただならぬ目を見て、小屋に退散《たいさん》してしまった。取り残されたマモは、牛たちのかたわらで干し草の束《たば》をにぎりしめたまま、途方《とほう》にくれて立ちつくした。

太陽が地平線からのぼると、小屋の中から男の子と女の子が出てきた。よちよち歩きの子も、くっついてくる。女の子がマモのところに来て、うつむいたまま、少しばかりのインジェラとコップに入った水をわたした。マモは水を一気に飲み干し、あっという間にインジェラをたいらげた。

男の子があきれた顔で見つめている。

「キリスト教徒の食べ方じゃないね。お祈《いの》りもしないで。とにかく、それが朝ごはんと昼ごはんだから」

女の子が羊とヤギを呼び、メーメー鳴きたてるのを引き連れて、囲いの外に出ていった。女の子に連れられて、石ころだらけの道を走り、草を食べにいく羊とヤギの足音が、マモのところまで聞こえてきた。

農夫とメルガが出てきて裏庭《うらにわ》を横切り、門の方に歩いていった。マモには目を向けなかった。そそくさと通りいっぺんのあいさつをし、農夫の方も、ややぞんざいにあいさつを返し、メルガはそのまま道に出て見えなくなった。

憎くてたまらないのに、マモはメルガに追いすがりたかった。拝んでも、たのみこんでも、脅《おど》してでも、なんでもいいから、家に連れ帰ってほしい。でも、ぐっとこらえた。そんなことをしても、うまくいくとは思えない。かえって、もっとひどいことになるだろう。

「テスフェイ」農夫が呼ぶのを聞いて、ようやく男の子の名前がわかった。「あいつに仕事を教えてやれ。牛を川まで連れていくんだ、いっしょに」

「学校におくれちゃうよ、父ちゃん」テスフェイが言った。「おくれると、たたかれる」

農夫が手をふり上げた。

「口答えする気か？」

「ううん、父ちゃん。わかったよ、父ちゃん」そう言うと、テスフェイは肩《かた》をいからせて、父親にくるりと背を向けた。

テスフェイは、いったん中にかけこみ、すぐに教科書を小わきにかかえ出てきた。手には杖を持っている。その杖で牛の尻《しり》を軽くたたき、牛を集めにかかった。牛たちは一頭、また一頭と、ゆっくり庭を出ていく。そのあとを、二人の少年が追った。

「おまえの父ちゃん、どんな人？」テスフェイが藪《やぶ》から棒《ぼう》に聞いてきた。「なぜ、おまえを追い出したの？」

「父ちゃんは死んだ」マモが言った。

「父ちゃんて、どこの人？」

「北の方。兵隊だった」

「北って、どこさ？」

「わかんない。おれが小さい時に死んじゃったから」

「母ちゃんはどこにいるの？」

「死んだ」

「あのおじさんが言ってたぜ、おまえの母ちゃんて――」

「あいつ、おれのことなんか、なんにも知らない」マモがかっとなって、さえぎった。「なーんにも知らないくせに」二人はだまりこくって歩いた。

「おまえだって、なんにも知らないよな」テスフェイが言った。「父ちゃんのことも、母ちゃんのことも知らない。牛のことも知らない。自分がどこにいるかも知らないんだろ？」

「なにぃ？　おまえみたいな田舎《いなか》っぺより、おれの方がずっと物知りだい」

「学校には、どのくらい行った？」

マモは言葉につまった。

「二年ぐらい、でも……」

「二年生も終わってないの？　じゃあ、字も読めないね」

「読める」マモはうそをついた。

「十二かける七は？」

マモの顔がかっと赤くなった。拳《こぶし》をにぎりしめる。

テスフェイがケタケタ笑った。

「仕返ししたり、生意気言ったら、父ちゃんに鞭《むち》でたたかれるんだぞ」

「そっちこそ、今日は学校でたたかれるんだろ、遅刻《ちこく》して」マモがすかさずやり返した。

テスフェイは唇をかみ、顔をしかめた。

二人は押しだまったまま、細い道のはずれまで歩いた。牛たちに指図する必要はなかった。勝手に左に曲がり、ふみかためられた小道を川の方におりていく。中の一頭が立ち止まり、首をのばして土手の青い草を食べようとした。テスフェイがさけび、牛の尻をピシャリとたたいて歩かせた。

「あの草は毒」テスフェイが言った。「気をつけな、町のおぼっちゃん。牛に食べさせたら、死ぬから。そいで、おまえも父ちゃんにぶっ殺される。ほんとだぜ。ほんとに殺される。いちころだから」

二人は川べりのスロープに出た。すでに二十頭か三十頭の牛がいて、ゆっくり草を食べていた。先っぽを食われた草がびっしり生えていて、緑の絨毯《じゅうたん》に見える。牛飼《うしか》いの少年が二人、長い杖に寄りかかって話をしながら、マモとテスフェイが近づいてくるのを、いぶかしげに見ている。

「あいつらのとこに行け」テスフェイが言った。「草を食べさせる場所、教えてくれる。夜になったら、牛たちをまとめて連れて帰れよ、命が惜《お》しければ」

テスフェイがひょいと投げた杖をマモが空中で受け取ると、テスフェイはくるりと背を向け走り出した。はだしの足が、山道に赤い土けむりを舞《ま》い上《あ》げていく。

牛飼いの少年二人は、じっと立ったままマモを見つめていた。マモも見つめ返した。二人ともマモより小さいようだ。一人は九歳《さい》か十歳くらい、もう一人は六歳か七歳だろうか。二人とも、うす汚《よご》れて灰色になった白いシャーマをマントのようにはおっている。やせ細った足に、膝小僧《ひざこぞう》がばかに目立つ。マモの牛の群《む》れが、少年たちの牛のあいだをぬいながら川べりにたどり着くのを、まじめな顔で見ている。

「おまえ、あそこの子?」とうとう年上の少年が、農夫の家の方を顎で示しながら聞いてきた。

「そうみたい」マモがしぶしぶ答えた。「あそこの仕事をさせられるらしい。アディスから来た。農作業も、牛も、てんでわかんない」

二人の少年が、びっくりして、顔を見合わせた。

「アディスアベバから?」大きい子が言った。

「テレビとか、見たことあるの?」と小さい子。

二人とも人なつこくて、聞きたがりやのようだ。

「もちろん」とマモ。「しょっちゅう」

急に母ちゃんが働いていた酒場のにおいを思い出した。タバコの煙とビールと消毒剤《しょうどくざい》のにおい。マモはたまにその酒場で、母ちゃんに追っぱらわれるまでの間、五分間のテレビ番組をまるまる見ることがあった。

「自動車に乗ったことは？」背が高い方が聞いた。

「ない。でもバスなら乗ったよ。ビュンビュン飛ばすから、外の景色なんか霞《かす》んじゃう」

熱心に質問されるのがうれしくて、少し大げさに言った。

「テスフェイの父ちゃん、こわいよ」年上の子が言った。「牛をよく見張ってな。けがなんかさせちゃだめ。テスフェイもやたらと、たたかれてるから」

「うちの父ちゃんもこわいよね」小さい方が言った。

もう一人が口をとがらせた。

「父ちゃんが？　エチオピアじゅうで一番やさしいよ。おまえ、チビのくせに、子牛を二頭ももらっただろ」

「うん。ほら、ぼくの子牛、見えた？」得意そうだ。「あそこの陰《かげ》、あれが、ぼくの。しっぽをパタパタふってる白いのも。かっこいいでしょ」

少年たちはふり向き、目をこらして牛の群れを見た。大きい子が突然飛び出して、腕《うで》をふりまわした。川まで一気に走りおり、群れからはなれて上流の深みを目指している黒い牛を杖でたたいた。

「きみの牛だよ」小さい子が言った。「近くに行って見張ってなくちゃ。いたずらばっかするんだ、あの牛。泥《どろ》の深いとこがあるから。おぼれて動けなくなっちゃう」

「めんどう見きれないよ。どうするのか知らないんだもん」

マモは、町の子の誇《ほこ》りをかなぐり捨《す》てて、正直に言った。

小さい子はにこっとしてマモを見上げた。

「ぼくが教えたげる。父ちゃんが、ぼくのこと、とてもいい牛飼いだって。大人になったら父ちゃんみたいな農夫になって、いっぱい牛を飼うんだ。すごいお金持ちになるよ、きっと」

こうして午前中がゆっくり過ぎ、マモはいくらか元気になった。二人の少年、ハイル（大きい子）とヨハンネス（小さい子）は、やさしかった。町の暮らしぶりを、マモに矢継《やつ》ぎ早《ばや》に聞いてくる。サッカーの試合、見に行ったことあるの？　飛行機に乗ったことは？　アディスアベバって、泥棒だらけなの？

「人さらいもいる、そいつらが最低」マモは苦々しい思いで答えた。

アディスのことを教えてもらったお返しに、少年たちはマモの牛を見張ったり、何をどうすればいいのか見せてくれた。牛のそれぞれのくせも教えてくれた――すぐ迷子《まいご》になる子、いつも一番あとからついてくる子。危《あぶ》ない場所――牛がすべってころんで脚《あし》の骨《ほね》を折りそうなところや、毒草が生えているところ、牛の皮を傷《きず》つけるウチワサボテンの茂《しげ》みも。

草原のまわりにぐるりと生えているサボテンに実がたわわについているのを見せながら、指にトゲをささずに中のあまい果肉を食べる方法も教えてくれた。

昼近くなると、太陽がぎらぎら照りつけてきた。三人は小さい丘《おか》の上の木の根もとに腰《こし》をおろした。牛たちは道のへりに生えている草を、おとなしく食べている。

「もういっぺん、テレビのこと話して」ヨハンネスが言った。「テレビって、どんなもの?」

マモはあくびをこらえた。

この子たちはいいやつだ。でも毎日毎日、いつまでも、こんなふうに過ごすんだよな。こんなところにずっといたら、頭がおかしくなっちゃう。

「おい、見ろ!」ハイルがはじかれたように立ち上がった。「おまえんちの老いぼれ牛が、うちの畑に入ろうとしてる!」

マモはあわててハイルのあとを追った。牛の頭のそばで、ぎごちなく杖をふりまわしてみた。牛は生け垣に頭をつっこみ、青々とした作物畑に入りこもうともがいている。それをハイルがうまく生け垣から追い出し、巧《たく》みな杖さばきで道にもどしてくれた。

「うちの一番だいじな畑なんだ」ハイルが顔をこわばらせて言った。「あそこにはぜったい入れちゃだめだよ。今年は大豊作《だいほうさく》だって、父ちゃんも言ってるし。こっちの端《はし》は、おれが耕《たがや》したんだ。はじめてやってみたけど、むずかしいのなんの。力持ちじゃないととっても無理」

得意そうな声だった。

土地の子なんだな、とマモは思った。よっぽどこの土地が好きなんだ。それにひきかえ、こっちはただの使用人。

マモはふさぎこんだ。うんざりしながら四方を見回した。畑と小さな農家が、なだらかに起伏《きふく》する大地に広がり、はるかかなたの青い山のふもとまで続いている。ここは、おれにとっては、ただの砂漠《さばく》。でなければ監獄《かんごく》。おれには、なーんにも関係ないとこなんだから。

ハイルとヨハンネスは、マモが不きげんなのに気づき、質問攻《しつもんぜ》めにするのをやめた。二人だけで、むずかしそうな遊びをはじめた。いつもこの遊びをしているとみえ、じょうずにやっている。夕方まで、二人はほとんど話しかけてこなかった。

牛たちを家に連れて帰る時刻《じこく》になると、マモはさらに気が滅入《めい》った。あいつら二人とは、川のほとりの牛の水飲み場のところで別れることになる。その先は一人でなんとかするしかない。そして家にたどりついたら、今度はきびしくてこわい親方や意地悪な息子《むすこ》と顔を突《つ》き合《あ》わせなければならない。

「ぼく、きみのことテスフェイより好き」別れ道で、小さいヨハンネスが言った。「テスフェイって、いじめっ子なんだもん」

マモの心がちょっぴり明るくなった。

「おれも、きみたちのこと好きさ」

「気をつけてね、道を曲がった上り坂んとこ」ハイルが注意してくれた。「あの黒い老いぼれ牛、すぐ逃げ出すから」

「ありがとう」マモはうなずいた。

「じゃ、またあした」

「うん、あした」

この分だと、心配することはなさそうだ、とマモは思った。牛たちは最後の坂道を、のんびりと家に向かって歩いている。道をちゃんと知っているらしい。それでもハイルの忠告《ちゅうこく》を守り、曲がり角のところまでくると、黒い牛の頭をいつでもたたけるように杖を構《かま》えた。

庭の入り口に着いて目を上げると、親方が腕を組み、むっつりとマモの動きを見ていた。牛がぜんぶ庭に入るのを待ち、親方は一頭ずつ点検にかかった。頭からしっぽの先まで、何も言わずに見ていく。

「家畜小屋に入れろ」親方はそっけなく言うと、くるりと背を向けて家に入ってしまった。

ダニのパパ、*アト・パウロスは、夜もおそくなってから家に帰ってきた。門番のネグシーじいさんは、もうたっぷり一時間も、門の二重扉のそばの小さな門番小屋で、いつでも飛び出して門を開けられるように、耳をそばだてている。そして今ようやく、道から自動車の警笛が聞こえてきた。

ダニは居間《いま》のすみで、広げた本の上にかがみこんでいた。地理の教科書の雨と蒸発《じょうはつ》について書いてあるところを、さっきから何度も読んでいるのだが、どうしても気が乗らない。読むそばから頭をすっぽぬけていく。そのくせ、外のベランダでゼニがメゼレットに語り聞かせているお話の方は、ダニの頭の中で、一言一句、生き生きした絵になっていく。

そのゼニの声が、急に止まった。砂利《じゃり》をふみしめながら玄関の石段に向かうアト・パウロスの足音が聞こえたのだ。

「お帰りなさいませ、だんなさま」ゼニがおどおどしながら言っている。

「パパ！」メゼレットが大きな声で言った。かけよってパパの膝に抱《だ》きついているのが、ダニには見えるようだ。

メゼレットだけだ、この世でパパをこわがらないのは。ダニはメゼレットがうらやましかった。アト・パウロスが廊下《ろうか》を歩いてくる。ダニはまた本の上にかがみこんだ。パパが、レーザー光線のようなきびしい視線を、ダニの首筋《くびすじ》に向けているのがわかった。ダニはじっとすわり、パパが行ってしまいますようにと祈った。

まもなくパパが廊下を歩いていき、寝室《しんしつ》のドアを開ける音がした。ママは昼からずっと寝室で横になったきりだ。ママがぼそぼそ言っているが、内容までは聞き取れない。でもパパが答える声は大きくて、はっきりわかった。

「おそいのはわかっている。悪かったな。部品業者とまた一悶着《ひともんちゃく》あってね。だれも責任を取ろうとしないのさ。一つ仕上げるにも、わたしが自分の目で確認《かくにん》しなくちゃならんのだ、小さな部品にいたるまで。軍隊の方がよっぽどましだよ。軍隊なら一声、命令するだけで、若いのがノミのようにすっとんで動いてくれるからな」

ルースがまた何か言ったが、声が小さすぎてダニにはわからない。すぐまた、パパの声が聞こえた。「いや、三十分後に食事の用意をさせてくれ。先に着がえるから」続いて、やさしい声で「体の調子はどうだい？　昼寝はできたのか？」

パパがトイレに入った音。ママがパパに聞こえるように声を高くして答えた。

「いくらか。でもだいじょうぶ」そして咳こみながら、「あなた宛《あて》に手紙が来ているわ」

「ほう？　だれから？」

めた。

ダニの心臓《しんぞう》がひっくり返らんばかりにドキンと鳴り、それから苦しくなるほどドキドキしはじめた。

「また授業料を値上げしたいとでも言ってきたんだろう」

水を流す音に続いて、蛇口《じゃぐち》を閉《し》める音。そしてまたママの声。前よりも緊張《きんちょう》した声だ。

「お金の話じゃないわ。あまり怒《おこ》らないって約束《やくそく》して」

ダニの手が汗《あせ》ばんできた。にぎりしめた拳に額《ひたい》をうずめた。パパが寝室にもどる足音がして、長いこと沈黙《ちんもく》が続いた。

手紙を読んでるんだ、とダニは思った。

それから紙をくしゃくしゃにする音がした。手紙をひねりつぶし、投げ捨てたのがわかった。

「落第だって。向上の見込《みこ》みなし。試験の結果はまことに残念。授業中の発言があまりにも少ない。期末試験の結果も期待できない、だとさ。いったいどうしたらいいんだ、あいつを、え？なんだって？」

ママの声は聞こえない。ダニは椅子《いす》を引く音がしないように気をつけながら立ち上がり、しのび足で寝室のドアまで歩いた。

「だめだ」その声から、パパはママをおろおろさせないように、怒《いか》りをなんとかこらえているのがわかる。「事実から顔をそむけてはいかんよ。世の中、むかしとはちがうんだ。きみの弟があんなふうでも、きみのお父さんがたのみこんで政府の仕事につけてやれたが、とてもそんなふうにはいかない。できが悪くちゃ、どうしようもない。能力主義の時代なんだから。ダニが何かを身につけんことには、どうしてやることもできない。そこんところは、わかってもらわないと、ルース」

「わかってる、でも……」ルースが切り出した。

「むちゃを言うな」アト・パウロスがぴしゃりと言った。「わたしは、こういう地位を手に入れるまでに、どれだけ苦労したことか！」ダニは、パパが何を言い出すか、ほとんど一言一句わかった。「わたしには、甘《あま》やかしてくれる金持ちの両親なんていなかったからね。プールのまわりでごろごろしたこともない。十二歳になるまで、靴《くつ》の感触《かんしょく》も知らなかったんだぞ。かたくてまずい物を食べながら、自分の力で奨学金《しょうがくきん》をもらってやってきたんだ。士官学校には、頭の悪いやつは入れない、ぜったいに。最近はどれほど競争が激《はげ》しいか、知らないのか？」

「ダニにも、いいところはあるわ」ルースが言った。ダニの目に、ママがパパの腕に手をかけている姿《すがた》が浮《う》かぶ。ありがたくて、目頭《めがしら》が熱くなった。「作文はピカイチだって、メスフィン先生が太鼓判《たいこばん》を押してくださってるのよ、だから——」

「作文かい！　物語かい！」パパは、もうがまんの限界《げんかい》に近づいている。「この件《けん》は、わたしにまかせてくれ。今すぐ、あいつと話をつけてくる。いかんよ、ルース、起き上がっちゃあ。このことで、おまえを悩《なや》ませるわけにはいかない。ダニエルも、もうおまえの後ろに隠《かく》れてばかりはいられんのだ。現実を見つめなければ」

　ダニの頭に、一気に血がかけ上った。そして次の瞬間《しゅんかん》、気を失いそうになった。うろたえながら、一瞬、居間の壁に沿《そ》って一分の隙《すき》もなく並《なら》べられた肘掛《ひじか》け椅子《いす》の下に隠れようかと思った。でも、すぐに見つかって引きずり出され、はずかしい目にあうだけだと思い、やめておいた。

かわりに、そそくさとテーブルにもどってすわり、教科書を開き、そしらぬ顔でページに目を落とした。その時、パパが大股《おおまた》で部屋に入ってきて、ドアをカチリと閉めた。

ダニは仕方なくふり返り、パパを見た。

「校長先生が、おまえのことでどんな結論をくだしたか、知ってるか？」そう切り出したパパの声は、もうがまんならんとばかり、いきりたっている。

「知らないけど、パパ」ダニが消え入りそうな声で言った。

「勉強の意欲《いよく》なし。試験で落第。授業中の発言なし」一項目《いちこうもく》ごとに指をパチンと鳴らす。「わたしに言わせりゃ、まだある。のそのそしてる。スポーツへの熱意なし。怠《なま》け者《もの》。子どもっぽい。気がきかない。ママを悲しませる」

ダニは目を伏《ふ》せ、薄茶《うすちゃ》の絨毯《じゅうたん》の、濃《こ》い茶色の縁取《ふちど》りを見つめた。

「言いわけがあるなら言ってみろ」

アト・パウロスは部屋を横切り、ふるえている息子のそばに立って見おろした。ダニはうなだれないようにがんばった。

「言いわけなんて何もないよ、パパ。努力はした。ぼく……」

「わたしの言ってることがわからんのか？　これがどんなに重大なことか、わかってるのか？」

「わかってるよ、パパ」

「おまえのことだ、どうせ、ろくでもないことを考えてるんだろう。わたしは苦労を重ね、無からはい上がって、ようやくこういう、まともな暮《く》らしをつかんだんだ。それをいいことに、おまえはふんぞりかえって、一生、わたしの稼《かせ》ぎで暮らしていけると思ってるんだろう。そういうのを、甘《あま》ったれ小僧《こぞう》と言うんだ」

「まさか、パパ、ぼく、そんな――」

「わたしの最後通告だ、ダニエル」パパが、ひっぱたきたくてうずうずしているのがわかった。「期末試験には、すきを与《あた》えないように気をつけながら、できるだけじっとすわっていた。「期末試験には、みごと合格《ごうかく》してみせることだな、わかったか？　それができなければ……」ダニはゴクリと唾《つば》を飲みこみ、目を閉《と》じた。たたきのめしてやるなどと脅《おど》されるのだろう。「それができなければ」アト・パウロスが続けた。「むかし家で門番をしていたソマリ族のじいさん。あいつがいるジグジガに、おまえをあずける。おまえを一人前の男にできるのは、フェイサルしかいない。おまえの年頃《としごろ》にはもう、槍《やり》一本でライオンに立ち向かったやつだからな」

ダニは、はっと顔を上げ、パパをじっと見た。身の毛のよだつ話。パパがこんなことを言い出すとは、予想もしていなかった。フェイサルのことはよく覚えている。パパが軍隊をやめたあと何年か、家の裏の使用人小屋に住んで、屋敷内《やしきない》のあれこれを軍隊式の厳格《げんかく》なやり方で取り仕切っていた。ボールがそれて花壇《かだん》に入ったりしたら、それだけでガツンとやられたものだ。玄関前の石段に並べた植木鉢《うえきばち》をこわしたというだけで、フェイサルの口汚《くちぎたな》いののしり声が、大きな金属製の門をふるわせた。ママがフェイサルをやめさせてほしいと何度もたのんだので、パパもようやく重い腰をあげ、隠居後《いんきょご》のこぢんまりした家が買えるほどの金を持たせ、フェイサルを故郷《こきょう》のジグジガに帰したのだった。フェイサルのところにやるという宣告《せんこく》に比べたら、家で少しなぐられるくらいは、なんでもない。

「勉強して、試験にパスするよ、パパ。約束する」ダニが消え入りそうな声で言った。

アト・パウロスは、脅しがみごとに功《こう》を奏《そう》したのを見て、満足そうにうなずいた。

「もう一つ、ママにめそめそ泣《な》きつくんじゃないぞ、いいな？　おまえももう、ママからはなれて、男らしく物事に立ち向かう潮時《しおどき》だ。ママは病気なんだ。病気がどんなに重いか、おまえにはわからんだろうが。小さな心配も体にさわるんだぞ」

アト・パウロスはぷいと体の向きを変え、部屋を出ていった。

「パパ！」メゼレットのうれしそうな声がした。するとたちまち、パパは猫《ねこ》なで声《ごえ》になり、かがんで娘《むすめ》を抱《だ》き上《あ》げた。

「ほーれ、パパの大事なお嬢《じょう》ちゃん。パパが夕飯を食べる間、横にすわっててくれるかい」

＊アト……男性につける敬称《けいしょう》。

4

マモは、ここに来て何日たったのか、もうわからなくなっていた。毎日が同じように過ぎていく。次の日も、また次の日も。毎朝、牛たちが家畜小屋《かちくごや》の中を鼻息荒《あら》く歩きまわる音で目が覚《さ》める。マモは丸い家畜小屋の、入り口近くの地べたで寝《ね》かされているのだ。起きるとすぐに、女の子が運んでくる少しばかりの食べ物をむさぼるように食べ、動物たちを川まで連れていく。

もう牛たちもこわくなくなり、ハイルやヨハンネスにも負けないほどうまく、牛の番ができるようになった。ちがうのは、ハイルやヨハンネスは牛たちを愛していることだ。二人は牛にハラグロクン、ツノワレボウヤ、オテンバムスメなどのニックネームをつけている。そして、少し足を引きずっているとか、ひっかき傷《きず》がついたといっては、大さわぎする。マモも牛の番をするのは、それほどいやではなかった。牛たちがのんびりモーと鳴いたり、甘《あま》ったるい息をフーッとかけてきたりすると、のどかでいいなと思うこともある。でもその飼《か》い主《ぬし》である親方だけは、こわくて大きらいだった。

マモがすることなすこと、親方の気にさわった。毎日、帰りが早いといっては怒《おこ》られ、おそいといっては文句《もんく》を言われる。戸口の掛《か》け金《がね》のかけ方が悪い、干《ほ》し草《くさ》をすくう量が少なすぎる、多すぎる。土曜日には、親方が市場に持っていく穀物袋《こくもつぶくろ》をロバの背《せ》に積むのだが、ゆるくしばればずり落ちると言われ、きつくしばればロバの背中がすりむけると言われる。マモは親方がやってくるのを見るだけで、背中を杖《つえ》でどやしつけられるのではないかと、びくびくした。

テスフェイに、ひどくきらわれる理由もわからなかった。テスフェイは毎日、遠くの学校から息せききって帰ってくると、家の外壁《そとかべ》に寄《よ》りかかり、マモの夕方の日課になっている家畜小屋そうじを見張っていた。

「クソがクソにまみれてらぁ」というのがテスフェイの口ぐせだった。「近づくなって。髪《かみ》の毛《け》から、わきの下から、足の指の間まで、クソまみれでやんの」

テスフェイをだまらせることができるのは、親方だけだ。家の中から一声どなられただけで、テスフェイは体をこわばらせ、マモをもう一度ねめつけるや、素直にそそくさと家の中に入っていく。

一番困《こま》るのは、年がら年中おなかがすいていることだった。目を覚ました時から寝るまで、ずっと食べ物のことが頭をはなれない。

はじめの一週間か二週間、おばさんはマモに食べ物を分けなければならないのが、腹立《はらだ》たしくてしかたないようだった。マモには家族の食べ残しをほんの少しくれるだけ。たまに気が向いてサトウキビやトウモロコシをしゃぶらせてくれればいい方だった。

ある日のこと、両手を差し出しているのに、おばさんがのせてくれた食べ物があんまりちょっぴりだったので、マモは思わず涙《なみだ》ぐんだ。おばさんを見上げた拍子《ひょうし》に、冷たいものが頬《ほお》をころがり落ちた。

おばさんは一瞬《いっしゅん》、マモを見つめた。かすかに、かわいそうなことをしたという目になったのが見てとれた。おばさんは、自分用に取り分けていたわずかな食べ物を、少しだけマモに分けてくれた。

「来年、神さまが豊作《ほうさく》を恵《めぐ》んでくださったら、みんな、もっと食べられるようになるから」おばさんは小声で言い、かがんで、土間で泣《な》きさけんでいる幼《おさな》い子をあやした。

そういうことがあってからは、いくらかましになった。おばさんはマモがどうにか生きていけるくらいは食べられるように気をつけてくれた。とはいえ決して満足のいく食事ではなく、テスフェイほどには食べさせてもらえなかった。テスフェイは、学校まで八キロほどの道のりを走って往復《おうふく》しているので、夜になるといつも、ひどくおなかをすかせていた。わずかな残り物でもマモの口に入ってしまうと、ねたんで、いやな顔をした。

牛飼《うしか》いのハイルとヨハンネスは、母さんが作ってくれた少しばかりの弁当を持ってきていたが、それでも、しょっちゅう空腹《くうふく》に悩《なや》まされていた。サボテンの実が熟《じゅく》すのを見逃《みのが》さないように、いつも気をつけていたし、ひよこ豆の収穫《しゅうかく》が近づくと、こっそり畑にしのびこみ、何本か引っこぬいて、ぷくぷくした青い豆をもぎ、生のまま食べた。苦いけれど、おいしいのだ。

「田舎《いなか》って、やだよね。みんないつも腹ぺこでさ」マモは、中が腐《くさ》っていたサボテンの実を投《な》げ捨《す》てながら言った。

「いつもこうってわけじゃないよ」ハイルが言いわけした。マモが田舎暮《いなかぐ》らしにケチをつけると、ハイルは心おだやかではいられないのだ。「去年は雨がふらなかった、それだけのこと。来年はばっちりさ」

小さいヨハンネスは、こういう意地の張り合いには、とんと気づいていないらしい。

「またあの遊びしようよ」と明るい声で言う。「ねえ、バイクごっこ、またやろ、マモ。アディスのバイクみたいにぶっ飛ばそうよ」

ヨハンネスは憎《にく》めなかった。喜々とした丸い顔を見ると、笑顔を返さずにはいられなくなるし、かわいい声を聞けば、ついつられて笑ってしまう。ヨハンネスの発音がときどきおかしくなるのは、前歯が二本ぬけ、まだ大人の歯が生えそろっていないからだ。

マモも時には、ヨハンネスの子どもっぽい遊びの相手をしてやった。なにしろ牛たちが川のほとりで草を食べている間、時間だけはたっぷりあるのだから。でもヨハンネスがまだ遊びに熱中しているうちに、マモは早くもあきてしまう。

ある日、マモはいつものように物思いにふけりながら、二人の少年からはなれ、小さい岩に腰《こし》をおろしていた。見わたすかぎり広がっているパッチワークのような畑を見つめていると、心が暗くうち沈《しず》み、ひとりぼっちなのをひしひし感じてしまう。

おれのことを気にかけてくれる人なんて、この世に一人もいないんだ。おれがここにいるってことも、だれも知らない。ティグストは、おれがふらりと家を出ていったとしか思ってないだろう。何が起きたかわかったところで、どうやって、おれを見つけ出す？　ここに来て助け出すなんて、ティグストにはできっこない。やってみようとも思わないだろう。どのみち、今ごろはフアリダーおばさんの店に入りびたっているんだろう。弟がいることだって、忘《わす》れちまってるかもしれない。

ばかにうれしそうな高い声に、マモは目を上げた。

「父ちゃんが来た！」ヨハンネスが小おどりしている。「あっ、スベスベミミに乗ってる」

ヨハンネスの父さんは、黒いラバにまたがってかけてきた。三人の少年に気づき、手綱《たづな》を引いた。

「元気かい、みんな」父さんが、はずんだ声で言った。「牛泥棒は、追っぱらったか？」

「いっぱい」とヨハンネス。「ヒョウも追っぱらったよ、父ちゃん。スベスベミミくらい大きかった」

父さんは声をたてて笑い、マモに目を止めた。

「だれ？」

「これがマモ」ヨハンネスが得意そうに言った。「話したでしょ、アディスから来たって。テレビも、サッカーも、兵隊さんも、なんでも知ってるんだ。話したでしょ、父ちゃん。バスにも乗ったことあるって」

マモはしゃちこばって立ち、おそるおそる見上げた。杖は持っていないようだが、茶色のうわっぱりの下に鞭《むち》を隠《かく》しているかもしれない。ところがヨハンネスの父さんは、にこにこしながらマモを見おろしている。やさしそうな目だ。

「少したいくつだろうね、ここは。アディスのあとじゃ、きっと」

「はい」マモは、かたくなって言った。

「ホームシックかな?」

マモの喉《のど》に、急に熱いものがこみあげた。うなずくように、がっくり頭を垂《た》れた。

ヨハンネスの父さんは、一瞬、言葉をつまらせた。

「今年はひどい年でね。だれもかれも苦しんでる。みんなに行きわたらないからね。でも神さまはわかってくださる。来年はきっと……」

マモの胸《むね》がみるみる、はちきれそうになった。つぎの瞬間、がまんしきれなくなって、思いのたけが口をついて出た。

「お願い。もうがまんできない。こんなとこ、もういられない。家に帰りたい。アディスに。お願い、助けて。今に親方にぶっ殺される。きっとやられる。おじさん、連れてって。家に帰る道を教えて」

ヨハンネスの父さんは、しばらく押《お》しだまっていた。ラバが、つやつやした長いしっぽを左右に小気味よくふっている。マモは身じろぎもせずに立っていた。なんという答えが返ってくるのか、それを聞くのが恐《おそ》ろしくて気が遠くなりそうだった。

もうだめだ、とマモは思った。親方に知らせて、二人がかりでおれを殺すんだろう。

ところがヨハンネスの父さんは身をかがめ、マモの肩《かた》にやさしく手を置いただけだった。

「よその家のことだ、口を出すわけにはいかない。大変だろうが……どうしてやることもできないんだ。でも希望を捨てるんじゃないぞ、マモ。神さまを信じるんだ。希望を捨てちゃいけない」

ヨハンネスの父さんは、スベスベミミのわき腹《ばら》をトンと蹴《け》り、ラバを前に進め、すぐに全速力でかけ出した。

「父ちゃーん！」ヨハンネスが声をふりしぼりながら、小さいながら丈夫《じょうぶ》なはだしの足で、あとを追った。「ぼくのパチンコ、見てー。パチンコ作ったんだ！　もどってきて見てよー、父ちゃーん」

けれども父さんはそのままラバを走らせ、スベスベミミのひづめの音は、みるみる小さくなった。


ティグストは生まれてこのかた、こんなに幸せなことはなかった。眠《ねむ》る場所もちゃんともらった。店の奥《おく》の物置きの中だ。毎朝、マットと毛布をくるくる巻《ま》いて、ドラム缶《かん》の後ろにきちんと片《かた》づける。いい服ももらった。ファリダーおばさんの妹からのおさがりだが、スカートとブラウス二枚《まい》と、セーターと長袖《ながそで》の青いワンピース。それから靴《くつ》も。新品同様で、爪先《つまさき》がとがっている。この靴をはくと、もうりっぱな大人に見える。

なによりうれしいのは、よれよれのブル紙幣《しへい》が、ほんの少しずつだが、たまっていくことだ。お給料はこっそりブリキの缶に入れ、物置きの奥の暗がりの、高いところに隠している。

はじめは用心棒《ようじんぼう》の男にびくびくしていた。男は着古したシャーマにくるまって、一晩《ひとばん》じゅう、店の外でドアに寄りかかって眠る。ティグストを色っぽい目で見たり、たまに、妙《みょう》に近づいてくることもあった。でも、ファリダーおばさんが気づき、よからぬことをしでかしたら承知《しょうち》しないからね、ときびしく注意してくれてからは、首になるのがこわいのだろう。その後、おかしなまねをすることもなくなり、時には父親のようにやさしくしてくれる。そうなれば、もう心配ない。たまに、立ち話までするようになった。

店先でくだものや野菜を売っている少年も、警戒《けいかい》するような相手ではなかった。ファリダーおばさんの甥《おい》っ子だ。片方の足が短いので、ときどきひどい腰痛《ようつう》に悩《なや》まされる。いつもむっつりしていて、毎晩、家に帰る時も、たいていはティグストにあいさつひとつせずに、足を引きずって出ていく。

ティグストの仕事は、とてもきつかった。朝から晩まで、くるくる働き続けなければならない。店のそうじ、床《ゆか》の水ぶき、おつかい、配達、赤《あか》ん坊《ぼう》の世話。はじめのうち、ファリダーおばさんはティグストに目を光らせていた。ついこないだまで雇《やと》ってた子は、しょっちゅう商品をくすねてね、とおばさんは言った。砂糖《さとう》やビスケットやロウソクなんかを、店の前でうろついてる弟に、こっそりわたすのさ。

弟という言葉を聞いて、ティグストはマモのことを思い出し、心が痛《いた》んだ。二度ほど、ハンナーおばさんのところに行って、マモから何か連絡《れんらく》がないか確《たし》かめたが、マモはあれっきり姿《すがた》を見せないという。ティグストとマモが住んでいた節穴《ふしあな》だらけの小屋には、もう見知らぬ家族が住んでいた。やつれきった顔の母親に、マモが帰ってきたら、あたしが居《い》る場所を伝えてください、とたのんできた。ほかには、なんのすべも思いつかなかった。

ときどき不安になるのは、ハンナーおばさんが言っていた、おじさんという人のことだ。本当のおじさんのわけがないのはわかっている。でも、母さんは酒場にボーイフレンドがたくさんいたし、そのうちの何人かは、母さんにべたべたくっついていた。

おじさんと名乗ってやってきた男も、そういうボーイフレンドの一人かもしれない。母さんのことを本気で好きになって、本気でマモを助けようと思ってくれたんだろう。たぶん、いい仕事を見つけてくれたんだ。マモはいそがしくて、あたしに知らせるひまもないんだわ。

子どもがさらわれ、安い働き手として売り飛ばされるといううわさも聞いていたが、そんな話は考えないようにしていた。でも万一、マモが売り飛ばされたとして、あたしにいったい何ができるだろう。マモを探《さが》し出《だ》すのに、何から手をつけろというのか。

はじめのうちは、心配でマモのことが頭からはなれなかった。聖《せい》ミカエル教会の門の前を通る時はかならず、願い事をしにやってきた大勢の人たちをかき分けて進み、教会堂の壁に口づけをした。でも時間がたつにつれ、マモのことは少しずつ頭から消えていき、店での暮らしや、店のお客のこと、そしてとりわけファリダーおばさんの赤ん坊のヤスミンに夢中《むちゅう》になっていった。

「さあ、いらっしゃい、かわいいヤスミン」そう言いながら、幼《おさな》い女の子を抱《だ》き上《あ》げた。首にまわされるぽっちゃりした腕《うで》の感触《かんしょく》が、たまらなくかわいい。

ヤスミンの方も、ティグストになついていた。ティグストが近づくと、キャッキャッと声をあげて喜ぶ。ティグストに抱っこされているところを、知らない人が抱き取ろうものなら、大声で泣《な》きさけぶ。

それを見て、ファリダーおばさんも満足そうだった。

「あんたにすっかり、なついたね」そう言ってもらうと、ティグストはうれしくて、胸《むね》がおどった。ファリダーおばさんは、めったに人をほめない人なのに。

それにしても、ファリダーおばさんのだんなさんのハミドおじさんは、いったいどこにいるんだろうと、ティグストは気になっていた。疑問《ぎもん》に答えてくれたのは、用心棒の男だった。

「病気にとっつかれた男でよ」用心棒は言った。「北の戦闘《せんとう》で片目をなくすわ、伝染病《でんせんびょう》にやられるわ。今は故郷《こきょう》のアワッサで療養中《りょうようちゅう》。よくなって帰ってくるまで、店はおかみさんに任せてるってわけよ。いずれ帰ってくるさ。だからって、どうってこともないが。店を切《き》り盛《も》りするのは、どうせおかみさんなんだからよ。これまで通り」

それを聞いて、ティグストはハミドおじさんのことは気にしないことにした。おじさんがいることさえ、忘れかけていた。ところがある日の午後、となりの、電話を持っている大きい店のおばさんが、こっちの店先のくだもの棚《だな》にぶつからんばかりの勢いでかけこんできた。

「ファリダー！　急いで！」となりのおばさんが声を張り上げた。「アワッサから、あんたに電話！」

レジの前でお客の応対《おうたい》をしていたファリダーおばさんは、あとをティグストに任せて、あわてて飛び出していった。ティグストは、店に来たてのころ、使い方を教えてもらったきり、レジの箱をいじるのは今回がはじめてだ。値段《ねだん》をまちがえずに打ちこみ、きちんとおつりをわたすことにいっしょうけんめいで、表通りがざわついているのにも気がつかなかった。

お客さんの相手が一段落《いちだんらく》して、レジのまわりに並《なら》んでいた人たちがいなくなってはじめて、ガヤガヤ言っている声が耳に入った。

「心配しなさんなよ、ファリダー。だんなは強い人なんだから。治《なお》るに決まってるよ」

「あんた、かけつけなくちゃな、朝一番に。従兄《いとこ》がタクシーの運転手してっからさ。バスの乗り場まで送らせるよ」

「だんなの弟に店を任せて行くわけにはいかないの？　ヤスミンが生まれた時は、来てくれたでしょ？」

ティグストは身がすくんだ。心臓《しんぞう》が胸の中でもんどり打ったような気がした。

ファリダーおばさんがいなくなったら、あたしはもういらなくなる。おばさんはヤスミンを連れていくだろうから、あたしの仕事の半分はなくなる。きっとおはらい箱だ。あたしの前にいた、盗《ぬす》みをした子のように。そうなったら、あたしは一文《いちもん》なし。たよる人もいなければ、身を寄せるところもない。

「おい、おまえさん、眠ってんのか？　油がほしいって、さっきから言ってるんだぞ。大きい方のびん、うしろの棚の」

まだ心臓をドキドキさせながら、ティグストは油のびんをおろし、カウンターでいらいらしながら待っている男から代金を受け取った。気をつけなくちゃ。まちがえないようにしないと。おつりをまちがえて、今晩の集計が合わなかったら、あたしのせいなんだから。

ファリダーおばさんが、小走りで店にもどってきた。

「ヤスミンは？」おばさんが取《と》り乱《みだ》した声でティグストに聞いた。

「まだお昼寝してます。このごろよく――」

「あんたはここにいて、レジをやって」ファリダーおばさんが言った。「ああ困った――でもわたしが行かないことには――」

おばさんのまわりを、みんなが押し合いへし合い取り囲み、なぐさめたり、ああのこうのと大声で忠告《ちゅうこく》したりしている。

ティグストの目の端《はし》に、ぼろぼろの服を着た少年がちらっと見えた。さわぎにまぎれて店に入りこみ、電池を一箱、汚《きたな》らしいセーターの下にたくしこんでいる。

「泥棒！」ティグストが金切り声を上げた。「つかまえて！」

少年は、ネコのようなすばやい身のこなしで店を飛び出し、つかまえようとのびてくる手を巧《たく》みにかわしながら、通りを逃《に》げ去《さ》った。

ファリダーおばさんはこのさわぎに肝《きも》をつぶしたのだろう。心を決めた。

「店を閉《し》めるしかないね、だんなの弟が来てくれるまでは。用心棒はどこ行った？　ティグスト、シャッターを閉めるように言っておくれ。わたしは荷づくりしてくるから。それからティグスト、バスの乗り場まで行って、あしたの朝一番の切符《きっぷ》を二枚、買ってきておくれ。アワッサまで。ちょっと待った、お金をわたすから」

「二枚？」ティグストが言った。「ヤスミンは膝《ひざ》にのせて行くんでしょう？」

「一枚はわたし、もう一枚はあんた」ファリダーおばさんが言った「あんたも行ってもらうから。わたしは四六時中、だんなの看病《かんびょう》をしなくちゃいけない。だんなのお母さんは年だし、目も見えないし、ヤスミンの世話は任せられない。あんた、行ってくれるだろ？」

ティグストは、心の中に大輪の花がぱっと咲《さ》いたような気がした。おはらい箱にならずにすむんだ。あたしが必要だって。ファリダーおばさんは、あたしなしでは、やっていけないって。しかもバスに乗れる。アディスアベバを出て、見たこともない場所に行けるなんて、わくわくしちゃう。

「もちろん、行きますとも」ティグストは言った。「ヤスミンの服をつめましょうか？　あしたは、黄色いドレスでいいですね？　あれ着ると、ヤスミン、お姫《ひめ》さまみたいなんですもの」


思いがけない幸運がダニの身にころがりこんだ。パパが外国に行ったのだ。パパが出かけるまでの数日、家の中は大さわぎだった。ゼニはママといっしょに、アト・パウロスが持っていく服のことで気をもみ、ママは、ロンドンでホームシックになっている親戚《しんせき》のために、エチオピアみやげをじっくり選んだ。アト・パウロスは、ますます怒《おこ》りっぽくなっている。

「お仕事のことで心配事がおありなのよ」ママがダニをなぐさめながら言った。「いろいろなことで、頭がいっぱいなの。あなたのせいじゃないわ」

アト・パウロスが旅立って五週間が過ぎた。ダニはここ数年、こんなに幸せな気分で暮《く》らしたことはなかった。毎晩《まいばん》、きびしく問いつめられることもないし、しゃんとしろ、空想にふけるなと一喝《いっかつ》されることもない。脅《おど》されることもなければ、容赦《ようしゃ》ない言葉であれこれ注意されることもない。ダニは、ママのベッドの端《はし》に丸くなっておしゃべりしたり、古い写真を見せてもらったりして、のんびりくつろいで過ごした。それから自分の部屋にもどり、丹念《たんねん》に絵を描《か》き、またママに見せに行く。ママはみごとな絵ね、とほめてくれる。それからやっと、ママが心配そうに、宿題はしたの、と聞く。ダニは、もちろんやったよと答える。でも、さすがに後ろめたくて、積み上げた教科書の前に、しばらくすわる。

なんといっても、時間が果てしなくあるような気になれるのがうれしい。イギリスのパパからはときどき電話がかかってきた。仕事は順調だが、まだ時間がかかる。もうしばらく、イギリスに滞在《たいざい》しなければならない。いつ帰れるとは言えないが、もう少し先になりそうだという。

これをやらなくちゃ、とダニは思う。退屈《たいくつ》だけど、みんな覚えてしまわないと。あしたは、もっと早く勉強をはじめよう。そうすれば、もっと楽に覚えられるはず。

ところが次の日になると、教科書の文字が、あっちに飛びこっちに飛び、ますますややこしくなっている。頭に入るどころか、どんどんすっぽぬけていく。同じところを三回も読んだのに、さっぱり意味がわからない。そうなると、ダニは目を上げて窓《まど》の外を見たくなる。ユーカリの、パリッとした青緑色の葉っぱの間できらめく日の光が、おもしろい模様《もよう》になっている。それを、ついうっとりながめてしまう。

あしたこそ、とダニはまた思う。数学からはじめて地理を三十分やって、それから化学の暗記をしよう。

試験のことは心の奥にしまいこんだ。パパはいないんだ。人食《ひとく》い鬼《おに》のフェイサルがジグザグで待ちかまえている話も、夢《ゆめ》かおとぎ話だったような気がする。

いくらなんでもパパは本気じゃないよ、そう思うことにした。ぼくをあんなところに送りこむなんて、ママが止めてくれるさ。

そんなダニでも、一つだけ、いっしょうけんめいやる宿題がある。アムハラ語のメスフィン先生がときどき、エッセイや物語を書く宿題を出すのだ。そういう宿題は長い時間をかけてやる。書きに書いて、ページをくっては、乱雑《らんざつ》で大きなアムハラ語の文字で埋《う》めていく。学校に持って行く前に、ママに読んで聞かせると、ママはうっとりした顔で聞き入ってくれる。メスフィン先生は、ダニをほめてくれるただ一人の先生だ。

「この調子だと」先生がときどき言う。「きみは小説家になれるかもしれん」それから先生は、キッと表情を引きしめる。「でも、字をもう少しきれいに書かないと、大きくのびないぞ」

まだ先のことだと思っていた試験が、突然猛《とつぜんもう》スピードで目の前に迫《せま》ってきた。ある日、ダニは意気揚々《いきようよう》とメスフィン先生に見てもらう物語のあらすじを考えていたのだが、その翌日《よくじつ》、はっと気づいて、心臓がバクバクするやら胃《い》がひっくり返るやら。復習に使えるのは、あとたったの十日しか残っていないことに気づいたのだ。

はじめのショックがさめやって、少し落ち着いてくると、大きな不安で頭がいっぱいになり、何も手につかなくなった。長いことつくえの前にすわってみるが、教科書はこれまで以上に敷居《しきい》の高い本になっている。

一時間目の試験問題を見て、ダニは少しほっとした。すらすら答えられそうな問題が、あちこちあるではないか。ダニは問題用紙の上にかがみこみ、口の端に舌《した》をちょろちょろのぞかせながら、がんばった。ところが二時間目の試験はとんでもなかった。問題がややこしいのなんの、何を聞かれているのかさえわからない。ダニは、ただおろおろと、問題用紙を見つめるしかなかった。問題がダニをあざ笑いながら、紙の上でおどる。それでもいっしょうけんめいやってみた。確《たし》かこうだったと思い出し、ちょこちょこと書いておいた。でも時間がきて、無惨《むざん》にも試験に失敗したのを思い知らされた。

それからは、ただただおびえて過ごした。フェイサルのことが、突然心に重くのしかかってきた。もうおとぎ話の人食い鬼ではない。何もかも現実のことなのだ。

アト・パウロスは、出かけた時と同じく突然、帰宅すると連絡《れんらく》してきた。ロンドンからの電話に、ママが浮《う》き浮《う》きしたうれしそうな声で答えている。

ママはいいさ、とダニは思った。すると急に、ママがひどく遠い存在に思われた。パパはママを愛してる。だからママはパパのことも、こわくない。これっぽっちも。それどころか、ママはパパが帰ってくるのを、今か今かと待っている。

パパの飛行機が着く前の晩、ダニはほとんど一睡《いっすい》もできなかった。ベッドでしきりに寝返りをうちながら、試験の結果がばれた時、パパに言う言葉を何度も練習した。ひどい点をとった言いわけを考えた。重病で、もう少しで死ぬところだったというのはどうだろう（だめだ、そんなこと言ったら、ママも加勢してはくれない）。解答用紙がほかの子のと取りちがえられた、ってのはどうだ？（パパは、こんな言いわけには耳も貸さず、かんかんに怒るだろう。）パパの仕事がうまくいっているので、先生がねたんで悪い点をつけた、ってのは？（これはまずい。お世辞《せじ》を言うと、かえってパパのきげんをそこねてしまう。)

パパが帰ってきたのは日曜日だった。ママは飛行場までむかえに行きたがったが、前の晩に往診《おうしん》に来て血圧《けつあつ》をはかったお医者さんに、ぜったい安静を命じられた。

ダニは、パパが飛行場を出てから家に着くまでの時間を計算した。パパが玄関《げんかん》を入ってくる時には、本の山に埋もれていたい。ありったけの本を積み上げ、計算したり作文を書いたりした紙をあたり一面に広げておこう。ところが、予想より一時間も早く、門の外で自動車の警笛《けいてき》がなり、アト・パウロスが玄関《げんかん》の石段を上って家に入ってきた。困《こま》った。ベッドの上に並《なら》べて遊んでいた兵隊人形を隠《かく》すひまもなければ、勉強づくえにかじりつく時間もなかった。

だが、とりあえずは事なきを得た。アト・パウロスはダニの部屋をのぞきもせず、そそくさと廊下《ろうか》を進み、お帰りなさいというママのうれしそうな声に応《こた》えて、まっすぐ寝室《しんしつ》に向かった。パパの後ろから、かばんを持ち紺色《こんいろ》のコートを腕《うで》にかけた白人の女の人が、きびきびした足取りでついていく。

おどろいて、ダニは二人のあとを寝室まで追いかけた。パパが、ベッドに寝ているママに顔を寄《よ》せているのが見えた。ふだんのパパとはちがい、とてもやさしい顔だったので、ダニはびっくりして息をのんだ。

「ルース、こちらがミス・ワトソン」とパパが英語で言っている。「看護師《かんごし》さんだ。あしたの朝の飛行機で、おまえをロンドンまで連れてってくれる。道中もめんどうを見てくれるぞ」それから、うっかりアムハラ語にもどって「心臓外科専門《しんぞうげかせんもん》のドクターに診察《しんさつ》してもらえるように手配したから、すぐ入院できる。お前に体力がつきしだい、手術をしてくれるそうだ」パパは、わざとらしく咳《せき》ばらいをした。「きっとよくなる。なにもかも万々歳《ばんばんざい》だよ。ゼニはどこだ？　すぐ、おまえの旅じたくをさせよう」

5

あいかわらず食べ物をほとんどもらえず、ひもじい思いをし続けているというのに、マモは成長していた。自分では特に大きくなったとは思わなかったが、たまに声がうまく出せなくなったり、手や足が思わぬところにぶつかって、びっくりすることがある。

都会風のぱりっとした服を着たあの男に連れてこられてから何週間たったのか、何か月たったのか、もうわからなくなっていた。逃《に》げる手だてをあれこれ考えるのも、とっくにあきらめてしまった。

親方のかんしゃく持ちもあいかわらずで、収穫《しゅうかく》の時期が近づくと、ますます神経《しんけい》をぴりぴりさせるようになった。季節はずれの嵐《あらし》のせいで、近隣《きんりん》の村の作物が大きな被害《ひがい》を受けたと聞き、実りはじめた自分の畑にも同じような災難《さいなん》がふりかかるかもしれないと気が気ではないのだ。黒い牛のことも心配していた。問題ばかり起こす牛だが、今は仔牛《こうし》をはらんでいる。マモが黒い牛にけがでもさせないかと、けわしい目で監視《かんし》している。

日曜日は、息つくひまもない日課に追われるふだんの日とは少しちがう。テスフェイは学校に行かないし、家族は暗いうちに家を出て、一番近い教会まで数マイルの道のりを歩いて行く。夜が明けるとすぐ礼拝《れいはい》が始まるからだ。おかげでマモは、朝ごはんを食べそこねる。おばさんが、赤《あか》ん坊《ぼう》をおんぶして家族のあとを追いかける前に、サトウキビの茎《くき》を一本わたしてくれればいい方だ。

困《こま》るのは、テスフェイが川沿《かわぞ》いの小道を先回りして、家族より先に帰ってくることだ。テスフェイは、マモがハイルやヨハンネスといっしょにすわっているのを見ると、うらやましいのか、かならずへらず口をたたく。

「おまえら、落ちぶれてやんの」テスフェイが軽蔑《けいべつ》する。「そんな汚《きたな》らしい物乞《ものご》い小僧《こぞう》と、よく話す気になるよな。そういうやつから病気がうつるって、知らねーのかよ？」

マモは、日曜日にはテスフェイへの警戒《けいかい》を怠《おこた》らないようにしていた。川沿いの丘《おか》の上をはずむようにやってくるのが見えたらすぐ、ハイルとヨハンネスのそばからはなれなければ。

よく晴れた日曜日、みんなのきげんがいつになくよかった。親方まで、マモが牛たちを小屋から連れ出す時、笑顔で見ていた。

「こいつぁ、もういつ生んでもおかしくねえ」親方は黒い牛の腹《はら》をさわりながら、威勢《いせい》よく言った。「この腹だ、大きいのが生まれるな」それから親方は門まで歩き、さして広くない自分の畑を見わたした。「来週の末にゃあ、刈《か》り入《い》れだ。ネコの手も借りてえほど、いそがしくなるぞ」

いつになくやさしい口調だった。マモもつい気持ちがなごんだ。

ヨハンネスの父さんの言う通りかもれない、刈り入れがはじまれば、少しはましになるのだろう。

牛たちについて山道をたどりながら、アディスアベバのＣＤ《シーディー》ショップから鳴《な》り響《ひび》いていた歌のメロディーを、ふと思い出した。店の近くの壁《かべ》にもたれてすわり、いつまでも聞き入ったものだ。意味はさっぱりわからないが、歌詞《かし》の一部まで覚えている。

「ウィー　アー　ザ　サバイバーズ。イエス！　ザ　ブラック　サバイバーズ……」

少年たちに出会った時、マモはまだ小声で歌を口ずさんでいた。

「なんの歌？　なんて歌ってんの？」耳ざといヨハンネスがきいた。「アディスで覚えたの？　テレビでやってた？」

ハイルも興味をそそられたようで、もう一度、歌ってくれとせがんだ。


その朝は、時間がたつのがとても早かった。マモは、思い出してみれば、六、七曲のメロディーは覚えていた。歌詞もかなり口ずさむことができる。マモは、思い出してみれば、六、七曲のメロディ

その朝は、時間がたつのがとても早かった。マモは、思い出してみれば、六、七曲のメロディーは覚えていた。歌詞もかなり口ずさむことができる。少年たち三人は、古い大木のごつごつした根の上にすわっていた。ここなら、牛の群《む》れが見わたせる。牛たちは残り少なくなった緑の草を探《さが》しながら、上流に向かってゆっくり移動《いどう》している。

何か月ぶりだろう、マモは幸せだった。音楽のおかげで気分が変わり、力が出て希望もわいてきた。アディスでは、人目をはばかり、いつも小声でハミングしていた。でもここなら、思いきり声を張り上げることができる。静まり返った田舎《いなか》の空に、マモの歌声が高々と響きわたった。こんな大きな声が出せるとは思わなかった。なんて気持ちいいんだろう。ハイルが目を丸くし、ヨハンネスが感心して、しきりにほめてくれるのに応《こた》えて、歌い続けた。

夢中《むちゅう》になりすぎて、影《かげ》に注意するのをすっかり忘《わす》れていた。昼近くなると、影はみるみる短く

なる。いつもなら影で見当をつけて、テスフェイの姿《すがた》が見えたらすぐ少年たちからはなれられるように準備している。ところが今日は、テスフェイのことなど思い出しもしないうちに、小石がヒュッと耳をかすめた。

マモは飛び上がった。とっさに片腕《かたうで》を上げて頭をかばいながら、見回した。テスフェイが坂道をかけおりてくる。もう一つ石を持って。ヨハンネスとハイルも立ち上がり、一瞬《いっしゅん》、不安そうに見つめ合ってから、あとずさりした。

「ゴキブリ！　ドブネズミ！」テスフェイがわめきながら投げた石が、マモの肩《かた》をかすめた。

「家の牛、ちゃんと見張ってろよな。そんなとこに一日じゅうすわりこんで、きたねえ外国の歌なんか歌ってる場合かよ。どうせ、おめえの母ちゃんの、売春酒場の歌なんだろ？」

マモの頭に血がかけのぼった。杖《つえ》をにぎりしめた。テスフェイめがけて脱兎《だっと》のごとくかけ出そうとしたその時、ハイルがさけんだ。

「牛が！　ほら！」

テスフェイが投げた二つ目の石が、坂をころがり、黒い牛の額《ひたい》に命中。おどろいた黒い牛があとずさった。それを見たほかの牛がおびえ、川べりを逃げまどっている。

ハイルとヨハンネスは牛たちのところにかけつけ、杖でつつきながら一頭ずつ落ち着かせ、なんとか川から遠ざけようとしている。マモは、親方が怒《いか》り狂《くる》うだろうと思った瞬間、やみくもに少年たちを追った。

あわてふためいて足をすべらせ、もんどりうってころび、膝小僧《ひざこぞう》をすりむいた。その拍子《ひょうし》に持っていた杖が吹《ふ》っ飛《と》び、黒い牛の後ろにいる、ふだんはおとなしい茶色の牛に当たった。茶色の牛はよろめきながら、前にいる黒い牛の尻《しり》を角《つの》で突《つ》いた。もともと臆病《おくびょう》な黒い牛のこと、おどろいて背中《せなか》を丸め、横に二、三歩よろけたところで足をふみはずし、腹をすりながら土手をすべって、大きな水しぶきを上げながら川に落ちた。マモはすくみ上がり、声も出せずに見つめるばかり。そのまま身じろぎもしないで、黒い牛がバシャバシャと立ち上がるのを待った。でも、いっこうに動かない。水の中に横たわったまま、大きな腹をぶざまに水の上に出し、口を大きく開け、牛とは思えない声でうめいている。

「ほら、おまえのせいだ！　ほら」テスフェイは恐怖《きょうふ》と怒りの入りまじった声でさけび、マモを飛《と》び越《こ》えて川に突進《とっしん》した。「手伝って！　起き上がらせなくちゃ！」

マモはふらつきながら立ち上がった。膝が痛《いた》いのも忘れ、すねに血が流れ落ちているのにも気づかない。テスフェイは牛を起き上がらせようと、満身の力で押《お》している。マモも加わり、牛のうめき声にもひるまず、押したり引いたりし続けた。

牛はなされるまま、どてっと横たわり、弱々しくもがいている。

「ほら、おまえ、押せ！」テスフェイがさけぶ。「起こして！」

どうにもならなかった。うめき声がやみ、頭が水の中にがくんと落ちた。マモの目の前で、牛の舌《した》が口からだらりと垂《た》れ、目の動きがぴたりと止まった。マモもテスフェイも、死んでいく牛に、ただただ呆然《ぼうぜん》としていた。

上の方で大声がして、親方が山道をかけおりてきた。

「どうした？　何してる？　牛を起こせ！」親方がどなった。

それから牛がぴくりとも動かないのを知った。怒号《どごう》とともに、親方は杖をふりかざし、マモに近づいた。

「やったのは、こいつなんだからね、父ちゃん」テスフェイが早口でまくしたてている。「こいつが——こいつが、おれに石を投げて、牛がおびえて。そしたら、こいつ、牛に杖を投げやがった」

「うそだよ！　うそ！」マモはわめいた。

「ほんとのこと言ってるのはマモの方。テスフェイが先に石を投げた」ヨハンネスが憤慨《ふんがい》しているのがマモの耳に入ったが、だれも取り合おうとしない。

マモはかっとなった。親方の拳骨《げんこつ》が飛んできたが、怒りで痛さも感じない。マモは、身をかわしながら親方の前におどり出た。テスフェイをつかまえ、うそをついたことを思い知らせ、父親にひれ伏《ふ》して謝《あやま》らせるつもりだった。ところが、杖がバシッとふりおろされる方が早く、身を守るのがやっと。マモは両腕で頭をかばいながら逃げようとした。

けれども足が思うように動かない。親方がマモをたたきのめした。

「犬ちくしょうめ！　汚ないけだもの！　殺してやる！」親方はどなり散らしながら、狂ったように杖をふりおろし、腕といわず足といわずなぐりつけ、背中と頭と顔をひっぱたき続けた。

やがてバシッという大きな音とともに杖がまっぷたつに折れた。親方はいよいよたけり狂った。折れた杖をかなぐり捨《す》て、マモの肩《かた》をつかんで川まで引きずり、頭を押さえて水に沈《しず》めた。

おぼれちゃう！　ああ、神さま、助けて！　神さま、死なせないで！　頭が働いたのはそこまで。あとは無我夢中《むがむちゅう》で、もがきながら息をこらえた。

もうがまんできない、だめだ、水を吸《す》いこんでおぼれるしかない、と思った時、突然頭の重しがとれた。マモは水をバシャバシャいわせて立ち上がり、背中から土手に倒《たお》れこんだ。体をよじって息を吸いこもうとすると、全身に痛みが走り、気を失うのではないかと思った。

マモは放心状態《ほうしんじょうたい》のまま、頭をがっくり膝に落とし、地べたにすわりこんでいた。何やら周囲がざわめいている。それから牛たちが追われていく足音がだんだん小さくなり、ハイルとヨハンネスの声も遠のいていった。

ずいぶんたって、マモは頭を上げた。背中の痛みに身をこわばらせた。おそるおそるまわりの様子をうかがう。みんないなくなっている。ひとりぼっちだ。

恐《おそ》ろしいほどの心細さが押し寄せてきた。

もうだめだ、と思った。

魂《たましい》が体からはなれていくような不思議な感覚におそわれた。

魂は、ぬけ出したあと、どこに飛んでいくんだろう？

神さまの絵が頭に浮《う》かんだ。アディスアベバの教会で見たフレスコ画だろうか。神さまは年取った父親のような、おだやかな表情で両腕を広げ、慈愛《じあい》に満ちたほほえみを浮かべている。

魂の行く先は、きっと自分の家みたいなところだろうな、とマモは思った。家族がいる自分の家。

マモは空を見上げた。青い大空がぐるぐるまわり、ぎらぎらした光の矢が目につきささりそうで、頭がさらに痛くなった。マモは下を向いた。すると、両腕と両脚《りょうあし》に力がじわじわもどってくるのがわかった。

「力が出ちゃ困る」マモが大きな声で言った。「お願いです、神さま。もうたくさん。このまま魂を連れてってください」

でも、おそかった。体に力がわいてきて、魂が体にスルスルもどってきた。子どもが糸で風船を引き寄せるように。

とつぜん、激《はげ》しい怒りがこみあげた。せっかく逃げ出せそうになったのに、それもつかの間、泡《あわ》と消えてしまった。すると頭の中に、テスフェイの声がよみがえった。ここに来た最初の日、いっしょに牛たちを連れてきた時に聞いた声だ。

「あの草は毒。気をつけな、町のおぼっちゃん。牛に食べさせたら、死ぬから」

あれ以来、マモはときどき見かける毒草に注意をはらってきたので、いちばん近い毒草がどこに生えているか、たちどころに思い出した。川のほとりの、まだ置きっぱなしになっている牛の死骸《しがい》のすぐそばだ。あそこにいっぱい生えている。何度か、ハイルとヨハンネスが刈り取るのを手伝ったが、へこたれずにすぐまた生えてくる。

考えが変わるのを待ちはしなかった。よろよろと立ち上がり、足を引きずって水ぎわまでおりた。根がよほど強いのだろう、刈ったのにまた出てきた若葉《わかば》を一つかみ、引っぱって取ると口に入れた。

連れてってください。神さま。どうぞ連れてってください。

この言葉が、マモの頭の中で太鼓《たいこ》のように鳴り響いた。

葉っぱがあんまり苦かったので、思わず吐《は》き出《だ》しそうになった。それをぐっとこらえ、両手で川の水をすくい、葉っぱごと飲みくだした。

「もうすぐだ、もうすぐ」マモは小声でつぶやいて、魂がさまよい出る時の心地よさを待った。両腕を広げた神さまが、もうすぐ見えるはず。

ところが、猛烈《もうれつ》な寒気がおそってきて、全身がガタガタふるえ、頭に霞《かすみ》がかかったように意識が薄《うす》れはじめた。気を失う直前、マモは思った。「こんなことするんじゃなかった」続いて、消え入る前の炎《ほのお》が一瞬きらめくように願った。「いやだ！　いやだ！　生きていたい！」


ママがイギリス行きの飛行機に乗る日の朝、ダニは足もとで大地がガラガラとくずれてしまったような心細さを味わっていた。悲しみに呆然としながら、ママの部屋をうろうろしているそばで、ゼニが引き出しや戸棚《とだな》から、衣類や靴《くつ》や薬を大きなスーツケースにつめている。ミス・ワトソンは、ときどきママのベッドにかがみこんで脈《みゃく》を測ったり、黒くて小さいかばんの中の注射《ちゅうしゃ》液《えき》や薬を点検している。

「ねえ、すぐ帰ってくるんでしょ、ママ？」ダニはママのベッドににじり寄り、小声で聞いた。

「むこうで死んだりしないよね？」

大儀《たいぎ》そうにダニの方を向いたママの顔を見て、重い病気だということがわかり、おどろいた。

目のまわりの黒々としたくま、灰色《はいいろ》にくすんだ唇《くちびる》。どうしてこれまで気がつかなかったんだろう。

「死ぬもんですか。だいじょうぶよ。しっかり勉強してね。パパを喜ばせてちょうだい。メゼレットをかわいがるのよ」

やがてミス・ワトソンに部屋から追い出された。

ネグシーが足を引きずりながら屋敷《やしき》の門を開けに行った時ほど、お先真っ暗な気分になったことはない。パパとママと看護師《かんごし》が乗りこんだ自動車は、あっという間に通りに出て見えなくなった。ダニは必死で涙《なみだ》をこらえた。頭の中で飛行場への道順をたどってみる。そろそろ曲がって大通りに入るぞ。信号で止まったはず。メスカル広場をぐるっとまわっているころだ。今、凱旋門《がいせんもん》を通って、飛行場の方に曲がった。

パパがもどってくるのに、どのくらいかかるんだろう？　二時間？　それとも三時間？　そのあと、何がはじまるんだろう？

自分の部屋にこもったものの、何も手につかず、ベッドの上にすわりこんだ。ふだんの家と変わりない物音がしている。ネグシーがホースで庭の花に水をまいている音。表通りからは、野菜の行商人が売り歩く大きな声。となりの部屋からはメゼレットの声も聞こえる。へたっぴーな歌を歌いながら、赤ちゃんぽいゲームをしちゃって。ゼニの声もする。料理人に話をしている。二人は家に沿って歩きながら、ダニの窓《まど》の近くに来た。

「どう思う？」とゼニ。「奥《おく》さま、回復されるのかしら？　病気が重そうだもの、お気の毒に」

料理人が咳《せき》ばらいして唾《つば》を吐いた。

「あぶないね、ありゃ。女房《にょうぼう》のおっかさんが死ぬ前、ちょうどあんな顔つきだったぜ、そう言っちゃ悪いが。旅行中だって、もつかどうか。それにあのイギリス人の看護師、ほんの子どもじゃないか。うまくお世話ができるのかね」

ゼニが大きなため息をついた。

「あたしも、そんな気がする。そうなったら、このお屋敷も、居心地《いごこち》悪くなるわね。早く新しい働き口を探《さが》さなくちゃ。あたしは奥さまがやさしいから、ここにいるようなものでね。だんなさまのためだけに働くなんて、まっぴら。寿命《じゅみょう》が縮《ちぢ》んじゃうもの」

二人はそのまま、裏《うら》の方にまわっていったので、声は聞こえなくなった。

ダニはベッドの上で身じろぎもせずにすわったまま、壁を見つめ、余計なことは考えないように努力した。

やがて鉄の門が開く時の、いつもの音がした。続いてアト・パウロスがしっかりした足取りで家に入ってくるのが聞こえた。ダニは覚悟《かくご》しながらも、この部屋には寄らずにパパの部屋にまっすぐ行ってくれますようにと思った。メゼレットがかけ寄って抱《だ》きついてくれれば、パパの注意をそらすことができるけど。ところが足音がやみ、ドアのノブが回って、アト・パウロスが部屋に入ってきた。

パパは立ったままダニを見おろし、いつものように、眉《まゆ》をひそめている。

「さーて、おまえのことは、いったいどうしたものかねえ？」

いつもよりやさしい声。心底、困《こま》っているような口ぶりだ。

「ぼくにはわかんないよ、パパ」だまっているのも気づまりなので答えた。

「思いつくことは、みんなやってみたんだが。脅《おど》したり、すかしたり、こらしめたり。何をやっても、うまくいかない」

ダニは床《ゆか》に目を落とした。

「もう万策《ばんさく》つきてしまったよ」アト・パウロスは、乱雑《らんざつ》に物が置いてある勉強づくえと、おもちゃや絵が散らばっているベッドの横を、腹立たしそうに見やった。「甘《あま》すぎた。のんびりさせすぎたな。こうするより仕方がない」

ダニの体に冷たいものが走った。

「こうするって何を、パパ？」

「今日、フェイサルに電話した」アト・パウロスは、ダニと目を合わせず、木の床のしみを見つめている。「あした、おまえをむかえに来るそうだ」

ダニは、顔が蒼白《そうはく》になるのがわかった。

「ちがうよ、パパ！　進級できなかったらって言ったでしょ。まだ結果は出てないんだよ！」

パパは背広のポケットを探《さぐ》り、紙を取り出した。

「結果が来たんだよ、今日。二つの科目はなんとか合格、アムハラ語はいい点だ。そこまではよし。だが残りは――なんだこりゃ、ひどすぎる！」

今度ばかりは怒る気力も失《う》せたのか、悲しそうな声だ。それがダニにはひどくこたえた。

「もういっぺん、努力する。追試を受けさせてくれるはず。約束するよ、今度こそ、いっしょうけんめい勉強する。きっと――」

「だめだ」アト・パウロスは一歩もあとに引かない。「甘やかしているうちに、とうとうここまできてしまった。今回は、ただの脅しでは終わらせない。学校には手紙を出した。おまえを退学《たいがく》させるとね。一年間、フェイサルにきちんと鍛《きた》えてもらえば……」

「一年間も？」

「ときどき顔を見に行ってやる。めんどうは見てもらえるから心配するな。ただし、もう羽目をはずすことはできないぞ。空想にうつつをぬかしたり、ばかばかしい物語を作ったりするわけにはいかん。まともに勉強してもらう」

「いやだよ、パパ。お願いだから、ぼくを遠くにやらないで。やめて」ダニは消え入りそうな声で言った。

パパはベッドに歩み寄り、ダニの肩に手を置いて、そっとゆすった。

「そんなにひどいところじゃないんだから。やきもきすることはない。フェイサルはきびしいが、道理に合わないことはしない。おまえを一人前にしてくれるさ。パパを信じてほしい、ダニ。パパだって、こんな仕打ちはしたくないが、こうするのがおまえには一番いいんだ。いずれおまえも、いいことしてくれたって感謝《かんしゃ》するようになるさ」

ダニが気づいた時にはもう、パパは部屋にいなかった。ダニはベッドから飛びおり、部屋の真ん中に立ちつくした。恐怖《きょうふ》で両膝《りょうひざ》がふるえ、頭がくらくらする。

ジグジガは奥地の村だから、ライオンも出るし、カラシニコフ*を持った恐《おそ》ろしい盗賊《とうぞく》もいる。

学校に、そういう話を聞いた子がいる。それに、ものすごく暑いし、食べ物はまずいし、家にはサソリがいるって。

でも、フェイサルのところにやられることを思えば、ライオンも盗賊もサソリも、どうってことはない。どんな恐ろしい仕打ちをされることか。フェイサルに軽蔑され、ほかのみんなに笑われる。フェイサルと暮《く》らすくらいなら死んだ方がましだ。逃げ出したい。

逃げ出す！　そうだ、それしかない！　ツェハイおばさんのところに行こう。いや、だめだ、そんなことしたら、すぐ父さんに見つかって、送り返されてしまう。かくまってくれる別の人を探さなくちゃ。メスフィン先生もだめ。家に帰れって説得されるだけだから。クラスの子でだれかいないかな。前の学校の友だちとか。だれでもいい。ヒルトンホテルのやさしいウェイターはどうだろう。泊《と》めてくれる人がだれかいるはず。ほんの少しの間でいいんだから、ママが帰ってくるまで。

ダニはゴクリと唾を飲みこみ、ママが帰って来なかった時のことは、考えないようにした。

突然、いいことを思いついた。

ギオルギスだ！　小学校の時の、あのもの静かなクラスメート。ひところは、ずいぶん仲よく遊んだものだ。それにギオルギスは両親といっしょに住んでいるわけではない。おじさんの家にいる。おじさんなら、ぼくのことをとやかく言わないだろうし、父さんに連絡《れんらく》することもないだろう。ギオルギスの家には一度、行ったことがあるから、場所ならわかるはず。これで決まり！　ギオルギスの家に行こう。

ダニはもう、引き出しからあれこれ引っぱり出し、ベッドの上に積み上げている。持っていくのは、着がえと予備の靴と、母さんがくれたおこづかい。五十ブルくらいは持ってるはずだ。

後ろで突然ドアが開き、ダニは飛び上がった。

「何してる？」とアト・パウロス。

「荷物をまとめてるところ」ダニがどぎまぎしながら答えた。

アト・パウロスの顔が、ほんのちょっとなごんだ。

「いいぞ」おどろきを隠《かく》そうとしている。「えらいな」そこでちょっと口ごもった。「パパはこれからオフィスに行かなくちゃならん。フェイサルは今夜、着く。あしたの朝は、二人を見送ってやるぞ」

アト・パウロスがドアを閉《し》めようとした。

「パパ」ダニがあわてて言った。

「何？」

「ママのことだけど。ママは――治《なお》るの？」

アト・パウロスが顔をくもらせた。

「もちろん、そりゃもちろん、よくなるさ。そのために、ロンドンにやったんだから」

「いつ帰ってくるの？」

「すっかりよくなったらすぐ。そんなに長くはかからないさ。おそらく」

アト・パウロスは部屋を出てドアを閉めた。

パパは、ママがよくなるとは考えてないな、とダニは思った。ママが死んじゃうことを知ってるんだ。そう言わないだけで。

パパが出ていき、門を閉める音が聞こえた。心臓《しんぞう》がドキドキし、手の平に汗《あせ》がにじんだ。家を出るなら今しかない。パパが家に帰る前に。フェイサルが到着《とうちゃく》する前に。

ダニは部屋のすみの洋服ダンスの上から古いスポーツバッグをおろし、服をつめこんだ。それから青い野球帽《やきゅうぼう》を拾って目深《まぶか》にかぶった。心の中でさよならと言いながら部屋を見回した。ふと勉強づくえに目を落とした。書き置きをしていった方がいいだろうか？　何か言いわけを書いておこうか？　でも、なんて書く？

ダニはドアを細く開けて、廊下《ろうか》の様子をうかがった。メゼレットはゼニを探して家の奥に行っている。おどけた、うれしそうな声で、何やらいっしょうけんめい話しているのが聞こえる。急に、メゼレットを追いかけてつかまえ、抱きしめてやりたくなった。でも、その気持ちをふりはらい、玄関《げんかん》に向かった。

玄関のドアは開いていた。外は太陽がさんさんとふりそそいでいる。大きな門のわきに、ネグシーが寝起《ねお》きする小さい門番小屋が見えた。おや、だれもいないぞ。ネグシーは台所の見回りに行ったんだろう。ご主人さまがいないのをいいことに、家の横の大木の下で昼寝をしているのかもしれない。

これは好都合《こうつごう》。今を逃《のが》したら、もう出ていくことはできない。

それでもダニは心を決めかねて、長いこと立っていた。慣れ親しんできた家のにおいを胸《むね》いっぱいに吸いこんだ。ママの香水《こうすい》のほのかな香《かお》り、台所からただよってくるタマネギを炒《いた》めるにおい、茶色の古い絨毯《じゅうたん》のちょっとカビくさいにおい。やがてダニは正面の石段《いしだん》をのろのろとおりはじめた。バッグが膝にゴチゴチあたる。それから一目散に門のところまでかけていき、音を立てないように細心の注意をはらいながら門を開け、一気に外へ出た。そのとたん、ダニはひとりぼっちになった。

傷《きず》だらけの口の中に少しずつ流しこまれる牛乳《ぎゅうにゅう》にむせて、マモは目を開けた。上にかがみこんでいる顔が、豆粒《まめつぶ》のように小さくなったかと思うと、ばかに大きくなり、それからゆらめいてばらばらになった。マモはまた目を閉《と》じた。

ヨハンネスの声が聞こえた。「まだ口の中に残ってるよ、父ちゃん、ほら」

だれかが口をこじあけ、まだ舌に張りついている草をかき出してくれている。今度は男の人の声がする。聞き覚えのある声だ。「頭を持ち上げてくれ。そーっと。もう少し牛乳を飲ませなければ」

今度はむせなかった。少しずつ口に流しこまれる、とろりとあたたかいものを飲みこんだ。

「よーし」男の人が言った。「手を貸してくれ、ヨハンネス、この子を背負うから」

体を動かされて、マモはまた気を失った。

目を覚《さ》ますと、見たこともない家の、牛皮の敷物《しきもの》の上に寝かされていた。開けっぱなしのドアから差しこむ夕日がまぶしい。部屋の中ほどの赤々と燃えている火のそばに、おばさんがしゃがんでいる。幼《おさな》い子どもが二人、まとわりついている。

外から恐ろしい声が聞こえてきた。

「あんたたちに、そんな権利《けんり》はない。あいつは、おれのものだ。高い金をはらったんだからな。それなのに、あいつときたら、一番いい牛を死なせやがって」

親方だ。マモはふるえあがった。日の光で顔がまる見えにならないように、丸くカーブした壁に向かって縮《ちぢ》こまった。たちまち気分が悪くなった。また目をつぶって、横になったままじっとしていた。

「聞きました、残念でしたなあ」ヨハンネスの父さんが、おだやかな声でなだめながら、親方を落ち着かせようとしている。「でも、放っておいたりできますか？　あの子は死にかけていたんですよ。今だって、まだ危《あぶ》ない」

「毒草を食うなんて！　なんてこった」親方が怒りにまかせて言いはなった。「言っとくが、ずるがしこいやつなんだ、あいつは。あんたは人がいいから、なんでも鵜《う》呑《の》みにしちまう。あいつはな、同情を買って、罰《ばつ》を逃れようって魂胆《こんたん》なんだ」

「罰はもうじゅうぶん受けたと思いますよ」ヨハンネスの父さんがさらりと言った。「こんなに顔をなぐられたんじゃあ、目も開けられない。当分は歩けませんよ、毒を吐いたところで」

親方がブツブツ言ったが、マモには聞き取れなかった。

「こうしましょう」ヨハンネスの父さんが晴れやかに言った。「よくなるまで、この子をあずかります。先月、市場から大麦を運んでもらったお礼です。立って働けるようになったらすぐ、お返ししますよ」

「立てるようになったらだと？」親方がどなった。「朝になれば立つはずだ、それが身のためってもんよ」

「そんなの無理ですよ」ヨハンネスの父さんが言った。「入って確《たし》かめたらどうです」

マモは、土間を歩いてくる足音を聞き、身じろぎもせずに目をつぶっていた。目を開ける力すら残っていないような気がする。また気を失うかもしれない。

親方がはっと息をのんだ。

「これも、自業自得ってもんだ」親方は弁解《べんかい》がましく言った。「おれの一番いい牛を死なせやがって。役立たずもいいとこだ。こんなやつに、目をつけるんじゃなかった」

「じゃあ、わたしに任せてくださいよ」ヨハンネスの父さんが言った。話し声がだんだん遠のき、二人は外に出たようだ。「めんどうは見ますから」

すぐそばで人の気配がしたので、マモは目を開けてみた。さっきのおばさんが、そばに来ていた。低い椅子《いす》を引きずってきて、マモが寝ている牛皮の敷物の横に腰《こし》かけ、牛乳のコップを差し出している。

「これ、お飲みなさい」やさしい声だ。「毒が体にまわるのを防いでくれるから。ちょっと飲んでごらん。少しずつ。頭を支《ささ》えていてあげようかね。その方が楽でしょ。おばかさん、どうしてあんなことをしたの？」

マモの中で、何かがくずおれた。張りつめていた心が一気にゆるんだ。腫《は》れあがった目から涙があふれ、鼻を伝って流れ落ちる。マモは顔をそむけ、さめざめと泣《な》いた。

それから二日ほど、マモはうつらうつらしながら、絶望《ぜつぼう》とかすかな希望の間を行ったり来たりしながら過ごした。はじめはほとんど身動きもできなかった。ふるえの発作とひどい吐き気で、ぐったりしていた。あちこち痛くて、動こうにも動けない。

ところが三日目になって急に、命がよみがえってくるのがわかった。新しい命、これまでとはちがう命。いったん死んで、またこの世に舞《ま》いもどってきたような新鮮《しんせん》な気分だ。これまで経験したことがないほど幸せで、うっとりした。

マモは生まれてはじめて、愛に包まれている気がした。ヨハンネスの母さんが食べ物を口に入れたり、傷口を洗《あら》ったりしてくれるし、やさしく話しかけ、母ちゃんやティグストのことも聞いてくれる。水汲《みずく》みに行く時は、マモに幼い子どもたちをあずけ、火に近づいたら注意してねと言って出かけ、帰ってくると、笑顔でありがとうと言ってくれる。

楽しいのはなんといっても夜だった。ヨハンネスが、その日のおもしろいできごとをいっぱいかかえて牛たちを連れ帰り、ヨハンネスの父さんが仕事から帰ってくると、家族で火を囲みながら夕食を食べる。やがて幼い子どもたちがうとうとしはじめると、そのかたわらで、その日のできごとを語り合い、耳にしたニュースを伝え合い、翌日《よくじつ》、市場に行く段取りを話し合う。マモも起き上がれるようになると、家族の輪に入った。まるでお客さんのように、みんなといっしょにすわり、みんなと同じものを食べ、みんなが笑えばいっしょに笑った。マモはみんなの顔をながめまわした。赤銅色《しゃくどういろ》の顔が炎《ほのお》に照らされて赤く輝《かがや》くのを、やさしい気持ちでそっと見つめた。

十二日目の夜、火が燃えつき、ヨハンネスの母さんが立ち上がってあくびをし、巻《ま》いてあったマットを広げて寝るしたくをはじめた時、ヨハンネスの父さんがマモのところに来てすわった。父さんはマモの膝に手を置いた。

「元気になったね」父さんが言った。

マモの心に冷たい緊張《きんちょう》が走った。マモはだまりこくっていた。

「あした、帰らなくちゃな」

マモは目をきゅっと閉じた。そんな話はしないでというように。

「つらいのはよくわかる、でも、これ以上、ここに置いてやるわけにはいかない」

「いやだ！　お願い、ここにいさせて、この家に」

マモのけたたましい声に、ヨハンネスとヨハンネスの母さんがマモの方を見た。でも、二人ともすぐ、むこうを向いてしまった。

「それはできない相談なんだ」父さんは、言いにくそうにちょっと口をつぐんだ。「親方の気持ちもわかってやれ。去年、一番上の息子《むすこ》を亡《な》くしたんだ。知ってるかい？」

マモは首をふった。

「きみとは一歳《さい》しかちがわないのに。父さんの右腕でね。それが死んじまったんだ、不きげんなのも無理はない。それ以来、あの家は不幸続きなんだよ。洪水《こうずい》で畑をやられるわ、穀物倉《こくもつぐら》が火事になるわ――あの人はあの人なりに、精いっぱいやってるんだ」

「もどったら、おれ、ぶっ殺される」マモがかすれ声で言った。「きらわれてるから。特にテスフェイには」

「テスフェイも死んだ兄ちゃんが恋《こい》しいんだよ。兄ちゃんの仕事を、ほかの子がやってるのは、見ちゃいられないのさ」

マモは拳《こぶし》をにぎりしめた。

「お願い」マモが言った。「お願いします」

ヨハンネスの父さんはマモのシャーマの端《はし》をたぐり寄せて、マモの肩にかけた。

「さあ、寝なさい。朝になれば、少しは気も晴れる」

けれども朝になって目が覚めた時、マモの胸には重い石のかたまりがつかえていた。出された朝食にもほとんど手をつけなかった。涙にむせび、二言、三言、お礼らしい言葉をつぶやくと、体をこわばらせて庭から出ていった。一足進むごとに、みじめな気持ちをつのらせながら。

遠くに、親方の牛たちが坂道を三々五々、川におりて行くのが見えた。群れを追っているのはテスフェイだ。マモは、恐怖と怒りで心臓をバクバクいわせながら、なんとか歩き続けた。

親方の家に続く小道が広い道とぶつかる坂の下で、二人は出会った。罵声《ばせい》を浴《あ》びせられるか、ばかにされるか、それとも石が飛んでくるかもしれないと身構《みがま》えていたマモだが、テスフェイの悪かったといわんばかりの、おどおどした目を見て、面食らった。

「もうよくなったんだね」テスフェイが、視線《しせん》を合わせないようにしながら言った。

「うん」

「よかった。じゃあ、おれは学校に行く。この杖、使ってもいいよ」

テスフェイは杖を、乱暴《らんぼう》にではなくそっとマモにわたすと、制服に着がえて教科書を取りに家に引き返した。

その日はそれほどつらくなかった。ハイルやヨハンネスといっしょに、もと通りの一日を過ごすうちに、親方のいる憎々《にくにく》しい家にもどる恐怖を、かなりの時間、忘れていられた。やがて影法師が長くなったが、マモはいつまでも川のそばでぐずぐずしていた。牛たちを連れ帰っても、待っているのは冷たい顔と貧弱《ひんじゃく》な夕食なのだから。

それでもさすがに、もう帰るのを先のばしにすることはできなかった。あのやんちゃな黒い牛がいないのが、なんだかさびしい。あの牛は、道を曲がろうとするといつも群れからはなれるので、手こずったっけ。もう一息で家だ。マモは目を上げた。心臓がドキンとした。親方が門のところで、棒を両肩にわたしてかつぎ、仁王立《におうだ》ちなって待っているではないか。

道のつきあたりで、マモは牛たちを庭の中に入れた。するとその時、親方の手がのびて、耳をむずとつかまれ、マモは大声を上げた。親方は耳ごとマモをひざまずかせた。

「今度やっかいごとを起こしてみろ。次に何かやらかしたら、殺すからな、わかったか？　二度とおとなりさんに泣きつくな。恥《はじ》をかかせやがって。あの家には近づくんじゃないぞ。さもないと、どういうことになるか思い知らせてやるからな」

親方はマモの耳をはなすと家に入り、戸をピシャリと閉めた。マモは、寒くなりはじめた薄暗《うすぐら》い庭に閉め出された。

その晩《ばん》、何回か戸が開いた。テスフェイが外に出てきたこともあった。テスフェイはマモに何か言いかけたが、何も言わずに入ってしまった。女の子がトウモロコシを夕食に持ってきた。それと一杯《ぱい》の水。おばさんも、家の裏《うら》に何かを取りに出てきたが、一言も声をかけずに入ってしまった。

家畜小屋《かちくごや》の軒下《のきした》でシャーマにくるまって縮こまっていると、急に今の自分がはっきり見えた。みじめな姿《すがた》をさらしながら、一人さびしく、大きらいな場所で、さげすまれながら生きている自分。

世界中のどこであれ、ここよりはましなはず。それなのに、なぜ、こんなところにいるんだろう？

同じ質問を二度、三度と心の中でくり返すうちに、突然、答えが見つかった。

こんなところにいることはない。逃げよう。

心が高鳴り、くらくらした。これまでは、逃げ出すなんて考えるだけでこわかった。右も左もわからないこんな田舎でさまよい出たら、アディスアベバに帰る道をつきとめる前に、飢《う》え死《じ》にするかもしれない。でも今は、もう死ぬことなんかこわくない。死ぬなんて、どうってことないさ。魂《たましい》が体と別れるだけのこと。死んだってかまやしない。

逃げるなら今晩だ。それも今すぐ。

はね起きて、庭の外にかけ出しそうになったが、用心しなくちゃと、思いとどまった。親方が追いかけてくるだろう。親方は大金をはらっているのだ。おれを、むざむざと手ばなすはずがない。

　はやる心をおさえて、じっとすわって待った。やがて家の中の話し声がやんだ。マモは、はうようにして門の方に移動《いどう》し、扉《とびら》を開けた。

「だれだ？　何してる？」親方が家の中から、するどい声でさけんだ。

　マモは血が凍《こお》りつきそうになった。

「なんでもない。しょんべん」マモは大声で言い返した。

　しばらく待ってから、門を閉めた。それから家畜小屋にもどり、戸を開けて閉めた。これで親方は、マモが家畜小屋の中に入って寝たと思うだろう。

　マモは立ったまま、身じろぎもしないで十分ほど待った。やがて家の中から、大きないびきが規則的に聞こえてきた。よし。前にも増して用心しながら門を開け、しのび足で外に出た。

　逃げた。悪霊《あくりょう》に追われているかのように走りに走って小道をくだった。走りながら、上空に上ってきた月明かりをたよりに、ぼんやり見えている道からそれないように注意した。この道をたどっていきさえすれば、この大きらいな場所を出て、アディスアベバに続く大通りにたどりつける。

＊カラシニコフ……旧《きゅう》ソ連軍のミハイル・カラシニコフが開発した自動小銃《しょうじゅう》。

6

ダニは、住み慣れた家の門から小走りに出ていきながら、近所の人たちに見られているのを痛《いた》いほど感じた。

「どこに行くの？」道に出てすぐの小さな店のおばさんが、声をかけてきた。「今日はキャンディーはいらないの？」

小さい時から、この店にはどれだけ走っていったことか。キャンディーを買っている間、屋敷《やしき》の門からネグシーが見ていてくれたものだ。

「今日はいらない。急いでるから」そう答えると、ダニは危《あぶ》なっかしい足取りでかけ出した。

家の前の道から大通りに出る角までくると、靴《くつ》みがきの少年の一団がすわっていた。

「へい！」中の一人が大きな声で言った。「靴、みがかせろよな」

「この靴はみがけない」ダニは返事をしながら、不安げな笑顔を浮《う》かべた。「運動靴だから」

「なら、一ブルよこせ」靴みがきの一団がダニの方にやってきた。ダニは左に行こうか右に行こうか迷《まよ》ったが、少年たちを避《さ》けて左に曲がった。

ダニはこれまで、アディスアベバの町を一人で出歩いたことはなかった。学校へは運転手のイブラヒムじいさんがタクシーで連れていってくれるし、親戚《しんせき》や家族ぐるみで親しくしている家に行く時は、いつも両親といっしょだった。ママが元気なころは、プールや目ぬき通りのカフェや店に、よく連れて行ってくれたが、いつも自家用車だった。にぎやかな道とぶつかる次の交差点まで、歩いてどのくらいかかるのか、見当もつかない。道路の端《はし》の方が、こんなにでこぼこしているとは知らなかった。とがった石やくぼみに足を取られそうになる。バッグにいらない衣類をつめこみすぎたのを後悔《こうかい》した。重くて背中《せなか》が痛くなってきた。

それもギオルギスの家に着くまでのことだと、自分に言い聞かせた。

心配ごとが三つ、ダニの頭からはなれなかった。一つは、パパに見つかるのではないかという心配。どこからともなくぬっと現れるかもしれない。ビルの中から出てきて腕《うで》をつかまれるか、車で音もなく近寄《ちかよ》ってきて中に引きずりこまれるか。しょっちゅう、あたりを見回した。前方に目をこらし、たびたびふり返っては後ろを確認《かくにん》した。

二番目の心配は、ギオルギスの家までの道順をよく覚えていないことだ。何年も前に二、三度行っただけだし、ギオルギスが住んでいるあたりは、せまい道や横丁が迷路《めいろ》のように入り組んでいる。

三番目の心配ごとは、考えないことにした。ギオルギスとギオルギスのおじさんに、どういうふうに説明するかは、出たとこ勝負でいこうと思った。ギオルギスが、ひさしぶりに会う自分を覚えていてくれるかどうかも、考えないようにした。

ようやく交差点にたどり着いた。バッグをおろし、額《ひたい》の汗《あせ》を袖《そで》でぬぐった。暑くて、喉《のど》がからからだ。

目ぬき通りに出たところで、ようやく少しだけ歩く速度をゆるめた。このあたりはママとよく来た場所だ。二人のお気に入りのカフェも、あそこの高いビルのとなりにある。いつもママはコーヒー、ぼくはコークとバニラ味の大きなケーキを注文する。

ダニは野球帽《やきゅうぼう》のつばを顔の前まで引っぱりおろした。このあたりは危ない。学校の友だちと鉢合《はちあ》わせするかもしれないし、パパの同僚《どうりょう》やママの友だちにばったり会うかもしれない。でも、ギオルギスの家の方に行く道は、これしか知らない。四方八方に注意をはらいながら行くしかない。知ってる人を見かけたら、すぐ建物の中に身を隠《かく》さなくちゃ。

ケーキ屋さんの前を通った。ママと買い物にくると、いつもここに寄ってジュースを飲んだり軽い食事をする。ちょっとだけのぞいてみたくなった。大好きなケーキやクッキーがいっぱい並《なら》んだカウンターを思い出すだけで、唾《つば》がたまってくる。でももちろん、中に入るようなばかなまねはできない。ウェイターたちはみんな顔見知りなんだから。

食べ物のことを考えただけなのに口の中が唾だらけになった。腹《はら》ぺこだ。家のみんなは、もうとっくに昼ごはんを食べたんだろうな。ということは、ダニがいなくなったことにも、気づいたはず。ゼニがあちこち探《さが》していることだろう。パパの職場《しょくば》にも電話しただろうな。服もバッグもなくなっているのを見て、ダニが家出したと悟《さと》ったにちがいない。

ちょっとばかりうれしくなって、不安もひっこみ、笑顔までこぼれそうになった。ずいぶん心配してるだろうな。ひょっとすると、パパも悪かったと思いはじめているかもしれない。今、家に帰ったら、パパも残酷《ざんこく》な仕打ちだったと認《みと》め、方針《ほうしん》を変えて、フェイサルをジグジガに送り帰すんじゃないかな。

けれど、喜んだのはつかの間だった。パパのことだ、すまなかったなんて思うわけがない。かえって激怒《げきど》するはず。だから、もう家に帰ることなどできないのだ。

ダニは相変わらず小走りで進んだ。

目ぬき通りの突《つ》き当《あ》たりまで来て、はたと困《こま》って立ち止まった。どっちに行けばいいんだろう。道の反対側を走っていた車が速度をゆるめたのにも気づかなかった。突然《とつぜん》、聞き覚えのある女の人の声がした。

「あら、ダニじゃないの？　ママはいかが？　イギリスに行ったって、ほんと？」

ママの友だちのサラーおばさんだった。

ダニはあわてふためいた。声の方を見ないようにしながら、いちばん近くの路地に飛びこんだ。目ぬき通りからはなれる急な下り坂だ。ぽっちゃりした足と重いバッグ。それでもダニは全速力で走った。

わき腹が痛くなったので速度をゆるめ、息を切らせて立ち止まった。おそるおそるふり返った。大勢の人がドヤドヤと怒《おこ》りながら追いかけてくるのではないかと心配したが、路地には、ヤギをつないだ細いロープをにぎりしめている小さい子しかいなかった。その子はダニのことに気づいてもいないようだ。

さて、どうしよう？　額に吹き出た汗を帽子でぬぐった。

ダニはくるりと向きをかえ、今くだってきた坂道をとぼとぼ上りはじめたが、すぐ立ち止まった。

あそこにもどるのはまずい。サラーおばさんからはうまく逃《に》げ出《だ》せたけど、また別の知り合いに出くわすかもしれない。この坂道をそのままくだった方がいい。そうすれば、どこか知っている場所に出られるだろう。

坂道は思ったより長く、そのあともくねくね曲がるので、すっかりわけがわからなくなったが、ようやく大通りに出た。右、左と見てからもう一度、右、左と確《たし》かめて、どこにいるのかわかった。

がっかりした。ギオルギスの家があると見当をつけている場所からは、まだまだ遠く、思ったほど家からはなれていない。それなのに、もうくたびれはてている。こんなに歩いたこともなければ、こんなに重い荷物を持ち歩いたこともない。腹ぺこだし、喉もからから。

何か食べておかないと。食べて力をたくわえなくちゃ。

道の反対側に小さな食堂があった。坂の上のケーキ屋さんとはぜんぜんちがう。なにしろむこうは、鏡の壁《かべ》にフォーマイカのカウンター、愛想《あいそ》のいいウェイターにボコボコ音をたてているコーヒーメーカー、そういうしゃれた店だ。でもこっちは、掘《ほ》っ立《た》て小屋《ごや》も同然の、暗くて陰気《いんき》なせまい店で、だらしない格好《かっこう》をしたおばさんが一人、店先に立っている。

場ちがいのような気がしてためらいながらも、ダニは道をわたって店の中に入った。でこぼこした土間の上に、今にもこわれそうなテーブルが二つ、そのまわりに粗末《そまつ》な椅子《いす》がいくつか置いてある。男の人が一人、まずそうなインジェラを食べながら、手あかのついたコップから白っぽい液体《えきたい》を飲んでいた。ぼろぼろの服を着た子どもが二人、その男を立ったままじっと見つめている。ハエが、子どもたちの目のまわりを飛びかっている。

ダニは、吐《は》きそうになった。店のおばさんにぼそぼそっと言いわけして外に飛び出し、急いで歩き去った。足のマメが痛いけれどしかたない。

道が広くなった。前の方によく知っている建物が見えてきた。どっしりした中央銀行のビル、国立劇場《げきじょう》、古いホテルが何軒《けん》か。しょっちゅう通っている場所だ。ただし自動車で。

エチオピアホテルの前にさしかかると、ダニの足がゆっくりになった。ママはいつもなんて言ってたっけ？

「古き良きエチオピアってところかしらねえ？　でも、やぼったいこと。すっかりさびれちゃって。シェラトンホテルができてから、来る人もめっきり少なくなったわ」

ということは、ここなら安全。ママの友だちにひょっこり会うなんてこともなさそうだ。レストランか、少なくとも軽い食事ができる食堂くらいはあるだろう。ちゃんとしたものを飲んだり食べたりできるはずだ。ママと待ち合わせてると言えばいい。ママより先に着いたら、自分で注文して食べてなさいって言われたことにすればいいんだ。

まともな食事と冷たいコーラで一息つきたい一心で、ダニは短い階段《かいだん》を上って薄暗《うすぐら》いホテルの中に入った。

だれにも気づかれなかったようだ。ダニは食堂を見つけ、中に入り、ドアに背を向けてすわれそうな、すみの席を選んだ。ふかふかの椅子にすわれてうれしかった。

すぐにウェイターがやってきた。

「あのね、ママを待ってるんだ」ダニは、できるだけさりげなく言った。「先に食べてなさいって」話しながら、メニューに目を走らせた。「クラブサンドと、フライドポテトと、コーラの大を一つ。デザートにアイスクリーム」

どれもおいしかった。一口ごとに味わって食べた。食べているうちに元気が出てきた。今日は、はじめてづくしだ。一人でホテルに入ったのもはじめてだし、食べるものを一人で注文したのもはじめて。なんだか急に大人になった気分。

ところが代金をはらう段になって、ぎくりとした。持っているお金の半分近くを、食べてしまったことになる。ポケットからお札《さつ》を取り出し、ウェイターが差し出している小さいトレーの上に、しぶしぶ置いた。

「ところで、お母さまはどうされたんでしょう?」ウェイターが言った。「まだお見えになりませんねえ」

ダニは思わず「だって、ママはイギリスにいるんだもん」と言いそうになったが、ようやく言葉を飲みこんだ。

長いこと椅子にすわりこんでいた。外に出たくなかった。歩き続けるのはもういやだ。疲《つか》れて痛くなった足を休めているうちに、恐《おそ》ろしいことに気づいた。

はたしてギオルギスの家にたどり着けるだろうか。泊《と》めてほしいとたのめるだろうか。どう考えても、そんなことはできそうにない。ギオルギスにはもう長いこと会っていないから、ぼくのことなど、わからないかもしれない。家を見つけることさえできそうにないが、もし見つかっても、ギオルギスのおじさんが、よしよしと泊めてくれるだろうか。どうせ大人がすることは同じだ。パパに電話して、連れ帰ってくれと言うだろう。

となると、ぼくはこれからどうすればいい？　いったいどうすればいいんだろう？

ウェイターたちがダニの方をちらちら気にするようになった。支配人に何か言い、支配人がダニの方を見ている。こうなったら仕方ない。ホテルを出るしかない。

ダニは立ち上がった。心臓《しんぞう》がドキドキしている。急に、この気持ちよく整ったホテルという隠《かく》れ家《が》に、かじりついていたくなった。でも次の瞬間《しゅんかん》、後ろでガラスのドアが閉《し》まり、ダニは歩道の上に出ていた。

満月に近かったのでマモは助かった。月が煌々《こうこう》と輝《かがや》き、地面に黒々とした影《かげ》を投げかけている。見上げるとまぶしいくらいだ。月明かりのおかげで、小道を難《なん》なくたどることができた。ずっと走り続けて足が痛くなり、目がまわりかけたので、ペースを落として早歩きにしたが、息がつけるようになるとすぐ、小走りにもどった。

道をまちがえるのが一番こわかった。

はじめのうちは問題なかった。一本道が続き、しかも道だということがはっきりわかった。人の足や動物のひづめでしっかりふみかためられ、土がむき出しになっている。これなら迷《まよ》うわけがない。空想にふける余裕《よゆう》もあった。

アディスにたどり着いたら、家への道はすぐわかる。家が人手にわたっていても、ティグストはファリダーおばさんの店にいるだろうし、そこにいなければ、ハンナーおばさんが居所《いどころ》を知っているはずだ。ティグストが住みこみで働いていても、マモが寝起《ねお》きする場所は確保《かくほ》しているだろうし、仕事をはじめる手助けをしてくれるだろう。

アディスにもどったらすぐ、何もかもうまくいく。CD《シーディー》ショップの前で、また音楽が聞ける。町で知り合った少年たちにもまた会える。なつかしくてたまらなかったアディスの音や暮《く》らしを思うと、思わず顔がほころんだ。自動車やトラックが行き交《いか》う音、満員のバス、食堂や酒場の窓《まど》からちらちら見えるテレビ。人のざわめき、テレビのニュース、機械の音。

ぎくりとして立ち止まった。小道がなくなりかけている。まっすぐ前の丘《おか》のふもとに、藁《わら》ぶき屋根の集落がぬっと姿《すがた》を現している。どう猛《もう》な吠《ほ》え声《ごえ》がして、マモは飛び上がった。道をたどりそこね、だれかの家に迷いこんだにちがいない。それで犬どもがマモのにおいを嗅《か》ぎつけたのだ。

ぼんやりしていた自分に腹を立てながら、来た方に引き返したが、あいにく月に雲がかかり、小道を探そうにも二、三メートル先までしか見えない。

マモは身ぶるいした。どのくらい来たんだろう。夜明けまであと何時間？　夜が明けたらすぐ、いなくなっていることがばれてしまう。親方は即座《そくざ》に追いかけてくる。鞭《むち》を容赦《ようしゃ》なくふってロバを走らせてくるから、かないっこない。大きい道路にたどり着く前に、追いつかれてしまう。

マモは当てずっぽうにかけ出した。行き止まりにぶつかってあともどりすること数回、はだしの足で、なめらかにふみかためられた小道を探《さぐ》りながら進んでいく。

ふと、身の毛のよだつ恐ろしさにおそわれた。これでは、まるで悪夢《あくむ》だ。迷路《めいろ》にはまりこみ、刻々《こっこく》と夜明けが近づく中、同じところをぐるぐる走りまわったあげく疲れ果て、明るくなったとたんに死んでしまうかもしれない。さもなければ見通しのよいところでかんたんにつかまり、あの悲惨《ひさん》な生活に引きもどされるのか。

もうこれまでと倒《たお》れこみそうになった時、月がまた顔を出した。大空に静かに神々しく浮《う》かぶ月のおかげで、広大な田園地帯が見通せるようになった。するとほら、目をこらしてようやく見えるはるかかなたに、白く光る一本の線になって、舗装《ほそう》道路が走っているではないか。

うれしくて泣きそうになりながらマモはまた走り出した。麦の穂《ほ》をかき分けながら、がむしゃらに進んだ。ひっかき傷《きず》ができることも忘《わす》れて、トゲだらけの植えこみにもぐりこみ、農家の敷地のへりをまわり、溝《みぞ》やどぶを一っ飛び。月がまた隠れてしまうのではないか、真っ暗な中に取り残されるのではないかと心配しながら、無我夢中《むがむちゅう》で走り続けた。

銀色のリボンのような道路の手前、五百メートルくらいのところで、ハイエナのウッ、ウッという恐ろしげな声が聞こえた。マモは縮《ちぢ》みあがった。ハイエナの声は、目指す方向から聞こえてくる。

とっさに、きびすを返して逃げ出したくなったが、危険《きけん》を覚悟《かくご》で前に進んだ。ここで引き返したら、苦労《くろう》してこんなに遠くまで逃げてきたのも水の泡《あわ》だ。近くの茂《しげ》みから太くてしっかりした枝を引きちぎり、重みのある小石をいくつか拾った。ハイエナがおそってきたら、これで撃退《げきたい》してやる。

前に聞いた、ハイエナについての恐ろしい話が頭に浮かんだ。ハイエナに食いつかれたら、足なんかまるごと一飲みだぞ。腹を狙《ねら》われたら、大きな歯ではらわたをぬき取られちまう。どこまでも追いかけてくるから、逃げる方はへとへと。結局くたばっちまうのさ。

でも、そういうやつらも、ほんとは臆病《おくびょう》なんだぜ、とハイルが自慢《じまん》げに言っていた。ハイエナをこわがらせるにはどうしたらいいか、知ってるんだ。おじさんが教えてくれたから。棒《ぼう》をふりまわして石を投げる。それだけで逃げていくよ。

大きな道路に近づくにつれ、ハイエナの吠え声も近くなった。ハイエナどもが、みにくい姿で影から影へと身をかわしながら、待ちかまえているのが見えるようだ。

マモは枝をしっかりにぎりなおして頭の上にかざし、全速力で走った。ハイエナどもは闇《やみ》の中に消え去ったのか、吠え声がやんだ。

よろめきながら、ようやく畑のへりまでたどりついた。すると急に、なめらかで冷たい感触《かんしょく》が足の裏《うら》をとらえ、忘れかけていたアスファルトのにおいがした。やったー。小おどりしそうになった。

でも喜んだのはつかの間、目の前の道路は、果てることなく続き、人っ子一人いない。まだ真夜中、冷たい風で木の葉がこすれる音だけが、夜のしじまをゆるがしている。夜が明けるまでは、自動車なんか通るわけがない。たとえ通っても、わざわざ止まって、みすぼらしい身なりの少年を乗せてくれる車などあるだろうか？

乗せてもらえなかったら、どうしよう。昼になる前に、親方がこの道まで探しにきて、このあたりの村人たちにも見張りをたのむはず。そうしたら、そこらじゅうのみんなが目を光らせてくる。

だれも連れもどしたりできないはずだ、とマモは思った。だれにもそんな権利《けんり》はない、ぜったいに。でもそう言いきれるのか、自信がなかった。親方が追っ手を、このあたり一帯に網《あみ》の目《め》のように送りこんだ気がする。ぐずぐずしていたら、その網にひっかかるのはまちがいない。

歩くしかない、とマモは思った。アディスまで歩き通さなければ。

広い道路を歩きはじめたが、すぐ立ち止まった。アディスはどの方向なんだろう。メルガとバスをおりた小さい町は、どっちに行けばいいんだろう。ここでまちがえたら、一巻《いっかん》の終わりだ。

とにかく、まだ体力がすっかり回復したわけではない。そろそろ力もつきてきた。なにしろ、きのうから何も食べてないんだから。それなのに夜通し走って歩いて。

もうだめだ。マモは道のわきの草の上にしゃがみこみ、頭をがっくりと膝《ひざ》に落とした。

何もかも無駄《むだ》だった。逃げられるわけがない。連れもどされるんだろう。そうに決まってる。

毒草のしげみを思い出した。

連れもどされたら、またあれを食べよう。今度は、うまくいくよ、きっと。

でも、そんなことしないと思う。せっかく生まれ変わったんだもの、命を捨《す》てたりできない。

頭をもたげて聞き耳をたてた。少なくとも、ハイエナはあきらめたらしい。血も凍《こお》る吠え声は、かなたに消えていくところだった。

長いことしゃがみこんでいるうちに、いよいよへたりこんできた。おなかがすき、喉がかわき、疲れきって、心も体も弱っていく。冷たい風が薄いぼろぼろの服を通して肌《はだ》を刺《さ》す。ふだんは考えもしないことが次々に頭をよぎり、マモはどうしていいかわからなくなった。月も沈《しず》み、あたりは真っ暗だ。

トラックが近づいてくる音も、聞き流していた。エンジンのうなりが空想の世界にとけこんでいる。マモに見えているのは、滔々《とうとう》と流れる大きな川。流れの真ん中で波にもまれているボートに飛び乗れたら、きっとどこか、とてもきれいな場所に行ける。顔も覚えていない父ちゃんが、なぜかヨハンネスの父さんによく似《に》た父ちゃんが、そこで腕《うで》を広げて待っていてくれる。

闇をつらぬくトラックのヘッドライトに、マモは我《われ》に返った。なんとか間に合って飛び起き、光の中におどり出て、声をかぎりにさけんだ。あわててハンドルを切ったトラックの運転手が、怒《おこ》って警笛《けいてき》を鳴らす。その長く大きな音が、夜のしじまに響《ひび》きわたった。トラックはそのままマモの目の前を通り過ぎ、赤いテールランプがみるみる小さくなっていく。意地の悪い目でマモをあざ笑っているように見える。

マモは無性《むしょう》に腹が立った。わけもなくトラックを追いかけながら、さけんだ。「行っちゃだめ、もどってきてー！　乗せてってー！」

うっかり石につまずいた。体が宙《ちゅう》に飛び、地面にいやというほどたたきつけられた。両手、両足をすりむき、もともとすり切れていたシャツがさらに破《やぶ》け、頬《ほお》に切り傷ができた。半ば気を失ってしばらく倒れていたが、やがておそるおそる起き上がった。血が涙《なみだ》といっしょになって頬を伝った。それを押《お》しとどめようともせず、道路にへたりこんだ。絶望《ぜつぼう》に打ちひしがれ、寒くてふるえていることにも気づかなかった。

次のトラックが来たのは、地平線がうっすらと明るくなったころだった。マモは道路わきによけもしないで、じっとすわりこみ、乗せてほしいと手をふるだけで精いっぱい。トラックは危《あぶ》ないところでマモに気づき、急ハンドルを切った。マモが目を上げると、怒った身ぶりをしている運転手の影がぼんやり見えたが、そのまま走り去ってしまった。

さらに二台のトラックが通り、その次に、朝一番のバスが遠くに見えてきて、どんどん近づいてきた。オレンジ色と金色のツートンカラーの車体が、夜明けの薄明かりの中で鈍《にぶ》く光っている。マモはぎくりとして、道路からはい出ると木の後ろに隠れた。親方たちはまだ捜索《そうさく》をはじめていないはずだし、マモを知っている人が乗っているわけもないのだが、それでもひょっとして？親方の知り合いがマモに気づき、バスを止めて、連れもどしにかかるかもしれない。

空は灰色《はいいろ》からブルーにゆっくり変わり、地平線の上のピンク色の帯が、広く濃《こ》くなりはじめていた。遠くの丘の上に光の縞《しま》が現れ、突然、太陽の大きくて赤いへりが見えてきた。その光を背中に受けて、マモははじめて寒かったのに気づいた。これでやっと体があたたまる。ほっとしながら太陽をあおぎ見た。

太陽はマモの体だけでなく心まであたためてくれたようだ。また気力がみなぎってきた。次のトラックは止めてやるぞ。だまって通り過ぎるようなまねはさせない。何がなんでも乗りこんでやるからな。

次のトラックがやってきたのは、見えないうちから音でわかった。遠くの丘を、ギアの音を響かせながら上ってきている。マモは背すじをのばし、どうしたものかと思いながら、妙案《みょうあん》が浮かぶのを待った。やがてトラックが見えてきた。荷物を満載《まんさい》した重い車体を引きずりながらゆっくりと近づいてくる。太陽の光がフロントガラスに反射《はんしゃ》して、運転手の顔は見えない。

今度も通り過ぎていきそうな気配だ。

マモは、危険もかえりみず必死の思いで、大きな車体の行く手に飛び出し、道の真ん中に立って両腕を広げた。

ブレーキがキーッと鳴ったものの大きな車体は止まりきれず、タイヤがアスファルトの上をスリップした。マモは身じろぎもしないで立ち、白い金属ときらめくガラスの壁が轟音《ごうおん》をたてて目の前に迫《せま》るのを見つめていた。頭がぼーっとして、動こうにも動けない。血が心臓と耳と頭の中でドッドッと音を立てている。

トラックがガタガタ振動《しんどう》しながらようやく止まった。熱いラジエーターがマモの胸《むね》のすぐ前に来ていたが、マモはそれを見る前に気を失った。

が、すぐに正気づいた。運転手がトラックからおりてきて、マモをにらみつけている。怒りで唇《くちびる》をキッとこわばらせ、あばたのある額《ひたい》に、けわしい眉《まゆ》を寄せている。

「ばかもん！　まぬけ！　何やってんだ？　ひき殺しちまうとこだったたじゃないか！」

マモは目を開け、ぼんやりと運転手を見上げた。

「お願い。アディスに連れてって」

運転手はマモをしげしげと見た。マモの両頰に血のあとがあるのに目を止めた。両手にもけが、顔と腕には、なぐられた時のあざがまだ残っている。

「いったいどうした？　何があったんだ？」

マモはからからにかわいた唇をなめた。

「逃げなくちゃ、お願い、アディスに行くなら、乗せてって」

状況《じょうきょう》が飲みこめて、運転手の顔がなごんだ。

「逃げて来たんだな？　わかった。立てるか？　おれのトラックに乗っけてやる。不運な運転手の前に、またおどり出られちゃ、たまらんからな。さっきので、おれも危《あや》うく死ぬとこだったぜ」

マモは立ち上がろうとしたが、頭がくらくらする上に、足に力が入らない。運転手がかがんで手を引っぱり、立ち上がらせてくれた。

「熱はないんだろうな。伝染病患者《でんせんびょうかんじゃ》は乗っけたくないからね」

マモはやっとのことで首をふった。

「熱なんかないよ」マモが弱々しい声で言った。「おなかがすいてるだけ。なんにも食べてないし、飲んでもない。一晩《ひとばん》じゅう、走ってた」

運転手が背中を押してマモをトラックに乗せてくれた。マモは助手席のやわらかいシートに体をうずめた。

夢を見てるんだ、とマモは思った。これは夢の中のできごとなんだ。

マモは目を閉じた。運転手がギアを入れ、トラックはうなりながら息を吹《ふ》き返《かえ》した。

マモが動いている自動車に乗るのは、これで二度目だが、不思議なことに、家に帰ったような気分になれた。すっかり安心して、こわばっていた体の力がぬけ、よかったと思いながら眠《ねむ》りに落ちた。

びくっとして目が覚《さ》めた。だれかが肩《かた》をゆすっている。エンジンの音がしない。「何……？」もがきながら、まっすぐにすわり直した。にわかに恐《こわ》くなった。「どこ……？」

「心配するな」運転手がマモに笑顔を向けている。「朝めしの時間なのさ。おいで。どっちみち、腹ぺこなんだろ？」

マモは高いトラックからころげ落ちるようにしており、ふらつきながら運転手にくっついて混《こ》み合《あ》っている軽食堂に向かった。深紅《しんく》の外壁。コンクリートブロックにはさまれたモルタル部分の白がひきたっている。マモは入り口のところで、もじもじした。いばりくさった女の店員が近づいてきた。

「何してんの？　物乞《ものご》いはおことわりだよ。ほら、どいたどいた」

「そいつは、おれの子だ」運転手が店員に声をかけた。「何をぐずぐずしてる？　こっちに来てすわれ」

マモは、食堂で食べたことは、まだ一度もなかった。母ちゃんが働いていた店の外でぶらぶら過ごしたり、店長の使い走りをしていた自分が、今こうしてお客としてテーブルについているのだと思うと、どうにも落ち着かなかった。汚《きたな》くてみすぼらしい服がはずかしくてたまらない。その上、はだしときている。顔には血のあと。

「裏に水がある」運転手が言った。「きれいにしてこい」

裏庭に水の入ったドラム缶《かん》があって、蛇口《じゃぐち》の後ろに石けんが置いてあった。マモは顔と手を洗《あら》った。石けんのいいにおいを胸いっぱいに吸《す》った。少しきれいにしただけで、人心地がついた。

食堂はトラックの運転手や早起きの旅行者で混んでいたが、マモのテーブルにはもうお皿が来ていた。山盛《やまも》りのフランスパン、目玉焼きが六つか七つ。別の小皿にバターとハチミツ。湯気《ゆげ》が立ち上っているミルクコーヒーの大きなコップが二つ。コップの底にお砂糖《さとう》がたっぷりたまっている。

マモはすわって、目の前の食べ物を見つめた。まさか、こんなものを食べさせてくれるわけないよね。まさか、おれのじゃないよね。

でも運転手はにこにこしながらマモを見ている。

「どうした？　腹ぺこなんだろ？」

運転手はパンをとり、オレンジ色に光っている卵《たまご》の黄身にひたし、マモの口に近づけてくれた。小さい子のように、マモは口を開けた。

最初の一口を天にものぼる心地で頰ばると、マモは空腹に見栄《みえ》も外聞もかなぐり捨てた。がつがつしないようにしよう、食べすぎないようにしよう、運転手の分を残しておこうと思うのに、どうにも止まらない。むさぼるように食べ、パンのくずも残さずたいらげ、運転手が笑いながら追加注文してくれたお皿に山盛りのパンにとりかかった。生まれてはじめての食事、とでもいうような食べっぷりだった。

やっとおなかがいっぱいになり、最後にコップの底にたまっているお砂糖たっぷりのミルクコーヒーを飲《の》み干《ほ》すと、マモは熱いまなざしで運転手にほほえみかけた。

「命の恩人《おんじん》だね」マモが言った。

運転手は聞いていなかった。勘定《かんじょう》をすませようと手をたたいていたのだ。

「行こう」運転手がマモをふり返りながら言った。「先は長いぞ」

すげえ、とマモは思った。朝ごはんをたっぷり食べて、お日さまにあたためられると、世界がこんなにちがって見えるんだ。窓から、青々とした畑や、道ばたを市場に向かって歩いているおばさんたちの鮮《あざ》やかな服を見ていると、難行苦行《なんぎょうくぎょう》だった夜のことも、ひとりぼっちで寒かったことも、絶望していたことも、頭のすみに追いやられた。

「おまえはだれなんだ、ところで？」運転手が、物思いにふけっているマモに言った。「おまえのこと、教えてくれ。おれは、おまえの名前も知らないぞ」

「名前はマモ。でも話すことなんて、なんもない」マモが、はにかみながら言った。命の恩人があんまり大らかで気前がいいので、マモは怖《お》じ気《け》づいていた。

「話してごらん。おまえみたいな子は、そうそういるもんじゃない。葉っぱみたいにやせこけて、飢《う》え死《じ》にしそうで、血だらけで、トラックと見りゃ、前に飛び出してくる子なんてのは」

話しはじめるまでに少し時間がかかったが、気づくとぽつりぽつりと声を出していた。これまでに起きたことを残らず話した。なんだか、よその子の身の上話をしているような気がした。

「それからやっと道路にたどり着いたんだ」話はいよいよ大づめにきた。「だれも止まってくれなくて、もうどうでもいいやって気になった。そこにおじさんが来て、命を救ってくれたんだ」

運転手が何も言わないので、マモが見上げてみると、運転手の頬にこぼれた涙が太陽にきらめいていた。

「何か悪いこと、言ったっけ？」マモは心配になって聞いた。「どうして泣いてるの？」

運転手が涙をこらえて、ゴクリと唾を飲みこんだ。ハンドルをにぎっている手に力がこもり、指の関節が白くなっている。

「悪いことなんて、何も言ってないさ。おれにも覚えがあるんだ。若《わか》いころ、おれもひどい目にあってね。同じように逃げ出すしかなかった」

運転手は、それ以上のことは言わず、それ以上の質問もしてこなかった。マモはまた猛然《もうぜん》と眠《ねむ》くなった。シートの背もたれに頭をあずけると、たちまち寝入った。

7

　ティグストがアワッサで落ち着くまでには数週間かかった。何もかも勝手がちがった。アワッサは大きな湖沿《ぞ》いの細長い町で、水辺近くの大木の林に、気味の悪い真っ黒なコウノトリが住みついている。並木《なみき》のある広い目ぬき通りは、エレガントな店やカフェが軒《のき》を連ねて、湖から丘《おか》の上まで続く。アディスアベバの人たちが休暇《きゅうか》を過ごしにやってくる町でもある。小ぎれいな服装《ふくそう》の旅行者が、のんびり気ままに歩いている。

　取る物も取りあえずこの町にやって来た時には、ハミドおじさんはすぐにも死んでしまうのではないかと思ったが、とりあえず病気は峠《とうげ》を越《こ》したようだ。でも重病であることに変わりはない。アディスの店の用心棒《ようじんぼう》が言っていたように、問題は目が悪いだけではないらしいが、だれもそのことには触《ふ》れたがらない。

「胸《むね》がぼろぼろなの」ハミドおじさんの容態《ようだい》を聞かれると、ファリダーおばさんは気まずそうに答える。「戦争でけがしたのが、いまだに尾《お》をひいているんだよ」

　ティグストがハミドおじさんを見かけることはほとんどなかった。暗くした部屋に寝《ね》ているので、ティグストがのぞいても、骸骨《がいこつ》のような顔の上でダイヤモンドのように光っている目と、上《うわ》掛《が》けシーツをにぎりしめているやせ細った手だけしか見えなかった。咳《せき》が、しょっちゅう聞こえてくる。

「あの人はああ言うけどさ、戦争とは関係ない病気なのさ」ティグストは、近所の人がひそひそ声で言っているのを耳にした。「エイズ、それが病名」

ファリダーおばさんは、おじさんの世話で手いっぱいだったので、ヤスミンの世話はティグストがほとんどすべて引き受けていた。アディスにいた時とはちがって、ここでは店の仕事はないが、家（町はずれの立派《りっぱ》な家だ）のそうじや食事のしたくがある。それはサルマという手伝いの女の子がすることになっていた。

サルマはとても気さくで快活《かいかつ》な子だった。小太りのせいか、腕《うで》っぷしも強いし声も大きい。ティグストは進んでサルマの手助けをした。二人は同じ部屋で寝起きしているので、ほとんど一日じゅういっしょにいる。サルマは料理がじょうずだった。サルマが作るインジェラはキメが細かくなめらかだし、たっぷり香料《こうりょう》を使ったシチューは赤くてとろりとしていて、ほっぺたが落ちそう。ティグストも、見よう見まねで料理を覚え、自分でも作れるようになった。母さんは、料理などついぞ教えてくれなかった。

ある朝、ティグストとサルマが家の裏《うら》の階段《かいだん》にすわって、レンズ豆に混《ま》じった石を選《え》り分《わ》けながら、いつものようにおしゃべりして笑っていると、ファリダーおばさんが、ドアをたたきつけるように閉《し》めて外に出てきた。おばさんはヤスミンのところに、すたすたと歩いてきた。ヤスミンはティグストのそばで、首飾《くびかざ》りとこわれた櫛《くし》を持って遊んでいるところだった。

「ママのだいじなヤスミンちゃん」ファリダーおばさんはそうささやきながら、娘《むすめ》を抱《だ》き上《あ》げ、胸にひしとかき抱《いだ》いた。

ヤスミンはワーッと泣《な》き出《だ》し、もがきながらティグストの方に両腕をのばした。ティグストはあわてて立ち上がり、ヤスミンにかけ寄《よ》った。

ファリダーおばさんは、まだあばれているヤスミンの頭越しに、ティグストを冷ややかに見た。

「今日は、ヤスミンの世話はしなくてけっこう。わたしがめんどうを見るから、じゃましないように。あんたは丘の上の薬局に行って、注文した薬はまだなのか、聞いてきておくれ。それからその珍妙《ちんみょう》なブレスレットは、はずすこと。あばずれ女に見られたいのかい？」

思いがけない言葉におどろいて、ティグストは口ごもりながら言った。「はい、奥《おく》さま。レンズ豆を片《かた》づけたらすぐ行ってまいります」

ファリダーおばさんは眉《まゆ》をひそめた。

「あんた、耳はついてるの？　聞いてきてってことは、今すぐに決まってるでしょ」

ティグストは顔を真っ赤にしてかけ出した。何か気にさわることをしただろうか。何を怒《おこ》っているんだろう。ひまを出されるんだろうか。

ほとんど走りづめで丘の上まで往復《おうふく》し、息を切らせながら、ファリダーおばさんにおずおずと薬を差し出した。おばさんは、だまって受け取った。ヤスミンが落ち着いているのを見てほっとしたが、ティグストに気づくやいなや、腕をのばしてまた泣きはじめた。

「さっさと下がって、トイレのそうじ」ファリダーおばさんが言った。「汚《よご》れてるよ」

ティグストはますます心配になった。何がいけなかったんだろう。

ティグストは夕方まで次から次に仕事をいいつけられて、かけずりまわった。裏庭からはヤスミンのむずかる声がずっと聞こえていた。ようやく夜になり、ティグストは足を引きずりながらサルマといっしょの部屋にもどり、サルマと同じマットに横になった。

「あたし、何をしでかしたのかしら？　どうしてあんなに不きげんなんだと思う？　いつも、かわいがってくれていたのに」

「やきもちを焼いてるんだろうな」サルマがあくびをしながら答えた。「ヤスミンはいつもあんたにべったりだし。あたしたちは仲よしで、笑いが絶《た》えないし。それなのに、あっちは、ずっと骨《ほね》と皮の老人と鼻を突《つ》き合《あ》わせているんだもの」

「なるほどね、でもそれは、あたしのせいじゃないわ」ティグストは憤慨《ふんがい》した。「ヤスミンは、あたしのことが一番好きなんですもの、しかたないでしょ。あたしになついているだけよ。おばさんは、あたしにあずけっぱなしだし。あたしに、どうしろって言うのよ」

「わかってるって。でも気をつけた方がいいよ」サルマが声を落とした。「ファリダー奥さまって、ああいう人でしょ。はじめは人当たりがいいけど、邪険《じゃけん》になったり疑《うたが》い深《ぶか》くなったりするからね。あんたも、じゅうぶん用心しないと」

ティグストはその晩《ばん》、ほとんど一睡《いっすい》もできなかった。安心して仕事ができるのがうれしくて、先の心配などしなくなっていた。ずっとファリダーおばさんのところで働けるものと思っていた。それが急に、また一人ほっぽり出され、貧《まず》しい暮《く》らしに逆《ぎゃく》もどりしそうな気配になってきた。

ティグストは頭の中で、ためているお金を数えた。部屋のすみにある棚《たな》の高いところに、こっそり隠《かく》しているお金だ。ここのところ、あまり増《ふ》えていない。最近はお給料をかなり自由に使っているのだ。ヤスミンに小さなプレゼントを買ったり、自分用に安物のブレスレットやイヤリングを買ったりしている。これからは、そういう無駄《むだ》づかいを一切やめよう。急に仕事がなくなった時のために、またいっしょうけんめい、お金をためなければ。

ひさしぶりにマモのことを考えた。マモも自分と同じように幸せに暮らしているものと思っていたが、急に、本当にそうだろうかと思いはじめた。さりとて、マモに何かをしてやる余裕《よゆう》などない。自分がかかえる心配ごとで頭がいっぱいなのだから。

次の朝、ティグストは買ったばかりのイヤリングも鮮《あざ》やかな色のスカーフもつけずに身じたくした。裏庭に出る時は小声で話すように気をつけた。笑わないようにするのはわけなかった。今日は、とうてい、笑う気分にはなれないから。

ヤスミンを起こして着がえをさせると、すぐ抱き上げ、ファリダーおばさんを探《さが》しに行った。

「ヤスミンは、おばさんがいいんですって」つつしみ深く目を伏《ふ》せて言った。それからかがんで、ヤスミンにささやいた。「ママのところに行きなさい。いいものをくださるって」

ティグストはドキドキした。ヤスミンが行かなかったらどうしよう。あたしからはなれたがらなかったらどうする。でもありがたいことに、ヤスミンはにぎっていたティグストのスカートをはなし、ママのところによちよち歩いていった。

ファリダーおばさんはヤスミンを抱き上げ、顔じゅうにキスの雨をふらせた。ちょうどその時、ハミドおじさんの部屋から、うめき声が聞こえてきた。

「ティグストのところにもどりなさい」ファリダーおばさんがヤスミンに言った。「またあとでね」ファリダーおばさんはティグストを見てにこっとした。

あらら、とティグストは思った。その顔は要注意。じゅうぶん気をつけなければ。

いつもなら、サルマを探しにキッチンに走っていくところだが、キッチンとは反対側の庭に出て、ヤスミンに帽子《ぼうし》をかぶらせ、遊ばせた。自分は少しはなれたところで、あたりの様子をうかがいながら心配そうにすわっていた。

ダニはエチオピアホテルの外で、決心がつかずに立ちすくんでいた。やせ細った手に袖《そで》を引っぱられるまで、物乞《ものご》いがそばに来たのにも気がつかなかった。ダニはびくっとして、あたりを見回した。はだしで、汚《きたな》いぼろをまとった小さい男の子が、訴《うった》えかける目で見上げている。

「父ちゃんいない、母ちゃんいない」男の子は手を突き出しながら、小声で言った。「おなかすいた。胃袋《いぶくろ》からっぽ」

ダニは、たじろいであとずさりした拍子《ひょうし》に、別の物乞いにぶつかりそうになった。目の見えない年取った物乞いが、後ろからふらふら近寄《ちかよ》ってきていた。

「イエスさまのために、おねげえします」老人がさえずるような声で言った。「マリアさまのために、おねげえします」

「神の祝福《しゅくふく》を」ダニは、パパが物乞いを追っぱらう時にいつも使う決まり文句を、ぼそぼそ言った。「神に感謝《かんしゃ》を」

ダニはバッグを持ち上げ、その場をはなれた。にぎやかな広場を避《さ》け、人通りの少ない道に移《い》動《どう》した。足もとで、大地が大きく崩《くず》れたような気がした。ぞっとして、ふらついた。このまま底《そこ》なし沼《ぬま》にずぶずぶ沈《しず》んでいったらどうしよう。

「物乞いなんてできないよ」ダニは声に出して言った。「ぜったいに。物乞いするくらいなら死んだ方がまし」

ダニは歩き続けた。不安で胸《むね》がつぶれ、どこに向かっているのかわからなくなった。マメは痛《いた》いし、足は棒《ぼう》のようになるし、もうがまんできない。

どこに行けばいいんだろう。ずっと歩いているわけにはいかないし。

ダニはきょろきょろした。夕暮れが迫《せま》り、太陽が、アディスアベバにはめずらしい木の生えた丘の一つに沈もうとしている。すずしいそよ風が吹《ふ》きはじめた。カーブしながら丘を上っていくこの長い道に見覚えはない。道に沿った塀《へい》のむこうは、背《せ》の高い大木の林だ。仕事帰りらしい人たちがちらほら、家路を急いでいる。家で待っている家族と夕食のテーブルを囲んで早くくつろぎたいのだ。自動車はめったに通らないようだ。塀と反対側の道沿いに、小さな家が何軒《けん》か建っている。開けはなった窓《まど》から、話し声やお皿の音が聞こえ、かまどの煙《けむり》がダニのところまでただよってきた。

涙《なみだ》がこぼれそうになった。

「ほんとにひとりぼっちになっちゃった」とダニは思った。

思わず立ち止まった。塀の下の道路わきに大きな切《き》り株《かぶ》があったので、ダニはバッグを投げだし、切り株の上にへたりこんだ。体がふるえた。冷たい風がしだいに強くなっている。バッグを開け、セーターを出して着た。

家では今ごろ、ゼニがメゼレットを呼《よ》んで夕食を食べさせているだろう。パパもそろそろ仕事から帰ってくる。ネグシーが門のところで、すぐにも扉《とびら》を開けられるように待っているはずだ。飛んで帰りたい気持ちを押《お》さえきれなくなって、ダニは立ち上がった。

帰るしかない。家に帰ろう。目ぬき通りに行けばタクシーが見つかるはずだ。タクシー代くらいは残っている。家に帰ったら、パパにきちんと言おう。ジグジガにはぜったいに行かないと。行くつもりはないと言うんだ。なんとしてもパパにわかってもらわなくちゃ。

パパのきびしい断固《だんこ》とした顔が目に浮《う》かんだ。それからフェイサルの顔も。パパの肩越《かたご》しにこっちを見て、勝《か》ち誇《ほこ》ったように笑っている。しぶしぶダニはまた切り株の上にすわりこんだ。

太陽がちょうど沈むところで、みるみるうちに地平線のむこうに隠《かく》れ、急に暗くなった。ここに一晩《ばん》じゅうすわっているわけにはいかない。むこうの家に行って、泊《と》めてくれないか聞いてみよう。いいよって言ってくれる人がいるだろう。だれか助けてくれるはず。

けれども足の力がぬけて、動けなかった。

少し前に仕事帰りの人が通ったあとは、道に人っ子一人いなかったが、今また、一人やってきた。走っている足音と奇妙《きみょう》なさけび声が聞こえる。少しはなれたところで足音がやみ、すぐまた歩き出した。急いだり、止まりそうになったりしながら、だんだん近づいてくる。聞いたこともない歌の一節を歌ったかと思うと、突然笑い出し、それからブツブツ言い、また歌い出した。

ダニは鳥肌《とりはだ》が立った。

頭のおかしい人なんだ。見られたらどうしよう。何かされるだろうか。

隠れる場所はどこにもない。バッグを持って逃《に》げようとした時、男が暗闇《くらやみ》からぬっと現れた。二、三メートルしかはなれていない。

「ヘイ、ホー、ヘイ、そこの小さいの」男は立ち止まり、闇をすかしてダニの方をうかがっている。「皇帝陛下《こうていへいか》がおもどりになった。知らなかったのかい？ なんだって、ぐずぐずしてるの？ みーんな宮殿《きゅうでん》に行ってるんだよ。いっしょに行こう」

男が長い腕をにゅっと出してダニの腕をつかもうとした。ダニは飛び上がって、こわごわあとずさりした。男の目が黒い顔の上でぎらぎら光り、のび放題のもじゃもじゃの毛が逆立《さかだ》っている。

「やめときます」ダニがしぼり出すような声で言った。「宮殿なら行ったことあるし。だれもいないと思うし」

「なんだって？」男が、まさかという顔でダニを見つめた。「みんな、どこに行っちゃったんだろう？」

「わかんないけど。自分の家でしょ」ダニの声がふるえている。

「家？ なつかしの我《わ》が家《や》、家から出たり入ったり、みんなで出ていこうよ」男は二、三歩、ダンスのステップを踏《ふ》んでから、道路を走っていった。

ダニがほっと息をつくひまもなく、男が舞《ま》いもどってきた。

「皇帝陛下はおいでになったの？ 宮殿に？」男は、どぎまぎしながら言った。「きみ、皇帝陛下にお目にかかったの？」

「ぼくは――いえ」ダニは口ごもった。「ジグジガにお出かけでした」

ダニはとっさに浮かんだ言葉を口にした。この答えに納得《なっとく》してくれればいいが。男は納得した。

「ジグジガね」男が言った。「ジグジガ、ジグジガ、ジグジガ、ジグ」男は急に元気づき、走り去った。

気づくと、ダニは体じゅうがふるえ、脚《あし》がガクガクしていた。

またもどってきたら危ない。泊まるところを探さないと。

ゆっくり道路に沿って歩きながら、ちらちら光る窓の方を見やり、勇気を奮《ふる》い起《お》こしてドアの一つをノックしてみようと思った。

でも、おかしな子だと思われちゃう。とっとと帰れって言われるだろう。

またたれかがこっちに向かってきた。きびきびした足音でやってくる。こんな時間に、だれだろう。また頭のおかしい人だろうか。おまわりさん？　フェイサル？　パパ？

ダニはやみくもにバッグをつかむと、塀にできるだけ体を寄せてかけ出した。後ろの人がどんどん迫ってくる。何か大声で言っているようだが、聞き取れない。ダニはあわてふためき、必死で逃げた。

左側の塀は白い漆喰《しっくい》で、暗がりでもはっきり見える。その塀が突然、黒くなった。ダニは思わず、その穴《あな》に飛びこみ、はいつくばって塀の裏にへばりついた。

足音が通りすぎた。男がまた大声を出したが、今度は聞き取れた。どこかの家の人に、あいさつをしているだけだった。一瞬《いっしゅん》、なーんだと思って、道に出て行きかけたが思い直し、塀に沿った林を通って、敷地《しきち》の奥《おく》に進んだ。

そこは墓地《ぼち》だった。白い大理石の墓石《はかいし》が斜面《しゃめん》の上まで続いている。お金持ちのための墓地だということは一目でわかった。簡素《かんそ》な墓石は一つもない。それぞれの墓には、柩《ひつぎ》がすっぽり入るほどの大きな大理石が置いてある。大理石にはさまざまな彫刻《ちょうこく》がほどこされ、石づくりの墓碑《ぼひ》が乗っている。

ダニはぞっとしてふるえた。ひやりと冷たいものが体の芯《しん》からはいのぼってきた。小さいころから、墓地にまつわる血も凍《こお》るような話をゼニに聞かされてきた。幽霊《ゆうれい》の話、お化けの話、亡霊《ぼうれい》の話。ゼニだったら、外がどんなに危険《きけん》でも、こんな場所には一分たりといないだろう。きっとダニを抱きかかえて、塀の外に飛び出すことだろう。

それでもダニは、さらに一歩、奥に進んだ。不思議なことに、こわいとは思わなかった。ここにはおだやかな落ち着きがある。ここには自分以外、だれもいないのが、勘《かん》でわかった。びくびくしなければならない相手は一人もいない。しつこい物乞いも、頭のおかしい人も、尋問《じんもん》してくるおまわりさんも、怒《おこ》っているパパも。

もしママが旅のとちゅうで死んだら、すぐこういう場所に入るのだ。ここにはだれかのお母さんたちが大勢、眠《ねむ》っているはず。

そう思うと、気持ちが楽になった。ママが旅立ってからはじめて、ママがすぐそばにいるような気になれた。あれこれ心配するママではなく、いつもそうだったように、やさしく愛してくれたり、からかったりするママがここにはいる。

「あら、ダニ」ママの声まで聞こえる。「こんな時間まで何していたの？　おばかさんねえ」

墓石と墓石の間を行ったり来たり、歩きまわっているうちに、少しこわくなった。墓地のまわりに生えている木の枝が、風でゆれるたびに、気味の悪い影《かげ》が動いた。ゼニのお化けの話をばかにはっきり思い出して、思わず鳥肌が立った。

ダニはくるりと向きを変え、木がたくさん生えている、さっきの塀の穴の方に移動《いどう》した。どういうわけか、その方が落ち着ける気がした。暗いけれど、ほっとできる。ママの気配もここの方が強く感じ取れる。

近くに家の形をした古いお墓が、ぼーっと浮かび上がっている。近寄ってみると、白い大理石でできていた。だれかえらい人のお墓なんだろう。屋根の上には十字架《じゅうじか》が立ち、アムハラ語の言葉がびっしり彫《ほ》ってある。

一番下にはまっているはずの大理石の板が、落ちていた。中をのぞいたが、枯れ葉《かれは》と土ぼこりがあるだけで、もぬけの殻《から》。ここにはだれも埋葬《まいそう》されていないらしい。ダニはかがんで、もっとよくのぞいて見た。骨《ほね》とか、そういう気味の悪いものは何もない。

ダニはためらった。お墓の中で眠るなんて、いかにも気持ち悪い。そんなことをするのは、いけないことかもしれない。悪魔《あくま》の誘惑《ゆうわく》かも。第一、不吉《ふきつ》だし、病気がうつりそう。でも、この小さな大理石の家の中に入れば、ここよりあたたかいに決まってる。ここでは、セーターの中まで冷たい風が入ってくる。それでもやっぱり、中に入るなんていやだ。がまんできなくなるまで、外にいよう。

バッグの中をひっかきまわして、スウェットシャツと、買ってもらったばかりのやわらかい緑色のジャケットを引っぱり出した。これは、胸のところにデザイナーのラベルが刺繡《ししゅう》してあって、高かったんだよね。こんなところで着たら、泥《どろ》だらけになりそうで、やだな。ゼニに怒られそう。

でも、ゼニには怒られない。ぼくは家にはいないんだから、怒られっこない。

ダニは鼻をすすった。そうしたら無性《むしょう》に泣《な》きたくなった。こらえきれずに泣いた。長いこと声を上げて泣き続けた。泣《な》き疲《つか》れて、墓のわきに横になった。風がまともに当たらないように工夫し、バッグを枕《まくら》にして目をつむった。


ダニがいなくなってパパがどうしたか、ダニの予想は当たっていた。アト・パウロスはいつものように、日が落ちるとすぐオフィスから帰ってきて、家じゅうが心配げな気配に包まれているのに気づいた。ゼニを問いただしてはじめて、ダニの姿《すがた》が朝から見えず、行き先がわからないことを知った。その時のアト・パウロスの顔があまりにも恐《おそ》ろしくて、ゼニは取りこんだばかりの洗濯物《せんたくもの》の山をあやうく取り落としそうになった。

「どういうことだ、いなくなったとは？」アト・パウロスがゼニにかみついた。「どこにいる？　だれのところに行った？　さっさと言え。おまえならわかるはずだ」

ゼニの額《ひたい》に冷《ひ》や汗《あせ》が吹き出した。

「わかりません、だんなさま。ぼっちゃまを見た人はだれもおりません。だれにも何も言わずに出て行ったきりで。わたしはメゼレットの髪《かみ》を編《あ》んであげたり、手いっぱいでしたし、ネグシーは裏庭の植木に水をやってましたんです。ダニぼっちゃまは、だれもいないのを見はからって、家からぬけ出したにちがいありません」

「ぬけ出しただと？　ばかばかしい！　友だちに、さよならを言いに行っただけだろうが、ジグジガに行く前に。この家の中で秘密《ひみつ》はゆるさん。ダニがどこに行ったのか、今すぐ、言うんだ！」

ゼニは一歩、あとずさった。

「本当です、だんなさま、わたしは存《ぞん》じません。朝は確《たし》かに自分の部屋にいらっしゃいました。一度か二度、洋服ダンスを開《あ》け閉《し》めする音を聞いてますから。そのうちメゼレットに呼《よ》ばれたものですから……」

アト・パウロスはゼニを押《お》しのけ、ダニの部屋のドアを勢いよく開けた。部屋の中の散らかりようが、いつものように気にさわり、ドアを閉めようとして、はっと思い出した。けさ、ダニはスポーツバッグに衣類をつめていた。あのバッグはどこにいった？

アト・パウロスはそそくさと探《さが》しにかかった。バッグはなくなっていた。ゼニを呼びもどしてバッグのことを問いただそうとしたが、ドアまで行って思いとどまった。最初の悪い予感通り、あのばかが、ほんとうに家出したのなら、慎重《しんちょう》に事を運ばなければならん。フェイサルはすぐにもやってくる。むかしの部下に弱みをさらけ出すなんて、たまらんからな。

アト・パウロスは、ダニの勉強づくえの上に出しっぱなしになっているプラスティックの定規を手に取り、怒《いか》りにまかせて、つくえをバシッとたたいた。よほど力が入っていたのだろう、定規がまっぷたつに折れた。アト・パウロスはこわれた定規を放り投げた。

ダニのやつ、いったいどこに行きやがったんだ？　どんな友だちがいるのか？　知っているかぎり、ダニが友だちを家に連れて来たことは一度もない。ダニが友だちに人気がないことも、アト・パウロスをいらだたせる原因《げんいん》の一つなのだ。

ツェハイだ！　ダニはツェハイのところに行ったんだ！　そう思いついたとたん、ほっとしたが、同時にむかっ腹《ぱら》が立った。ツェハイはルースの妹で、同じアディスアベバでも、ここことは反対のはずれに、役立たずの夫と住んでいる。ツェハイのばかまるだしの忍《しの》び笑《わら》いは、いつもアト・パウロスの癇《かん》にさわる。

アト・パウロスはのっしのっしと歩いてダニの部屋を出ると、廊下《ろうか》を通って居間《いま》に行った。電話は窓のそばの、前面がガラスばりの飾《かざ》り棚《だな》の上にある。飾り棚の中には、陶器《とうき》や磁器《じき》の置き物がたくさん並《なら》んでいる。アト・パウロスはツェハイの番号をダイヤルした。

「アベットゥ？《もしもし》」

ゆっくりした、知らない声だ。

「ウォアゼロ・ツェハイはいるかね？」アト・パウロスが言った。「ツェハイに出てもらえるかな？」

「ここにはおらん！」大声だ。電話で話すのに慣れていない人にちがいない。「町を出て行った。あっしは留守番《るすばん》の者なんだ」

これを皮切りに、あちこちに電話したが、どれも無駄《むだ》だった。はじめのうちは、今度こそダニがいるという返事が聞けるものと思いながら電話していたが、親戚《しんせき》や家族ぐるみのつき合いをしている友人に次々に電話するうち、自信がゆらぎはじめた。きょとんとした声の、やたらに聞きたがる相手と十人も話すころには、がっかりしたのとあわてはじめたのとで、アト・パウロスの顔つきがけわしくなっていた。

「今に見てろ、つかまえてやるから」アト・パウロスはつぶやいた。「ばかにしやがって。もう承知《しょうち》しないぞ」

アト・パウロスは電話のわきの、彫刻のほどこしてある椅子《いす》にすわり、ほかに電話できる人を探そうと、ルースの電話帳をめくっていた。ちょうどその時、電話が鳴り、アト・パウロスは腰《こし》を浮かせた。

ダニの行方を知らせる電話にちがいないと、すぐに受話器を取った。ところが、かすかにカタカタという音がしたあと、一瞬、しーんとして、それからルースの声が、まるでとなりの部屋にいるようにはっきりと、電波に乗って流れてきた。

「パウロスなの？　もしもし？　わたしよ、ルース」

アト・パウロスは唾《つば》を飲みこみ、しばらく返事につまった。

「ルース！」ようやく言った。「だいじょうぶなのか？　今どこにいる？」心配事のために声が枯れているのに気づき、口をつぐんだ。

ルースは軽く笑った。

「だいじょうぶよ。今、病院にいるの。いい病室よ。看護師《かんごし》のミス・ワトソンがまだ付き添《つそ》ってくれてるわ。あした、外科のお医者さまに診《み》ていただけるんですって。あなたとはなれて、一人でロンドンにいるなんて、心細くて」

「旅はどうだった?」アト・パウロスは、ルースにあれこれ聞かれてはたいへんと、急いで自分から質問した。「何事もなかったのか? 疲れただろう?」

「そりゃ、ちょっとね。出発してすぐ、少し目まいがしたけれど、ミス・ワトソンが注射《ちゅうしゃ》をしてくれたんで、だいぶよくなったわ。道中、ほとんど眠ってたの。親切な人たちばかりでね。ところであの子は――」

「心配しなくていい」あわてて、なるべく明るい調子で言った。「みんな変わりない。メゼレットは夕食をすませて、寝るしたくをしている。ダニはそこらにいる」

「そこらって……?」

「言っただろ。なにもかも順調だ。さあ、もう寝た方がいい。あしたはまたいろいろあるんだから。きみの従兄《いとこ》のヘンドンには電話しておいたよ。あしたの午後、見舞《みま》いに行ってくれるそうだ。こっちからまた電話するから。おやすみ。ゆっくり眠りなさい」

「おやすみですって? こっちはまだ四時よ」とルースが言ったが、アト・パウロスはもう受話器を置いていた。

アト・パウロスは立ち上がった。妻と話したことで、ますます落ち着かなくなった。なんとも不安で、考えがまとまらず、どうしたらいいのかわからない。

朝になったら学校に連絡《れんらく》しなければ、と思ったとたん、またふつふつと怒りがこみ上げてきた。あいつがどこにいるのか、聞いてみよう。学校ならわかるはずだ。クラスの子のだれかといっしょにいるはずだ。そうに決まってる。それしか考えられない。

外で、屋敷《やしき》の門がギーッと鳴った。ネグシーが、蝶番《ちょうつがい》のさびた門を開けたのだ。

フェイサルだ。着いたんだ。アト・パウロスは、憂鬱《ゆううつ》になった。あいつに、いったいなんと説明したものか？

8

マモは町角に立って、アディスアベバのなつかしい空気を胸《むね》いっぱいに吸《す》いこんだ。古いトラックの排気《はいき》ガスのつんと鼻をつくにおい、自動車が道路わきに蹴散《けち》らしていく土ぼこり、たくさんの民家から立ち上るかまどの煙《けむり》。アディスアベバの町が、これほど自動車の往来が激《はげ》しく、人通りが多く、そうぞうしいとは、すっかり忘《わす》れていた。音楽のことも、ずっと思い出しもしなかった。ラジオから響《ひび》く歌声、酒場から聞こえてくるダンス音楽、バスの屋根についているラウドスピーカー。これまでの数か月、マモは静まり返った世界にいた。はるか遠くでノスリが鳴いても、ふり向くような世界。知らない顔に出会ったら、好奇心《こうきしん》のかたまりになる世界。

運転手が、アディスアベバのにぎやかな市場、マルカートの近くでおろしてくれた時は天にものぼる心地だった。

「姉さんのところにもどるんだろ？」運転手がトラックの窓《まど》から顔を出し、マモを見おろしながら、にこやかに言った。

「うん」マモも晴れやかな顔で答えた。「姉ちゃん、おどろくだろうな。おれのこと、死んじまったと思ってるかも」

運転手はポケットを探《さぐ》り、十ブル紙幣《しへい》を取り出し、マモににぎらせた。

「元気でな」運転手はそう言うと、マモがろくにお礼も言わないうちに、大きなトラックにギアを入れて走り去った。

マモは、トラックが見えなくなるまで見送った。ここに来るまでずっと、ティグストを見つけることしか考えていなかったが、こうして運転手と別れてみると、世界中でたった一人の友だちを失ったような気がして、急に何もかも不安になった。

ティグストが見つからなかったらどうしよう。見つかったとしても、ティグストにめんどうは見られないと言われたらどうしよう。あのまま、トラックに乗せていってもらうんだった。あの運転手についてまわって、自動車の整備工にでもなれるように、あれこれ教えてもらえばよかった。

マモは身ぶるいした。今さらそんなことを考えても、もうおそい。

マルカートからファリダーおばさんの店までは、とても遠かった。たどり着く前に、あんなに山盛《やまも》りいっぱい食べた朝ごはんもどこへやら、またおなかがぺこぺこになった。不安もふくらんでいた。店に近づくと思わず小走りになり、最後の二、三メートルは走った。

足の悪い少年が、日よけの下の野菜の台に寄《よ》りかかっていた。

「こんにちは」おずおずとマモが言った。少年の緑色のオーバーオールに比べ、自分の服があまりにもみすぼらしいのに気づき、はずかしくなった。「ティグストはいる?」

少年は首をふった。

「アワッサに行った」少年がぼそっと言った。「ファリダー奥《おく》さんにくっついて。だんなが病気なんだ」

マモに緊張《きんちょう》が走った。

「いつ帰る？」

「さあ。ずっと前に行ったきり。あれが今の店長」

少年が顎《あご》でしゃくった方を見ると、しゃきっとした身なりの男が店の入り口に立って、こわい顔でこっちをにらんでいる。

「でもティグストは、おれの姉ちゃんなんだ」マモがまぬけな理屈《りくつ》をこねた。「アワッサにいるはずがない。どうしても姉ちゃんに会いたい」

少年は肩《かた》をすくめた。

「わからんやつだな」

「ねえ――働かせてくれるかなあ？」店の入り口を見ながらマモが言った。「なんでもする。人手が足りないんじゃない？」

少年は、競争相手が現れたと思ったのか、不愉快《ふゆかい》そうな顔をした。

「さあね。自分で聞けば」

けれども店長は、マモに向かって、ハエでも追っぱらうようなしぐさをした。

「どいたどいた！」店長が大声で言った。「消えろ！」

「おれはただ……」言いかけるマモの方に、店長が向かってきた。マモはあとずさりした。

びっくりしてよろけながら、でこぼこの歩道を引き返した。どうにも腑《ふ》に落ちない。店にティグストがいないなんて、信じられない。

立ち止まり、肩越《かたご》しにふり返った。もう一度、聞いてみようともどりかけたが、店長がまだにらんでいるのを見て、やめた。本当かもしれない、店番の子が言ったことは。ティグストはいないんだ。不安とさびしさが入りまじって、胸がしめつけられた。ティグストがアディスにいないなんて、考えもしなかった。ファリダーおばさんの店にはいないかもしれない、だから探《さが》すことになるかもしれないとは思っていた。そうなったってだいじょうぶと、たかをくくっていた。何日か探せばなんとかなる。でもアワッサだって！　アワッサって、湖のもっと南の、ものすごく遠いところじゃないか！　そんな遠くまで、行けるわけがない。

行きたくもないよ、そんなとこ。おれはアディスの子なんだから。もどってきたかったのは、ここなんだから。

ハンナーおばさんのところに行ってみようか、という考えが一瞬《いっしゅん》、頭をかすめた。ティグストに伝えてくれるかもしれない、手紙とかを書いて。でもすぐに首をふった。ハンナーおばさんは字が書けないんだった。書けたとしても、その手紙をどこに出す？　おれはファリダーおばさんの家の住所も知らないんだよ。ひょっとしたら、ティグストが伝言を残してるかもしれない。でも、ティグストに何ができる？　ティグストはあっち、おれはここなんだから。ティグストが行ってしまったことを、だまって受け入れるしかない。一人でやっていくしかないんだよ。

知らず知らずマモの足は、地元の少年たちと群《む》れて過ごした町角に向かっていた。

「マモ！」

心臓《しんぞう》がドキンとした。だれかが名前を呼《よ》んでいる。おれのこと、覚えてるやつがいるんだ！

マモはくるりとふり返った。

「ヘーイ、ウォルク！」マモは満面のにこにこ顔で言った。「おまえかぁ！」

マモより小さい少年が、かけてきた。

「どこに行ってたの、マモ？　ずーっと会わなかったね」

マモの顔がくもった。

「田舎《いなか》に行ってた。人さらいに連れてかれてね。農家で働かされてた」

「ずいぶん背《せ》が高くなったね」ウォルクが頭の先から足の先までしげしげ見ながら言った。「それにやせたね」

「ゲタチューはどこ？」マモが見回しながら、せっつくように聞いた。「それとムルゲッタは？」

なつかしい友だちに会えると思っただけで、わくわくした。もう、ひとりぼっちじゃないんだ。

ウォルクが、びっくりした顔でマモを見た。

「知らないの？　みんな知ってるのかと思った。ゲタチュー、けんかしたんだ。警察《けいさつ》につかまっちゃった」

「ゲタチューが監獄《かんごく》に？」

「そう。先月から。それからムルゲッタの母さんが、結婚《けっこん》した。だからムルゲッタは学校に行ってる」

「ふーん」ちょっと安心できたと思ったら、また心配が頭をもたげてきた。マモはすがりつくように、ウォルクを見おろした。年上の少年グループにくっついて歩いていた、このチビが、世界で一番大切な人になったとでもいうように。「で、おまえは？」

「父ちゃんが帰ってきたんだ」ウォルクが得意そうな顔をした。「外でうろつくのは、もうやめろって。父ちゃん、家具の店で働いてる。ぼくも手伝ってるんだ。板をみがくのがぼくの仕事。今も、工業用アルコールを買いにいってきたところ。ほら」ウォルクは紫《むらさきいろ》色の液体《えきたい》が入ったびんをかざした。

「ふーん」マモがまた言った。

ウォルクはもうかけ出している。

「またね」ウォルクがふり返って言った。

マモは道路のわきにすわりこんだ。急に膝《ひざ》の力がぬけて、立っていられなくなった。どうすりゃいいんだろう？　どこに行こうか？

すでに午後の日盛《ひざか》りは過ぎていた。今はまだ太陽も高いが、この暑さもすぐ終わる。マモは、夜を思《おも》い浮《う》かべただけで、ぶるっとふるえた。アディスアベバでは一年じゅう、日が沈《しず》むとすぐに寒くなる。逃《に》げる前に、そのことを思い出せばよかった！　あの古びたシャーマを持ってくるんだった！　薄《うす》いシャツと木綿《もめん》のズボンだけでは、夜の寒さはしのげない。

トラックの運転手がくれた十ブルのお札《さつ》がポケットにあると思うと、心強かった。このお金で、使い古しの毛布かコートを買おう。町には古着を売っているところがたくさんある。きっといいのが見つかるはず。

食べ物のことは、あとで考えよう。寒さをしのぐのが先だ。

手持ちのお金で買える毛布を探すのは、思ったよりたいへんだった。長いこと歩き回って、道ばたで安い古着を売っている人を探した。そのうち、思いがけない幸運に恵《めぐ》まれた。なかなかいい毛布が見つかった。ほころびもたいして目立たないし、しっかりした毛布だ。マモが値切《ねぎ》っている時、遠くの方に警官が見えた。古着を売っていたおばさんは大あわてで広げていた品物をかき集めると、それ以上とやかく言わずに、マモの言うとおりの値段《ねだん》で毛布をわたしてくれた。それればかりか、おつりまでくれた。

マモは掘り出し物《ほだしもの》をしっかりかかえ、道路の反対側のずっと先にあるパン屋に行き、おつりにもらったコインをわたして、ひからびたロールパンを二つ買った。それから店を出て、あてもなく歩きながら、腰《こし》をおろせる静かな場所を探した。

マモは店が立《た》ち並《なら》ぶにぎやかな通りにいた。よく来ていた場所だ。いつも、曲がり角近くのケーキ屋さんの店先で立ち止まり、食べてみたいなあと思いながら、ショーウィンドウをのぞいたものだ。ずらっと並んだあのおいしそうなケーキや菓子《かし》パン、いったいどんな味がするんだろうと思いながら。

そのショーウィンドウを今、野球《やきゅう》帽《ぼう》を目深《まぶか》にかぶった小太りの少年がのぞきこんでいる。かっこいい服を着て、重そうなバッグを持って。

マモは迷《まよ》った。お金を持っていそうな子だ。コインをねだるにはちょうどいい相手だ。これまでは本気で物乞《ものご》いをしたことなどなかったが、これからはそういうことにも慣れなければ。そう思いながら少年の方に歩み寄ると、少年はマモを見ようともせず、バッグを持ってその場をはなれた。肩を落として歩いていく少年を見送りながら、マモは、今日は人にお金を恵むような気分ではないらしい、と思った。

マモは肩をすぼめ、少年とは反対方向に歩いていった。

そういえば、繁華街《はんかがい》には落ち着いてすわれる場所はないんだった。店の入り口に近づいただけで、たちまち店の主人が出てきて、追っぱらわれる。どこかの壁《かべ》に寄りかかっていれば、道でたむろする少年たちに、縄張《なわば》りに入るなと言われる。

通りをずっと歩いた突《つ》き当《あ》たりに、ミニバスの停留所《ていりゅうじょ》があった。運転手たちがドアから乗り出し、声をからして行き先を告げている。人がどっと押《お》しかけて、小さなバスに無理やり乗りこもうとしている。次のすいたバスを待とうと、バスが来る方向をじっと見ている人もいる。こういうごった返した場所なら、だれにも目くじらを立てられないだろう。

マモは歩道のへりから、後ろの空《あ》き地《ち》に移動《いどう》し、腰をおろした。コンクリートがむき出しの壁に寄りかかった。その時はじめて、自分がどんなに疲《つか》れているかに気づいた。夜通し走って逃《に》げ、トラックにゆられ、着いた先はこのそうぞうしさ。疲れきるのも無理はない。

あんまり疲れて食欲《しょくよく》もないが、ロールパンを一つだけ食べた。かたいパンのせいで、やたらと水が飲みたくなった。立って水を探しに行かなければと思うのだが、その力も出ない。マモは毛布にすっぽりくるまり、壁に頭をあずけて目を閉《と》じた。

目を覚ますと、もう暗くなりはじめていた。マモはすわったまま、途方《とほう》にくれて目の前の光景を見つめていた。

バス停はいちだんと混《こ》み合《あ》い、そのむこうの通りには車がぎっしり連なっている。みんな仕事を終えて家に帰るところだ。

マモは自分の家のことを思い出した。古くて粗末《そまつ》な小屋だったが、とにかく食べるものにはありつけたし、安心して夜がむかえられた。ちゃんと屋根がある部屋で、まがりなりにもマットの上で寝《ね》ることができた。なんといっても、やさしいティグストがいたし、母ちゃんだって、時にはきげんのいい日もあった。そんなことを考えていると、どうしようもなく悲しくなった。鼻をすすり、汚《よご》れた袖《そで》で目をふいた。

喉《のど》がからからにかわいていた。どうしても水が飲みたい。

あたりを見回した。曲がり角に、さびれた小さな食堂があった。土がむき出しの床《ゆか》に、簡素《かんそ》なベンチが壁に沿《そ》って並べてあるだけの、古くて粗末な店だ。マモは店の入り口で、気づいてもらおうと軽く咳《せき》ばらいをした。年配のお客のテーブルに、むっつりした顔で自家製《じかせい》のビールを運んでいたおばさんが、目を上げた。

「お願いします」マモが言った。「水を一杯《ぱい》ください」

おばさんは水が入ったコップを持ってきてくれた。マモは飲《の》み干《ほ》すと、空《から》になったコップを差し出して、おかわりをたのんだ。おばさんはいまいましそうに舌打《したう》ちしたが、もう一杯、注《つ》いでくれた。マモは、ありがとうと言って、一気に飲んだ。

冷たい水のおかげで頭がすっきりした。マモは道路に沿って、ゆっくり歩きはじめた。バス停からはなれるのは、どういうわけか気が進まなかった。ちょっといただけなのに、慣れ親しんだ場所のような気がする。でも、もうすぐそこまできている夜を、ここでむかえるわけにはいかない。

しばらく歩くと、静かな道に出た。小さな屋台が並ぶ道からはずれ、店は一軒《けん》もない。トタン板のフェンスの後ろに、小さい家がひっそりと並び、道と家の間は、石ころだらけの空き地になっている。すみの方なら安全に眠《ねむ》れそうだ。

道路がカーブしたあたりの人目につかない場所を選び、大きめの石の上に腰をおろした。夕方の風が吹《ふ》きはじめ、早くも寒くなってきた。体に毛布を巻《ま》きつけ、二個目《こめ》のロールパンを出して、ちょびちょびかじった。できるだけ時間をかけて食べようと思ったが、結局、あっという間になくなってしまった。

でも、やったぜ、と思った。いろいろあったのも忘れて、勝《か》ち誇《ほこ》った気分になれた。あいつらから逃げおおせたぞ。アディスにもどれたし、自由になれたんだ。

マモは長いことすわっていた。のぼりはじめた月が、向かい側の丘《おか》の斜面《しゃめん》に並ぶトタン屋根を、はじめは薄いグレーに、それからきらめく銀色に染《そ》めていくのをながめた。あしたどうなっているかは、なるべく考えないようにした。

パトカーがゆっくり近づいてきたのには気づかなかったが、砂利《じゃり》をふみしめる足音に、ふり向いた。警官のカーキ色の制服が目に入り、ぎょっとした。農家の親方が、アディスまで追いかけてきたのだろうか。それともメルガが嗅《か》ぎつけ、それで警官が探しにきたのだろうか。

マモはガバッとはね起きると、まるでおどろいたレイヨウのように逃げ出した。はだしの足で、とがった石の上を飛ぶように走った。横道に飛びこみ、坂道をかけ上った。やみくもに走った。左手に高い塀《へい》が続き、塀のむこうに背の高い大木の林があり、右手には小さい家が建ち並んでいるらしいのがわかったが、あわてふためいていたので、危険《きけん》が迫《せま》っていることしか頭になかった。

坂道を半分くらい上った時、後ろの方で自動車の音がした。あいつらだ！ 警官にちがいない！ すぐにヘッドライトに照らされる。そうしたら、ネズミを狙《ねら》うネコのように追っかけてくるぞ！

アスファルトの歩道をかけぬけ、道路ぎわの草むらを越《こ》え、塀にぴたりと体を寄せた。じっとしていれば、垂《た》れ下《さ》がった木の枝にさえぎられ、気づかれずにやり過ごせるかもしれない。ふと見ると、長い漆喰《しっくい》の塀に、穴《あな》があいている。ありがたい！ マモはその穴に飛びつき、中に体をねじこんだ。


近くでハーハー息を切らせている人がいて、ダニはあさい眠りから覚めた。すぐさま、はっきり目が覚めて、起き上がり、バッグをつかんで胸《むね》にかかえた。
二、三メートルはなれたところに、汚《きたな》らしい身なりの子が立っている。ひょろりとやせていて、くるぶしが見えてしまうほどつんつるてんの、破《やぶ》れたズボンをはいている。ダニが身動きした音で、その子はくるっと向き直り、ダニをひたと見つめた。身じろぎ一つしないが、すぐに逃げ出せる用意をしているようだ。

「だれ？」ダニが小声で聞いた。立っている相手が生きているのか死んでいるのかさえ確認《かくにん》できず、すくみ上がって答えを待った。

「だれ？」マモが、恐怖《きょうふ》に凍《こお》りつきながら、同じことを言った。すぐ目の前の墓石《はかいし》の上に、亡霊《ぼうれい》が起き上がったらしい。

しばらくの間、だまって、ひたと見つめ合っていたが、やがてダニが靴《くつ》を地面にはわせながら、両足をそろえる音がした。

それを聞いて、マモは安心した。亡霊なら、ああいう音は立てないだろう。マモはダニをもっとよく見た。月の光がうすれ、少年だということしかわからない。

マモが一歩、前に出た。ダニは、背中を冷たい大理石の墓石にぴたりとつけて縮《ちぢ》こまった。

「だいじょぶだって」マモが言いながら、たよりなげに一声、笑った。「お化けじゃないってば。そっちこそ、お化けかと思った」

ダニはバッグをかかえている手をちょっとゆるめたが、またキュッと力をこめた。お化けではなさそうだが、泥棒《どろぼう》ってこともある。ダニはおどおどと咳ばらいしてから、左右を見た。この見知らぬ相手が突然《とつぜん》おそいかかってきたら、即座《そくざ》に立って逃げられるだろうか。

マモには、相手が考えていることがすぐわかった。

「泥棒でもないよ、それを心配してるんなら」マモは居心地《いごこち》が悪かった。「おれはさあ……」警官に追われて逃げてきたなんて言いたくない。「一人だよ」最後は腰くだけの言い方になった。

「そう」ダニは眉《まゆ》を寄せて、少年の表情を見ようとしたが、月がマモの真後ろにあって、顔がすっぽり影《かげ》になっている。

マモの方は、墓石にぴたりと背中をつけてすわっている少年が、生きている人間とわかり、少し安心できた。悪さをする子ではなくて、ただおびえているだけらしい。物騒《ぶっそう》な場所にひそんでいるようなやつではなさそうだ。

マモは墓石までの二、三メートルを歩き、墓石の下の平らな石の上にいるダニの横に腰をおろした。

ダニは、ようやくマモの顔をよく見ることができた。危険な子ではなく、ただこわがっているだけらしい。

「なんて名前?」ダニはバッグをおろした。

「マモ」

ダニが言った。

ダニはもう少しで本当の名前を口走りそうになったが、はっとして口をつぐんだ。パパが警官に探させているかもしれない。うその名前を言った方がいい。

「ぼくはギルマ」

ヨタカが墓地の反対側のはずれで甲高《かんだか》く鳴き、二人は飛び上がった。二人とも、相手もこわくてふるえているのに気づいた。

「こわいんだろ、夜、こんなとこにいるのは?」マモが小声で言った。

ダニはママのことを思った。塀の穴からここに入った時、ママがすぐ近くにいるような気がしたことを思い出した。

「そうでもない。きみは?」

マモは、川のそばで魂《たましい》が体からはなれて行くような気がしたのを、びっくりするほどありありと思い出した。

「別に。たいして」

ダニは、自分でもおどろいたが、この見ず知らずの少年にそばにいてほしいな、と思った。同じようにひとりぼっちの子といっしょなら、少しは心強い。

「よかったら、ここで眠っていいよ」ダニが言った。「あんまり寒くないし。こっち側にいれば、風が防げるから。その中に入った方がいいかなって思ったけど」ダニは頭で墓石の方をさした。

「やっぱりやだから」

マモはぞっとした。

「やだよ」

マモの足がぬれて光っているのに、ダニが気づいた。

「それ、血? けがしたの?」

マモは足を上げて、足の裏《うら》を調べた。

「そうらしい。あっちに、とがった石がいっぱいあるんだ。その上を走ったから」

「ばんそうこうとか、持ってくればよかった」ダニが残念そうに言った。「そんなこと思いつかなかったんだよね」

マモは、どういうことだろうという顔でダニを見た。

「ここで何してんの？　おれみたく貧乏《びんぼう》じゃなさそう」

ダニは、余計《よけい》なことは言いたくないな、と思った。

「こみいってるんだ。きみは？」

マモも、ここ数日のことを思い出し、あんなことは言いたくないよな、と思った。また疲れがどっと押し寄せてきた。

「毛布を手に入れたんだ」マモが言った。「二人でかければ、あったかいよ」

ダニは、ためらっている時のくせで、パチパチまばたきをした。この子のにおいったら！　長いことお風呂《ふろ》に入ってないんだ。みすぼらしい服はきっと、シラミやノミだらけだろう。ゼニが口をへの字に結ぶのが見えるような気がする。ママの、「くっついちゃだめよ」という心配そうな声も聞こえる。でもいよいよ寒くなってきて、ジャケットの中にまで冷たい風が入ってくる。

「わかった」胸がむかむかするのをこらえながら言った。

二人はしばらくもぞもぞしながら、毛布のかけ具合を直した。マモは、疲れきっていたし、かたい地面の上で寝るのは慣れっこになっていたので、すぐに寝入った。一方、これまで毎晩《まいばん》、ふかふかのベッドで清潔《せいけつ》なシーツと毛布にくるまって寝ていたダニは、横になったものの、いつまでも空を見つめていた。やがて月が林の後ろに隠《かく》れ、空がゆっくり暗くなった。

9

すぐ近くでラウドスピーカーがガンガン鳴り出し、ダニはびくっとして目を覚《さ》ました。寝返《ねがえ》りを打って起き上がり、毛布をかき寄《よ》せた。その毛布にしがみつきながら、マモも起き上がった。少年二人はじっと見つめ合い、どぎまぎしたが、どこにいるのか思い出して落ち着いた。

「うるさいね、あの音」ダニがぼそぼそ言った。こんな汚《きたな》い少年と同じ毛布をかけていたなんて信じられない。きのうは、目をそむけたくなるほどいやだったのに。

「教会の音だよ。日曜日だから」とマモが言った。マモも、こんな金持ちの子と知り合うなんて信じられなかった。こんな子はこれまで、町で自動車に乗っているところか、ホテルや店に入っていくところを、ちらっと見かけるのがせいぜいだった。マモは明け方の薄明《うすあ》かりの中で、ダニをしげしげと見た。

「会ったことあるよね？」

ダニが首をふった。

「会ったよ、きのう。おまえ、ピアッツァのケーキ屋さんの前に立ってたもん」

ダニは心がざわめき、急に心配になった。ぼくのあとをつけていたとか？

「あそこで、きみ、何してたんだよ」とダニが言った。思わず冷たい言い方になってしまった。

「見てただけ。おまえと同じように」マモは腹《はら》が立った。「金持ちじゃなくても、見るのは自由だろ」

ダニはまごついて、考えこんだ。

「ぼく、金持ちじゃないよ」

「まさか。金持ちにきまってら」マモは手をのばして、ダニが着ている高価そうなジャケットの、やわらかい手触《てざわ》りを確《たし》かめた。

「もう金持ちじゃないってこと」ダニがまごまごしながら言った。この子には少し説明しておかないと、おかしなことになる。さっさと言っちゃおう。「家出してきたんだ、それでいい？」

「なんで？」

「ママがね……パパが……」ダニはどこから話していいかわからなかった。でもマモはすっかりくつろいで、おとぎ話を待っている子どものように、期待に満ちた顔をしている。ダニはぽつぽつ話しはじめた。一部始終を言葉にするのはむずかしい。とうとう言葉につまって、口をつぐんでしまった。

マモは、何、それ、という顔でダニを見た。

「それだけで家出したの？　父ちゃんにぶたれたから？　試験に失敗したから？」

「ちがう！」ダニは顔を赤らめた。「言っただろ。パパがぼくをジグジガに送ろうとするからさ。フェイサルって人のとこに」

「でも、ちゃんと食べさせてくれるんだろ、そこで」マモが言った。「寝るところもあるし、学校にも行けるし、働くことも物乞《ものご》いすることもないんだろ」

「うん、でも……」

「おれだったら、食べ物がもらえて、学校に行かせてくれるんなら、いくらぶたれたって平気だな」

ダニは、マモの軽蔑《けいべつ》したような声にたじろいで、肩《かた》をすぼめた。

「わかってないね。きみは、パパのこと知らないから」

マモはしばらくだまりこくっていた。

「これからどうするつもり？」マモがやっと口を開いた。「お金は持ってるの？」

「少しだけ」

「どのくらい？」

「二十ブル」

「わっ」マモは感心したらしい。「でも、二十ブルあっても、そんなにもたないね。食べなくちゃなんないもん」

「友だちの家に行こうと思ったんだ」ダニが言った。「でも行かなかった——だめだろうと思って。やっぱ、あそこには行けない。でも、こんなとこに来ちゃうなんて」

のどがヒクヒクッとした。ダニは必死で涙《なみだ》をこらえた。

「じゃあ、家に帰れば？」

ダニは身ぶるいした。

「やだ、今は。ぶっ殺されるもん」

「だれに？　父ちゃんに？」

「うん」

「じゃあ、どうする気？」

「わかんない」

二人とも、まただまりこくった。林のむこうの教会のラウドスピーカーから、お祈《いの》りの歌が、大きな音ではじまった。夜が明け、朝一番の日差しがあたたかい。

「それで、きみは、ここで何してるの？」ダニがようやく口を開いた。

マモはちょっと得意だった。自分の身に起きたことをはじめて口にした時、あの運転手はとてもびっくりして涙まで流してくれた。今、目の前にいる、なよなよした金持ちの子をおどろかせるのは、わけないだろう。マモは墓石《はかいし》に寄りかかった。あたたかい日を浴《あ》びて身も心ものんびりくつろぎながら、身の上話をはじめた。ところどころ、大げさな作り話をはさんで、勇敢《ゆうかん》だったことを際立《きわだ》たせた。

もくろみは見事にあたった。ダニはぽかんと口を開けて、感心しきった目で聞き入った。

「今の話、ぜんぶ書けば」ダニが言った。「小説家が書いた物語みたいだもん」

得意の絶頂《ぜっちょう》だったマモは少し弱気になった。

「字はあんまり書けないんだ」マモは認《みと》めた。「二年生のとちゅうまでしか学校に行ってないから」

「これからどうするの、それじゃ？」

マモが鼻にしわを寄せて考えこんだので、ダニは急に心配になった。会ったばかりなのに、ダニはもう、このとてつもない経験をしてきた子をたよりにしはじめていた。

「仕事を見つけたいんだよな」マモが重い口を開いた。「でも、なんにもなさそう。ティグストみたいにうまくはいかないよ、きっと」マモは肩をすくめた。「なんとかしないとね。物乞いや自動車の見張り、それにチップをもらったりして、お金をためたら、靴《くつ》みがきの道具を買うんだ」

話しているうちに、また自信がわいてきた。この弱っちい子に比べたら、おれの方がしっかりしてるもん。

「そうだね」ダニは言いながら、物乞いや自動車の見張りをしたり、靴をみがいている自分を想像してみた。考えただけでこわくて、みじめで、思わず目をつぶった。

ラウドスピーカーからの大きな音が急にやんで静まり返った時、マモのおなかがグーッと鳴るのが聞こえた。ダニは、自分も死にそうなほどおなかがすいているのに気づいた。ひとりでに、家の朝ごはんが目に浮《う》かんだ。みずみずしいパパイヤとパンと卵《たまご》とミルク。バターとハチミツ。コーヒーと紅茶《こうちゃ》。ダニは朝ごはんを食べないこともあった。ゼニに向かって不きげんな声で、なんにも食べたくないと駄々《だだ》をこね、学校に行くタクシーの中でお菓子《かし》をかじったこともある。

ダニが目を開けると、マモがこっちをじっと見ていた。

「おれ、もう行く」マモが言った。「食べるもの、めっけないと」

マモは立ち上がった。

「だめ」ダニが言った。一人取り残されるなんてこわい。「お願いだから、行かないで」

「いっしょに来いよ、そんなら」マモが言った。

「ぼくは行けない。パパが警察《けいさつ》にたのんで、みんなで探《さが》し回《まわ》ってるはず。だから隠《かく》れてないと」

「そうだね。じゃあ、おまえは、ここにいな」

マモは塀《へい》の穴《あな》の方を見やりながら、もう、その先を考えていた。

「待って」ダニがあせって言いながら、ポケットに手をつっこんでごそごそやり、十ブル札《さつ》を取り出した。「これで何か食べる物を買って、少し、ぼくのとこに持ってきてくれない？」

「うん、わかった」

マモはお札をダニの手からひったくるように取ると、墓石の間をじょうずにすりぬけながら塀の方に走っていった。

マモの姿《すがた》が見えなくなるとすぐ、ダニはしまったと思った。知りもしない物乞いの子に、残っているお金の半分をわたすとは、なんてばかなことをしてしまったんだろう！　あのお金はもうもどってこない。

ダニは立ち上がり、自分をののしりながら歩きまわった。あの子の身の上話ってのも、作り話かもしれない。おじさんになりすました男におびきだされ、奴隷《どれい》のように売られたなんて！　トウモロコシとサボテンの実だけで生きていたなんて！　死のうとして毒草を食べたり、トラックの前におどり出たり――おかしいよ。

警察に追われてるなんて、言わなきゃよかった。ダニは、新たな不安におそわれた。ぼくがいる場所を口止めするには、どうしたらいいだろう。パパは懸賞金《けんしょうきん》をかけたかもしれない。マモが言っていた作り話も、きっとぼくをだますためだ。あの子は警察のスパイかもしれない。今ごろ、警察にいるんだろうな。きっとすぐ、警官を連れてここに来る。墓地《ぼち》のまわりに非常線を張って、ぼくを閉《と》じこめておいて、一気におそいかかろうって魂胆《こんたん》だ。

しばらくは、この考えのとりこになった。映画《えいが》に出てくる逃亡者《とうぼうしゃ》みたいだ。そうして、勇敢に抵抗《ていこう》するものの、ついに降参《こうさん》して、家に送り返される。パパは、心配でげっそりしている。「おまえのことを、どれだけ心配したことか」と言って、パパはメゼレットによくやるように、ぼくを抱《だ》きしめてくれる。

でも、こんな空想はたちまち消えた。パパは、ほっとするどころか、恥《はじ》をかかされたと思うだろう。パパがこの世でいちばんきらいなのは、恥をかかされること。パパの怒《いか》りはただではすまないはずだ。

ダニは唾《つば》を飲みこんだ。こんな想像は追いはらわなければ。いくら警察でも、墓地全体を包囲するだろうか。たとえパパがせっついたとしても、そこまでするわけがない。でも、もしマモがスパイなら、警官の一人や二人は、マモといっしょにもどってくるかもしれない。じゅうぶん気をつけた方がいい。

ダニはバッグを拾うと、墓石の間をぬって、墓地のはずれにある小高い丘《おか》の方に歩いていった。そっちの方が大きな木がうっそうとしている。木に隠れて見張るには、好都合《こうつごう》だ。

ダニは地べたにすわりこんで待った。マモがもどってくるかどうかわからないが、待つには悪くない場所だ。町の中に出ていくわけにはいかない。特にサラーおばさんから、すんでのところで逃げ出した、きのうの今日なのだから。暗くなるまで隠れていなければ。食べ物も飲み物もなく話し相手もいない、ただ待つだけの一日は、さぞ長く感じられることだろう。でも、そうするしかないなら、がまんしよう。その間に、何かいい方法はないか考えてみよう。

それからしばらく、いっしょうけんめい考えてみた。できそうなことをすべて洗《あら》い出《だ》し、一つ一つの計画を頭の中で組み立ててみようとした。でも、むずかしい宿題に取り組んでいるようなものだった。深く考えようとしても、ただ上《うわ》っ面《つら》をすべるだけ。そうこうするうちに、突然《とつぜん》思わぬ方にそれてしまう。それでちょっと気をぬくと、今度は空想がはじまり、とてつもないことを勇敢にやってのけるような話を想像している。

とうとう考えるのはあきらめた。ぽかんとすわり、小石を二個《こ》拾って、もてあそんだ。気分がふさいで、全身の力がぬけてしまった。

ガサゴソ音がして、ダニは目を上げた。なんの音かわからず、背《せ》すじがぞーっとした。また音がした。少しはなれたところの、掘《ほ》り返《かえ》されたばかりの土の山から聞こえてくる。

こわごわ立ち上がり、様子を見に行った。こんな場所では、なんであれ、わからないよりはましだ。

見つけたのは、思いがけないものだった。金色の毛の小さな子犬が、地面の穴からはい上がろうともがいている。弱っているのか、やわらかい土の上で手足をばたつかせるだけで、歩けない。

それでもダニを見ると、か弱い声で鳴いた。

ダニはかがんで、子犬をよく見た。片方《かたほう》の耳に血がこびりついていて、かわいそうなほどやせこけている。ダニは尻《しり》ごみした。ママとゼニのせいで、犬ぎらいなのだ。大人の犬はおそいかかってくるかもしれない。子犬には、寄生虫《きせいちゅう》や狂犬病《きょうけんびょう》をうつされるかもしれない。

子犬がまた鳴いた。こんなに小さくてたよりない犬なら、危《あぶ》なくはないだろう。両腕《りょううで》をのばし、肩のところをつかまえて、穴から拾い上げた。子犬はか弱い声でフーッといい、ダニの手を噛《か》もうとした。あわてて、ダニは子犬を下におろした。子犬は立ったが、足がブルブルふるえて歩けない。おなかを地べたにつけて、ダニを見上げ、ダニのにおいを確《たし》かめるように鼻をひくひくさせた。

「たいしたことはしてやれないよ」ダニは子犬の鼻先に小石をころがし、子犬が前足をのばしてじゃれつこうと、弱々しくもがくのを見つめた。「ぼくも、食べるものがないんだから」

でも子犬を見つけて、うれしかった。マモが出ていって、もうずいぶん時間がたつ。マモがもどってくることはないだろうと、あきらめていた。おなかをすかせた小さな子犬でも、なぐさめになる。


マモは墓地を出て道を歩きながら、けっこういい気分になっていた。また十ブル札を手にできたなんて、ついてるよ。これだけあれば、食べるものがどっさり買える。十ブルあれば、おれとあの子で（あの子は自分のことをギルマって言ってたけど、本当の名前じゃないのはすぐわかったさ）、すごいごちそうが食べられるぞ。

何を買おうかなと考えただけで、口の中に唾がたまった。一番食べたいのはインジェラ。うんと安く売っているところが見つかったら、スパイシー・ソースがついてるやつがいい。残りのお金で、前の日のかたくなったパンを、うんと安くしてもらって買おう。ティグストがよくやってたように。

墓地の塀に沿《そ》ってぐるっと歩いて、ふと気づくと、教会の入り口に来ていた。広い石段《いしだん》の上に、広々とした庭があり、その真ん中に円形の建物が建っている。雪のように白いシャーマをまとった人たちが、石段をおりようとしているが、いちばん上のところで足を止め、黒いケープ姿の神父さんが差し出す小さい十字架《じゅうじか》にキスをしている。

階段の下には大勢の物乞いが群《むら》がっている。ほとんどは年取った女の人で、修道女の帽子《ぼうし》をかぶった人もいる。子どももまじっている――少年も一人。

マモが物乞いたちの前を通り過ぎようとすると、その少年が、うやうやしくかがめていた頭を上げた。

「ゲタチューだ！　どうしたの？」マモがさけんだ。

少年はまぶしそうな目でマモを見ると、にこっとした。

「ヘイ、マモ。ずいぶん会わなかったね」

また別の一団が階段をおりて来たのを見て、ゲタチューはまた頭を下げた。

「聖《せい》ミカエルの名にかけてお恵《めぐ》みを」ゲタチューがあわれな声で言った。「ガブリエルさまの名にかけてお恵みを」

頬《ほお》に涙のあとが見える女の人が、食べ物の入ったビニール袋《ぶくろ》を物乞いたちにわたしている。ゲタチューにも一袋くれた。

「どうかお願いします、かわいそうな母ちゃんの分も、もう一つ」ゲタチューは熱い眼差《まなざ》しで見上げながら小声でたのんだ。女の人はうなずいて、もう一袋くれた。

ゲタチューは小声でお礼を言い、立っていねいにおじぎをすると、人々の輪をくぐりぬけてマモについてきた。人目の届《とど》かないところまでくると、ゲタチューはくるくるおどるしぐさをしたあと、マモの首に腕をまわした。

「どこに消えてたんだよ？」ゲタチューが言った。「永久に帰ってこないのかと思った」

「おまえこそ、監獄《かんごく》にいるのかと思った」

ゲタチューの顔がくもった。

「そうなんだ。あのくそったれのフェレケにはめられた」

「それ、だれ？」

「おまえが消えてから、おれたちといっしょに遊びまわってたやつ。臆病《おくびょう》な子さ。店のものをくすねてつかまったんだけど、おれがやったことにしやがった。おれ、それまでは、おじさんの家で暮《く》らしてたんだ。でも逮捕《たいほ》されたら、おじさんは知らんぷり。もう、あそこにはもどれない」

ゲタチューは食べ物の入った袋をマモの手に押《お》しつけた。

「おまえの分ももらってきた」

マモはうれしそうな笑顔になって、袋を受けとった。

「あの人たち、日曜日にはいつも来るの？　食べ物を配りに？」マモが聞いた。「ちっとも知らなかった」

「まさか。四十日祭だよ。だれかえらい人が死んで四十日たったんだろ。それで奥《おく》さんがああやってるのさ。物乞いに食べ物を恵んでる。いつ、どこの教会で四十日祭があるか、耳をそばだてなくちゃ。来いよ。静かなところで食べようぜ」

マモは迷《まよ》った。ゲタチューについていきたいのは山々だった。そんなに親しい仲ではなかったが、今、何よりも必要なのはこういう友だちなのだ。ゲタチューはなんでも知っている。町の様子もわかっているし、もともとたくましい。何週間も一人で生きぬいた経験が何度もある。おじさんが怒《おこ》るたびに、ほっぽり出されていたのだから。ついてまわるには、絶好《ぜっこう》の相手だ。墓地に隠れてる金持ちの子なんかとは、わけがちがう。でもポケットにはあの子の十ブル札が入っている。食べる物を持ってきてやると約束《やくそく》してしまった。

「待ってる子がいるんだ」マモが困《こま》った顔で言った。「すごく変なやつだけど。きのうの夜、おれたちいっしょに、墓地で寝たんだ。食べ物を買ってきてやるって約束しちゃった。いろんな買い物ができるくらい、お金をあずかってる」

ゲタチューがマモをじっと見た。

「夜、墓地で寝たって？　おまえ、いかれちゃったのかよ？　おれ、昼間だって、あの塀、乗《の》り越《こ》える気になんないぜ」

マモはにこっとした。マモも、毒草を食べて死にそうにならなければ、そう思っただろう。だれだってゲタチューと同じようにいやだ、ああいう場所は。それなのにダニが、夜通し墓地で過ごすのをいやがらなかったことに、マモは、はじめて気がついた。少なくとも、墓地をこわがらないところは、おれと同じじゃないか。

今度はゲタチューが迷った。ゲタチューは食べ物の袋を胸《むね》の前まで持ち上げた。

「両方ともおまえにやりたいけど、一つはおれのジョヴィロに持って帰らなくちゃ」

「おまえのジョヴィロ？　何それ？」

「ギャングのボスのこと。おれ、今、ギャングの一員なんだ」ゲタチューは得意そうだ。「おれたちのジョヴィロって、すげえ、いいやつ。でもきびしい。探してこいって言われたのに持ち帰らなかったり、だれかにやっちまったら、除名処分《じょめいしょぶん》か、仲間はずれ。おまえのこと、ジョヴィロに話してやってもいいぜ、よければ。仲間に入れてくれると思うよ」

「ありがとう」とマモは言ったものの、度肝《どぎも》をぬかれて、なんと答えればいいかわからなかった。

「じゃ、またね」ゲタチューが行きかけた。

「うん」マモはゲタチューと別れたくなかった。「これをギルマって子にわたしたら、すぐここにもどってくる。待ってるからね」

「わかった」言うが早いか、ゲタチューはもうかけ出して、にぎやかな目ぬき通りの方に行ってしまった。

マモは墓地への道を引き返しながら、もどかしそうにブツブツひとり言を言った。

「バカなことしちゃった。ゲタチューについて行けばよかった。そうすればギャングの仲間に入れてもらえたのに。ギルマから十ブルもあずかるんじゃなかった」

塀の穴の近くまでもどった時、何か光るものが落ちているのに気づいた。それが使い古しのペットボトルだとわかった時、マモはうれしくて声を上げた。ふたはなくなっているが、じゅうぶん役に立つ。何はともあれ、水道を見つけなければ。

ダニと夜を過ごした墓石のところにもどり、石の裏側《うらがわ》にまわった。けれどもダニはいなかった。内心、いなければいいと思っていたはずなのに、ほっとするどころか、がっかりした。お金なんか使わずに食べ物を手に入れたんだぞと自慢《じまん》して、大げさに十ブルを返してやろうと思ったのに。でも、がっかりした理由は、それだけではなかった。マモは、ダニがいなくなってはじめて、ダニのことが好きになっているのに気がついた。

立派《りっぱ》な父さんのところに帰ったのだと思うと、腹立たしかった。でも、あの子を責めちゃいけない。マモは大理石の墓石をピシャリとたたいて、気をとりなおした。

ダニは子犬に夢中《むちゅう》だったが、マモが墓石をたたいたかすかな音を聞きつけて、頭を上げた。

「マモ！」ほっとしたのとうれしいのとで、思わず大きな声を出してしまった。「ここだよ。食べ物、あった？　心配しちゃった……」

「帰ってこないのかと思って」と言いかけたが、気にさわるかもしれないと思い、言葉を飲みこんだ。マモは墓石の間をすりぬけてダニの方に走ってきた。

「ほら」マモは近くまで来ると待ちきれずに、息をはずませながら言った。「朝ごはんだぞー。でも一セントも使わないで手に入れちゃった。ほらね、おまえの十ブルは返す」マモは十ブル札と食べ物の入ったビニール袋を、勝《か》ち誇《ほこ》ったように差し出した。

「すごーい。何が入ってるの？」ダニはうずうずしながら袋を見ている。「どうやって手に入れたの？」

それには答えず、マモは早くも子犬を見つけ、子犬の横にしゃがみこんだ。

「どうしたの？　だれの犬？」

「ぼくの。今のところ、たぶん」ダニは袋を開けている。「だれかが掘った穴の中にいたんだ」

「お墓の中ってこと？」マモは聞きながら、けがしてない方の子犬の耳をなでた。

ダニは聞いていなかった。袋を開けて、もうインジェラを一口、頰ばっている。

「うーん、おいしい」

「分けてよ」マモがもじもじしながら言った。「二人のなんだから」

ダニの頰が赤くなった。

「あ、ごめんね。忘《わす》れてた」

ダニは袋をマモに返した。マモは足で地面を平らにすると、袋から食べ物を出して、ビニール袋を敷《し》いた上に並《なら》べた。ダニは、二人で分けるほどないのに気づいた。家にいたら、この三倍くらいは一人で食べる。

でもマモには、ぜいたくな食事に見えた。なぜか、かしこまった気持ちになっている。この袋をゲタチューにわたしてくれた悲しそうな顔の女の人、マモのためにもう一袋ねだってくれた親切なゲタチュー、しかもそれをほんとうにマモに分けてくれた。もったいないような話に思えた。おごそかな気持ちにさえなった。マモはきちんとすわりなおし、額《ひたい》から胸にかけて十字を切った。田舎《いなか》の、ヨハンネスの両親が食事の前にやっていたのをまねて。

ダニは、物めずらしそうに見つめながら、おごそかな儀式《ぎしき》に感心していた。ほんとうは、食べ物に飛びついて、すぐにも自分の分にかぶりつきたかった。でもじっとがまんしながら、少しずつ取ってゆっくり食べた。

ダニは子犬のことを忘れていたが、マモはインジェラの端《はし》を小さくちぎると、子犬の口をそっと開け、中に入れてやった。それを飲みこむと、子犬はふわふわした金色のしっぽをふり、もっとと鳴き立てた。マモはちょっと迷ってから、インジェラの最後の一切れを二つに分けた。その一つをダニにわたし、もう一つを子犬にやった。

飲みこむと、子犬はもう一声鳴いて、マモの手をなめた。マモがうれしそうに笑った。

「喉《のど》がかわいてるみたい」マモが言った。「水をやらなくちゃ」

「ぼくも」ダニが言った。「喉がからっから」

マモはもう立ち上がっている。

「さがしてくる」マモはそう言いながら、ペットボトルを拾い上げた。

塀の穴の方にかけていったが、とちゅうで立ち止まった。きのう飲んだバス停《てい》近くの水道のことばかり考えていたが、あれは遠すぎる。まずこのあたりで探した方がよさそうだ。近くで見つかるかもしれない。

墓地の塀の内側を探してみることにした。マモとダニが寝たところと、丘の上の今まですわっていた場所は、墓地の入り口から遠くはなれているが、歩きまわって、入り口の門が見えるところまで来た。門は閉《し》まっていて、どうやら南京錠《なんきんじょう》がかけてあるようだ。門のすぐ手前に小屋がある。管理人《かんりにん》がいるのだろう。

足音をしのばせて、ゆっくり小屋に近づいた。管理人がいるのだから、近くに水道があるにちがいない。蛇口《じゃぐち》はないにしても、水を入れた缶《かん》くらいは置いているはず。水だもの。少しくらいもらったって、泥棒《どろぼう》にはならないだろう。

小屋までたどり着くと、小屋の陰《かげ》から、そっとのぞいてみた。マモは凍《こお》りついた。男が、小屋の外のハンモックに寝そべっている。眠《ねむ》っているように見える。

マモは、息を止めてじっと待った。男はぴくりとも動かない。そよ風で服がはためいているが、気づきもしない。

死んでいるのかな、と思ったら、ぞっとした。あれは死体で、埋葬《まいそう》するためにここに運んできたんだ。

けれども、男は身じろぎして、眠ったまままため息をついた。

マモは、男から目をそらし、あたりを見回した。むこうの壁《かべ》にドラム缶があって、下の方に蛇口がついている。そこから水がポタリポタリと垂《た》れ、下の土が黒々と光っている。

マモはかわききった唇《くちびる》をなめると、ぬき足さし足で男の横を通った。息を殺して、ペットボトルを蛇口の下に持っていき、蛇口をゆるめた。ほとんど音を立てずに水が少しずつボトルにたまっていく。後ろで音がしたので、マモはふり返った。男が寝返りをうち、あお向けになるところだった。でもまだ眠っている。

水がペットボトルになみなみとたまった。マモはそっと蛇口を閉め、音を立てないように細心の注意をはらいながら、じりじりとあとずさりし、しのび足で逃《に》げた。逃げおおせたと思ってふり返ると、男のおだやかな顔が、ほんの一瞬《いっしゅん》、動いたような気がした。見ていたのに急いで目をつむったのかな。でも体はぴくりともしないで横たわっている。きっと思い過ごしだよ。

水がこぼれないように、ペットボトルの口を片手で押さえながら、マモは喜びいさんでダニのところに飛んで帰った。自分のすばしこさには、我《われ》ながら感心する。

食べたことで、ダニはしばらくほがらかになっていたが、マモが水を探しに行ってしまうと、すぐまた元気がなくなった。こんなみじめな暮らしに慣れることなんて、できるだろうか。今のところ何もかもマモにたよっている。水も食べ物も何もかも。もしマモに見捨《みす》てられたら、ここから出ていって警官につかまるか、さもなければ、この墓地にまるで囚人《しゅうじん》のように閉じこもって飢《う》え死《じ》にするか、どちらかだ。

子犬が小さい声で鳴きながら、ダニの手を鼻面《はなづら》で探ろうとしている。ダニは子犬を抱き上げた。

「ごめんね」ダニが言った。「言ったろ、きみにあげるものは何もないんだよ」

やがて、マモが水をいっぱい入れたペットボトルを持って帰ってきた。さっそうとして得意そうだ。ダニはほっとしたが、すぐさま、自分のふがいなさを、あらためて感じた。

「どこで見つけたの？」ダニはペットボトルを見やりながら聞いたが、食べる時に失敗したので、早く飲ませてとは言わなかった。

「門のところのおじいさん」マモは子犬のわきにしゃがんだ。「門番小屋の裏に、ドラム缶があるんだ。おじいさんは、眠ってた。すげえこわかったけど、ぬき足さし足で、おじいさんの横をすりぬけちゃった。ぜったい見られてないはず」

マモの自慢げな声が、一瞬ゆらいだが、ダニは気づきもしない。ダニは舌《した》なめずりしながら、水のことしか考えていなかった。

「おれの手に水を注いで」マモが、手の平を器のようにまるめて子犬の口の下に差し出した。

「なぜ？」

「飲ませてやるんだよ。子犬に。この子、死にそうに喉がかわいてるの、わかんない？」

ダニは「ぼくだって」と言いたかったが、マモの手の平に水を少しずつ注いだ。子犬は水のにおいを嗅《か》いでから、ピチャピチャ飲み、それからガブガブ飲み、最後は一滴《てき》も無駄《むだ》にはすまいと、マモの指をなめまわした。

マモはうれしそうに笑った。

「いい子だね。おりこうさんのスーリ」マモが言った。

「スーリ？」

マモが、ごめんという顔でダニを見た。

「この子にぴったりの名前だと思ったけど。ごめん。おまえの犬だよね？　おまえがめっけたんだもん。別の名前で呼《よ》びたいんだろ」

子犬はマモの両方の手をフンフン嗅ぎまわり、しっぽをふった。

「ぼくのってわけじゃないよ」喉がかわきすぎて、ダニの声がかすれている。「きみの犬にしたければ、それでもいいよ。この子、きみの方が好きみたいだし」

この子まで、ぼくよりマモの方が役に立つことを知ってるんだ。そう思うと、ダニはまた暗い気持ちになった。

マモは、ありがとうと言うように、ダニにペットボトルをわたした。ダニは大切なものをあつかう時のていねいなしぐさで、ボトルを口に近づけた。冷たい水が口を清めてくれる気がする。これまで口にしたどんな飲み物より、断然《だんぜん》おいしい。

もう少しでマモの分まで飲んでしまいそうになって、あわてて飲むのをやめた。ペットボトルを目の高さに持ち上げて調べた。半分よりちょっと多く飲んでしまった。

「ごめんね」ダニは小声で言いながら、マモに返した。「おじいさんの小屋ってどこ？　汲《く》みに行ってくる」

「だめ。見つかっちゃうよ」

「気をつけるから、きみがやったみたいに」ダニはマモを立てた。

マモがダニの顔を見た。ダニにばかにされてる気がして、赤くなった。

マモは、また子犬に目を移《うつ》した。子犬を抱き上げ、手の中でころがして、スーリのやわらかいおなかを見た。白っぽい毛がうっすら生えているだけで、ピンク色の皮膚《ひふ》がすけて見える。マモがくすぐると、子犬はもがいてキャンキャン鳴いた。

マモはこれまで味わったことのない不思議な気持ちになった。こうしてやわらかくてあったかい子犬を抱いていると、そのやさしい感触《かんしょく》が手から腕にふわーっと伝わり、マモの気持ちまでやさしくしてくれる。こんな気持ちになったのは、はじめてだ。

「ヘイ、スーリ」マモは小さな犬をまたくるりところがして、顔の前まで持ち上げた。「おれの犬になる？　めんどうを見てやるよ」

スーリはしっぽをふり、首をのばしてマモのほっぺたをなめた。マモがうれしそうに笑った。

「おまえもいっしょに行こうね」と言いながら、マモは立ち上がった。「いっしょにゲタチューを探しに行こう」

ダニはさっきからずっと地面を見つめていたが、キッと顔を上げた。

「どこ行くの？」

「友だちのとこ。食べ物くれたやつ」

「ふーん」

「またあとで会おうね、たぶん」

「いつ？」

「うーん、今晩《こんばん》かな。またここで寝る気？」

「たぶん。ほかにないだろ？」

「じゃあな。行くぞ、チビ」

ダニは、マモを引きとめるにはどうしたらいいか、必死になって考えた。

「ちょっと待って」と大きな声で呼び止めた時には、マモはもう歩き出していた。「シャツをあげる。ぼくのだけど。バッグに三枚《まい》、入ってるから。ポケットつきのやつ。スーリを入れられるよ。ずっと抱いてるより楽だろ」

マモは迷った。シャツには心を動かされたが、この子にしばられるような気がする、十ブル札にしばられたように。自由でいたい。でもダニはもう、バッグのジッパーを開け、中をひっかきまわしている。そして目のさめるような黄色いシャツを引っぱり出した。白いボタンと、シンプルな小さいポケットつき。マモは、こんな上等な服を間近で見るのは、はじめてだ。シャツを見て、目をそらし、またシャツを見た。

「あげるってば」ダニが言った。「だって、食べ物や水や、いろんな物を持ってきてくれたもん。ほしい物があったら、またあげる。あしたまた」

ダニは思いきってマモの気をひこうとしたが、はずかしくて声がふるえた。シャツに目を奪《うば》われていたマモが顔を上げた。ダニの目が、どこかで見たことのある表情を浮かべている。すぐにわかった。それはスーリの目の表情。たよりなげで、途方《とほう》にくれていて、訴《うった》えかける目。マモは、スーリを抱いた時のやさしい気持ちを、今またかすかに感じて、にっこり笑った。

「心配しなくていいよ」マモが言った。「もどってくるから。ほんとに。おれの毛布、あそこに置いていく、二人で寝たところに。見張ってて。二人分の夕ごはんを手に入れてくる。でもゲタチューに会ってこなくちゃ。ゲタチューのまわりには、ほかの子が大勢いるんだ。食べ物なんかを、どこで手にいれたらいいかも知ってる。おれたちを助けてくれると思うんだ。おれたちを、仲間に入れてくれるかも」

〝おれたち〟という言葉が、ダニの頭の中で鈴《すず》の音《ね》のように響《ひび》いた。ほっとして、笑顔になり、もう一度シャツを差し出した。

「あげるよ。ねえ。お願い」

マモはスーリをそっと下におろし、おそるおそるシャツを手にとり、胸の前に合わせてみた。頭をひねり首をのばして、似合《にあ》うかどうか確《たし》かめた。それから少し下にずらし、かさかさの汚《よご》れた指で厚ぼったくてすべすべの木綿《もめん》の手ざわりを確かめた。

「すてきだね」もっといいほめ言葉はないものかと思いながら、マモはシャツをダニに返した。

「あずかって。出歩く時は着られない。盗《ぬす》んだと思われるもん。ポケットも、スーリには小さ過ぎるし、第一、破《やぶ》かれそう。でも、今晩着てみるね、二人きりの時に。じゃ、またあとで、いいだろ?」

マモはスーリをさっと抱き上げ、行ってしまった。

10

ダニは喜んだり、しょげかえったり、朝からずっと気分がゆれ動いていたが、今は、不安でたまらない。時計を見るとまだ十時。そんなに早いなんて、信じられない。きのうの今ごろは、まだ家にいたなんて、それも信じられない。ママに行ってらっしゃいと手をふり、持ち物を一まとめにして選《え》り分《わ》けようとしていた。家出してから、もう一生分くらい時間がたった気がするけど。

ダニは立ち上がって歩き回った。いてもたってもいられなかった。ギオルギスのところに行こうとしたのが、まちがいのもと。とうてい行き着けそうもない。でも、よーく考えれば、かならずだれかいるはず。大人でも子どもでもいい。知り合いの中に、ぼくを引き取って、ママが帰ってくるまでパパを寄《よ》せつけないで、かくまってくれる人が。

もう何回も、知っている人を片《かた》っ端《ぱし》から思《おも》い浮《う》かべたが、もう一度やってみよう。学校の友だちやその家族、パパやママの友だちはだめ。信用できない。すぐさまパパに言いつける。そうだ、ヒルトンホテルのドアマンはどうだろう？　あの人なら、ぼくが赤ちゃんのころからの知り合いだ。それとも、近所の八百屋さんは？　ゼニにたのまれて、バナナなんかを買いに行く店。ダニはため息をついた。ばかだった。そういう人たちが、ぼくのために危険《きけん》を冒《おか》すわけがない。

ダニはまたすわりこんだ。考えていても仕方ない。じっとすわって、マモが帰ってくるのを待っている方がよさそうだ。

アリが一匹《ぴき》、足をはい上がってきたと思ったら、また一匹、おや、また一匹。アリの巣《す》のすぐそばにすわっていたんだ。ダニは少しはなれた所に移動《いどう》した。墓地《ぼち》は静まりかえっている。一日じゅう、何もすることがない。いっしょに遊べる子犬も、今はいない。もし運がよければ、そのうちお葬式《そうしき》の行列が見られるかもしれない。そんなものでも、見るものがあった方が、まだいい。そういえば、まだおなかがすいているし、また喉《のど》もかわきはじめた。もっと水を手に入れなくちゃ。こんな暑い場所に、飲み物なしに一日じゅうすわっていることになるなんて、考えもしなかった。

門のそばの小屋に行って、自分で水を汲《く》んでこよう。一人でやってみるという思いつきに、心がおどった。落ち着いて行動できるのは、マモだけじゃないよ。マモはどう思っているか知らないけど、ぼくだって、音を立てずにしのび寄ることくらいできるもん。

マモが、ペットボトルを墓石《はかいし》に立てかけていった。ダニはそれを拾い、マモが水を汲んでもどってきた坂の上に向かった。ますます暑くなってきた。太陽が、薄《うす》いコットンの野球帽《やきゅうぼう》を素通《すどお》りし、頭の地肌《じはだ》に突《つ》きささる。

まぶしいので下を向いて歩いていたが、ふと顔を上げると、意外に門が近い。足を止め、近くの記念碑《きねんひ》の陰《かげ》に身を隠《かく》した。不注意にもほどがある。もう管理人《かんりにん》に気づかれてしまったかもしれない。

心臓《しんぞう》が早鐘《はやがね》のように打った。あちこち汚《よご》れがこびりついた大理石の後ろから、ちょっとだけのぞいてみる。周囲にはだれもいないようだ。少し待ってから、しのび足で前進した。南京錠《なんきんじょう》が門にだらしなく引っかかっているのが見えてきた。門がわずかに開いている。管理人は外に出ているな。となると、今がチャンス。何はともあれ、猛然《もうぜん》と小屋に走ってドラム缶《かん》を見つけ、水を汲んで走って逃《に》げる。それしかない。

気を引きしめ、隠れているところから一気にかけ出そうとした時、がっしりした手が突然《とつぜん》、ダニの肩《かた》をつかんだ。ダニは恐怖《きょうふ》のさけび声を上げながら、ふり向いた。年取った男がすぐわきに立っていて、額《ひたい》に深い傷跡《きずあと》のある顔がダニをねめつけている。片方の目はにごって見えないようだが、もう一方の目は荒《あら》っぽく、まばたきひとつしない。

「どこの子だ、おめえは?」男が言った。

「悪いことはしないってば」ダニは男の手をふりほどこうともがいた。「水を汲んでもいいか、聞こうとしただけ。ぼく――ぼくのおばさん――おばさんのお墓があそこに」

ダニは手をふり動かして墓地のはずれを示した。

「友だちはどうした?」

「どの友だち?」

「ゆうべ、おめえのとなりで寝《ね》てたろ。二人とも丸くなってた、野良犬《のらいぬ》みてえに。見回りのとちゅうで、めっけちまってな」

ダニの心に、かすかな希望がわいた。この管理人、どうしてぼくたちをたたき起こして、追っぱらわなかったのかな。もしかしたら、いい人なのかも。

「あいつは帰ってくるのか、もう一人の子は？」

ダニは男の表情を読みとろうとした。それによって答え方もちがってくる。

「わかんない。うん、たぶん」

管理人は、ダニが持っているペットボトルに視線《しせん》を走らせた。

「あいつが、いっぱいにしてったペットボトルは、どうした？」

「ぼくが——ぼくたちで飲んだ。喉がからからだったから」

「てことは、おめえ、もっとほしくて来たんだな」

「あのう」

「ここをホテルと思ってやがる。ベッドも水も無料のホテルかい？」怒《おこ》っているというよりは、あきれた声だ。

「無料」という言葉を聞いて、ダニははっとした。すぐポケットをさぐった。

「お金なら持ってる。水のお金、はらうよ」

「水一杯《ぱい》、飲もうってんで、金を持ってきたんか？　その金、どこから持ってきた？　盗《ぬす》んだのか？」

「ちがう！」もがいたかいあって体が自由になり、ダニはあとずさった。男はダニを上から下までながめまわし、着ているものをじろじろ見た。

「なんもかも新しいもん着てるじゃねえか、どこで手に入れた？」

ダニの顔がぽっと赤くなった。

「ママが——母さんが買ってくれたんだ。盗んだんじゃないよ」かすかにわいた希望が、恐怖に変わりはじめた。警官《けいかん》に逮捕《たいほ》されるかも！　監獄《かんごく》に送られるかも！

「盗んだんじゃないって言うんなら、じゃあ、いったい、どういう子なのかい？」

年取った男はダニをもっとよく見ようと身を乗り出した。よい方の目だけでは、どんな表情をしているのか、読み取るのがむずかしい。

「ただの男の子だよ。母さんが病気なんだ。イギリスに行っちゃった。父さんは——ぼくが落第……」

ダニはごまかして、口をつぐんだ。

管理人は腰《こし》をのばし、片手で背中《せなか》をトントンたたいた。

「家出したな？　それで、こんなところに来たんだな？　わざわざ死人といっしょに寝ようなんてやつは、めったにいねえ。縮《ちぢ》みあがっちまう、ふつうは」

「頭のおかしな人が道にいて、追いかけてきたんだ。こわかったから、逃げようとして、あそこの穴《あな》から中に飛びこんだ」

「頭のおかしな人だと？　どんな？」

「皇帝陛下《こうていへいか》が帰ってきたとか、言ってた」

男はみるみる笑顔になり、表情が変わった。よい方の目が荒っぽく見えたのは、額の傷跡のせいで目が引きつれているためだとわかった。

「ああ、そいつなら、自称《じしょう》、見捨《みす》てられた王子だ。皇帝陛下の息子《むすこ》なのに、見捨てられたと思いこんじまって。でもほんとうは、ハエ一匹殺せないやつさ。頭がおかしくなったのは、ソマリアとの戦闘《せんとう》で、あいつの乗ったトラックが爆弾《ばくだん》にぶっ飛ばされてから。いいやつなんだ。落ち着いている時はライオンみてえに勇敢《ゆうかん》で、しかも羊のようにおとなしい。やつのことは、こわがらなくていいぞ」

男がペットボトルに手をのばした。ダニはつられてわたした。

「おれのことも、こわがらなくていいぞ。おれもむかし、家出したことがあってな、ソマリアとの戦闘が激《はげ》しくなった時。隠れてるのも、楽じゃないわな。おまえらのことは、知らなかったことにする。そのかわり、おとなしくしろよ。それから悪いことは、決してするな」

男はダニに背を向け、小屋にもどりはじめた。足を引きずって、とても歩きにくそうだ。片方の足が曲がっている。折れた骨《ほね》が元通りにくっつかなかったんだろうか。少し行ったところで男がふり向いた。

「どうなんだ？　水がほしいのかほしくないのか？　待っていても、おれは持ってきてやらんぞ」

「ああ、はい！　ありがとう！」ダニは感謝《かんしゃ》の気持ちでいっぱいになった。男に追いついて、言った。「だれにも言いつけないでね、おじさん。ぼくのこと、密告《みっこく》したりしないでね」

「言いつける相手がわからんさ。ここで一晩《ばん》か二晩過ごして、頭を冷やしな。それで、どっちがいいかわかったら、家に帰れ。それでもまだ、家より墓で寝る方がよければ、よっぽどの理由があるにちげえねえ。ふつうの人にはわからなくても、おれにはわかる。死んだ人より生きてる人がこわいってこともあるよな」

ドラム缶のところに着いた。老人は、悪い足を休ませるようにドラム缶に寄りかかりながら、蛇口《じゃぐち》の下にペットボトルをあてがった。

「これでどうにか一日もつだろう。おめえたちのせいで、こっちが干上《ひあ》がったんじゃあ、たまらん。さあ、行った行った！　埋葬式《まいそうしき》の参列者に見つからんうちに、姿《すがた》を消してくれ。やっかいなことに巻《ま》きこまれちゃあ、かなわんから」


ゲタチューが教会の入り口に来ていないのを見ても、マモはおどろかなかったが、がっかりした。近くの壁《かべ》のところにしゃがんで、待つことにした。

どこかに行くあてもないし、することもないんだから、まあ、いいか。もちろん、あとでギルマのところにはもどらなくちゃ。うまく食べ物が見つからなければ、十ブルを使って二人分の食料を買おうかな。でも、あの子からしばらくはなれていられるのは、ありがたい。ああいう金持ちの子といっしょにいるのは、確《たし》かにおもしろい（バッグのジッパーを開けた時は、中を見たくてうずうずした）。でも、落ち着かない。あいつは気がきかないし、自分勝手すぎる。水だって平気で半分以上飲んじゃったし、食べ物だって、さっさと一人で食べはじめた。第一、どうして家出なんかしたんだろう。まさか、母さんが病気で父さんにどこかに送っちまうって、脅《おど》されただけじゃないだろう。そんな甘《あま》っちょろい理由で、金持ちの家を出るわけがない。

いい気なもんだよな、なんにもできないくせに、とマモは腹立《はらだ》たしかった。

それでもあの子って、どこか憎《にく》めないところがある。たぶん、金持ちで学校にも行っているのに、いばってないからだろう。マモがいないと困《こま》るってことを、隠そうともしないんだから。

そうなんだよ、おれがいなくちゃ、あいつはやっていけないんだよ、とマモは思いながら、立っていって、スーリを助けあげた。スーリは、道路わきにつないであるロバを探検《たんけん》に行って、もう少しで蹴飛《けと》ばされそうになっていた。マモは、ダニにたよられていると思うと気分がよかった。自信がわいてきた。

そのギャングってのがいいやつらだったら、仲間に入れてもらえるか、ゲタチューに聞いてみよう。おれとあいつだけで、ぽつんといるよりいいもん。

マモは、ギャングがどんなものか、わかっていなかった。知ってる子も何人か、路上暮《ろじょうぐ》らしの少年たちにくっついていたけど、正式に仲間に入ってたわけじゃない。あの子たちには、いちおう家族がいて、夜は家に帰ってた。ほんとうのギャングってのは、ずっと外で暮らしていて、いっしょに寝て、手に入れた物はみんなで分け、おたがいにめんどうを見合うグループだ。いいギャングもいれば、悪いギャングもいる。

ゲタチューならだいじょうぶだろう。おれに会って、あんなに喜んでたんだから。仲間に入れてくれるだろう。

時間つぶしに、小声で歌を歌った。田舎暮《いなかぐ》らしで、たった一つよかったのは、大声で歌えたことかな。帰ってきてうれしいことの一つが、また音楽を聞けるようになったこと。

それから二時間はたっただろう。ついにゲタチューがやってきた。一ブロックむこうにいる時から、マモには見えていた。少年三人といっしょだ。二人は、ゲタチューと同じくらいの背丈《せたけ》、もう一人はずっと小さい。

あいつらだな、とマモは思った。ゲタチューが仲間を引き連れてきたんだ。

マモは、そわそわしながら立ち上がり、スーリをシャツの下に隠《かく》した。

ゲタチューは、いつものはちきれんばかりの元気はどこへやら、マモにひかえめな声であいさつすると、二、三歩下がって仲間といっしょに立った。

「ミリオンがおまえに会いたいって」ゲタチューが言った。

「だれ、ミリオンて?」マモが聞いた。

「おれたちのジョヴィロ。つまりボス」

ほかの三人はもう向きを変えて歩きはじめている。その後ろを、ゲタチューとマモが追った。

「その人に、おれのこと話してくれたの?」マモが聞いた。「なんて言ってた?」

「会いたいって。それだけ。おまえならオッケーだよって言っといた。おれの友だちで、仲間を大事にするやつで、けんかなんかしたこともないって。そしたらミリオンが、会ってみよう、ほんとにそういう子か、見てみようって」

マモは唾《つば》を飲みこんだ。

「ねえ、どんなこと、やらされんの?」

「いろんなこと。物乞《ものご》いとか、自動車の見張りとか、今にわかる。いいやつだよ、ミリオンは。グループをまとめるのがじょうず。なんでも決めてくれる。だからミリオンが選ばれた」

「どういうこと、選ばれたって?」

「だからさ、おれたちでミリオンをボスにしたってこと。バッファローまで、ミリオンを選んだんだぞ」ゲタチューは、前を行く少年三人のうち、一番大きい子の分厚い肩を指さした。名前が聞こえたのか、その子がふり向いた。おもしろくなさそうな顔で、にこりともしない。マモをにらむと、また前を向いて歩いていく。

「ほんとの名前じゃないんだろ、バッファローなんて?」マモが小声でゲタチューに聞いた。

「おれたちがそう呼《よ》んでるだけ」

「おれのこと、いやがってるみたい」

ゲタチューが肩をすくめた。

「そういう子なんだよ、バッファローって。人見知りするのさ。悪いやつじゃない。ちょっと、かんしゃくもちだけど。バッファローとミリオンはずーっといっしょなんだ、ちっちゃいころから」

少年たちの一団は目ぬき通りをわたり、坂をおりて、にぎやかな交差点に向かった。マモはだんだん怖《お》じ気《け》づいてきた。いったいどういうことなんだろう、ギャングの仲間になるってのは。どんなことをさせられるんだろう?

交差点の角に、警官が立っていた。ぱりっとしたカーキ色の制服が目立ち、遠くからでもわかる。前を行く少年三人が、さっと身を寄せ合った。横を歩いているゲタチューも緊張《きんちょう》したのがわかる。マモはとっさに、逃《に》げなければと思った。きのうは、ほんとうに逃げ出した。でも今日は、ほかの子といっしょなので、強気でいられた。

ギャングの仲間になったら、それがいちばんありがたいな、とマモは思った。しょっちゅう、おびえていなくてすむ。

少年たちの一団は、警官のすぐ前を、目が合わないようにしながら通り過ぎた。少し行くと、歩道が広くなった。中年のおばさんが二人、四角い麻布《あさぬの》を敷《し》いて野菜を売っている――トウガラシ少々とタマネギ少々、ピラミッドの形に積み上げたジャガイモ。

おばさんたちの後ろの方で、一人の少年が古タイヤに腰《こし》かけ、壁にもたれていた。花模様《はなもよう》のシャツを着て、青いズボンをはいている。タバコのようにくわえているのは、細い棒《ぼう》。前歯が一本ない。

少年の一団がやって来るのを見ると、両手をポケットにつっこみ、脚《あし》を投げ出した。この子を取り囲んで、少年たちがしゃがんだ。

「ミリオン、これがマモって子」ゲタチューが言った。「話しただろ。この子ならオッケーだって。おれの親友」

ミリオンは頭を壁にもたせかけ、横目でマモを見た。やせて、頬《ほお》がこけた顔だ。

マモはちらっとミリオンを見ると、すぐ目を伏《ふ》せたが、いかにもジョヴィロらしいぬけ目のない視線に気づき、心臓《しんぞう》がドキドキした。

「どこから来た？」

ミリオンの声は思ったより高くて、くったくがなかった。

「アディス。でも田舎に連れてかれた。売られたんだ。逃げ出して、ここにもどってきた」

「盗みの経験は？」

冷酷《れいこく》な質問が心に突《つ》きささり、マモはキッと顔を上げた。

「ない！　そんなこと、やりたくない」

ミリオンは、くわえている棒を口の反対側にまわした。

「ギャングはギャングでも、おれたちは泥棒《どろぼう》じゃない。盗みをしたがるやつは、追い出す」

マモはうなずいた。

「盗んだら、なぐるからな。ついてくるなら、おれの命令通りにすること。ところで何を持ってる？」

「何をって？　なんにも」マモが言った。

「じゃあ、そこに入ってるのは何？」ミリオンが、マモのズボンのちょっと上の、シャツのふくらみを指さした。

マモはシャツの下に手を入れて、スーリを取り出した。眠《ねむ》りこけていた子犬が、あくびをした。ピンク色の舌《した》と、ずらっと並《なら》んだ小さなとがった歯が見えた。ほかの少年たちが身を乗り出した。ミリオンまで子犬を見ようと首をのばした。

「おれの犬」マモは、スーリを両手で包んで隠したいのをがまんして言った。「スーリって名前」

「番犬か？」ミリオンが言った。

いちばん小さい子が声をたてて笑った拍子《ひょうし》に、はげしく咳《せき》こみ、小さな体を苦しそうにふるわせた。

「まだ無理だよ、ミリオン」その子が言った。「ちっちゃすぎるもん」

ミリオンは指を一本だけ出して、スーリのもじゃもじゃの毛をなでた。

「大きくなったら働いてもらうぞ。昼間、毛布の番をしてもらおう」

マモは一瞬《いっしゅん》、ぽかんとしたが、はっとしてミリオンを見上げた顔に、笑顔が広がった。

「じゃあ、仲間に入れてくれるってこと？」マモが聞いた。

ミリオンは、マモの手の中でもがいているスーリを見て、にこっと笑い、やさしい顔つきになったが、すぐにもとのきびしい顔にもどった。

「様子を見る。一日か二日、おれたちと過ごせ。それからみんなで決める。規則《きそく》にはしたがってもらう。盗んではいけない。けんかしてはいけない。なんでもみんなで分けること。物乞いでもらったものも見つけたものも、おれのところに持ってくること。これがグループみんなの約束《やくそく》。おれが出かけると決めたら、したがうこと。おれがここで寝ると言ったら、そこで寝る。オッケー？」

マモはうなずいた。ほっとして、息をするのも忘《わす》れそうだった。

「おれのこと、警察がつかまえにくるかも」マモはおずおずと言った。こんなことを打ち明けたら、ミリオンの気が変わるのではないかと心配しながら。「追っかけてくるかもしんない、逃げてきたから」

「どこから逃げてきた？」

「どこかわかんない。アディスからバスで、何時間も何時間も行ったとこ。でも、おれを売ったやつ、ここに住んでるから、ばったり会うかも」

マモは、後ろをふり返りたいのをこらえた。

ミリオンがじっと考えてくれているのを見て、マモは急に気持ちが楽になり、体が軽くなったような気がした。ずっと背負ってきた重い荷物を、だれかに肩がわりしてもらったような気分だ。やっとリーダーにめぐり会えた。尊敬《そんけい》できる人ができたんだ。もう何もかも自分で決めなくていい。

やがてミリオンが、ひどい話だというように首をふりながら言った。

「危険《きけん》はない。遠すぎる。で、おまえを売ったやつって、親戚《しんせき》？」

「おれのおじさんとか言ってた。でも、それはうそ」

「なら、なんの権利《けんり》もない。もう手出しはできない」

ミリオンはスーリを抱《だ》こうとしたようで、両手を差し出したが、子犬は歯をむいた。

「犬がいるってのはいい」ミリオンが言った。「寝こみをおそわれても、吠《ほ》えてくれる」

とつぜん、マモはダニのことを思い出した。マモは下唇《したくちびる》をかんだ。どうしたものか。あの金持ちの子に遠慮《えんりょ》することなんかないよな？　ゆうべ会っただけなんだから。知り合って、まだちょっとしかたってないんだから。それに、おれとはぜんぜんちがう別世界の子だもん。おれがいなくたって、それほど困《こま》るわけじゃない。帰りたくなったら、いつでも家に帰って、好きなだけ食べて、安全であったかいベッドで寝ればいいんだから。父ちゃんになぐられるかもしんないけど。

マモは自分でもおどろいたが、気づいた時には言葉が出ていた。「ミリオン、おれ、友だちがいるんだ」

チビの少年が、スーリの鼻面《はなづら》で人差し指をちょこちょこ動かし、スーリが口を開けると指を引っこめてからかっていた。それに見とれていたミリオンが目を上げ、眉《まゆ》をひそめてマモを見た。

「だれ？　どういう友だち？」

「金持ちの子」マモがどぎまぎしながら言った。「きのうの夜、会って、墓地でいっしょに寝た」

ミリオンが目を見開いた。

「墓地？」

「そう。だって、二人ともおびえまくってたから」マモは墓地のことなんて言うんじゃなかったと思った。みんなに悪い印象を与《あた》えてしまう。「その子、父さんがこわくて、家出したんだ」

ミリオンは首をふった。

「金持ちの子は、いらん。悪いうわさが立つ。警察が探《さが》しに来る。目立っちゃ困るだろ？」

「その子、バッグ持ってるよ」マモは裏切《うらぎ》り者《もの》になった気がした。「中の物を分けてくれるはず。助けてやったら、おれにもくれるって。お金も、二十ブル持ってる」

これまで一言もしゃべらなかった三人目の少年が、土ぼこりを立てて足の位置を変えた。

「中の物って、どんなもん？」

「着る物」マモが言った。「新品。すげえいい服ばっか。ほかにも入ってる、たぶん。わかんないけど」

「いいなあー」咳こんでいたチビの少年が、うらやましそうな声で言った。「いい子？」

「ああ」マモは口ごもった。「うん、いい子」

「会ってからだな、ミリオン」バッファローがブツブツ言った。「どんなやつか確《たし》かめてみようぜ」

三人目の少年が、その通りというように、うなずいた。

「こいつがほしいもんは、あれだよな」ゲタチューがニヤニヤしながらみんなを見回し、笑いを誘《さそ》おうとした。「こいつ、かわいそうに、いつも靴《シューズ》を探してるんだ」ゲタチューがマモに言った。

「靴がほしいよーって、足がせがむんだって。名前までシューズになっちまった。シューズってのが、こいつのあだ名。ゴミ捨て場をあさっては、しょっちゅう靴探し。靴ばっか」

「靴ばっかじゃないよ」シューズが憤慨《ふんがい》した。「ほかにも探してるもん」

それでも、ほかの少年たちは笑いころげていた。お気に入りのジョークを待ってましたとばかりに。

マモはミリオンを見つめていた。

「よし」やがてミリオンが言った。「その子を連れてこい」

マモは困った。

「来ないと思う。警官をこわがってるから。墓地から出ないと思う」

「みんなで墓地に会いに行ったりしないよね」チビの少年がぶるっと体をふるわせた。

「カラテの言う通り」ミリオンが言った。「おれたちに会いたければ、そっちから来てくれ」

マモが立ち上がった。

「わかった。じゃあ、聞いてくる。すぐ連れてきてもいい？　ずっとここにいる？」

「たぶん」ミリオンがさりげなく言った。「状況《じょうきょう》しだい」

「そっか」マモが足をふみかえた。「そしたら、どこに行けばいい？」

「出かけても、もどってくる」ミリオンは、腕《うで》をまわして、前の道路とそのむこうの交差点のあたりを示した。「ここがおれたちの居場所《いばしょ》。夜はここにもどる、どっちにしても」ミリオンが急に、ほかの少年たちに向き直った。「何をぐずぐずしてる？　食べ物が空からふってくるとでも思ってるのか？　シューズとバッファロー、レストラン・ニューフラワーに行ってこい。店の裏《うら》で、残飯をねだれ。ゲタチューとカラテは、信号のところで物乞いだ。忘れるな、おれの言葉。新しい車より古い車。若《わか》い人より年取った人」

やんなっちゃう、とダニは思った。今日はこのまま、おなかをすかせたままかもしれないなんて、考えるのもいやだけど、それよりもっといやなのは、なーんにもすることがないこと。時間がたつのがこんなにおそいなんて、はじめて知ったよ。

学校では、数学の授業《じゅぎょう》がはじまるころだ。

いつもの席の、すぐ上にある窓《まど》のすきまから入ってくる風に、首すじをなでられたような錯覚《さっかく》を起こした。先生のガミガミ言う声まで聞こえてくる。

きっとマコンネンは、先週の宿題をぜんぶやってきて、トップの成績を取ってるだろうな。マコンネンのすました顔や、ダニを見る時のさげすんだ表情を思い出しているうちに、ダニは少し気分がよくなった。もう少しで、学校に行きたいなんて思うところだった。

クラスのみんなは、まだ、ぼくがどこに行ったか心配してはいないだろう。病気にでもなって休んだなと思ってる。でもすぐに、いなくなったのに気づくはず。家出したことも、すぐに知れわたる。

いつもならここで、ダニはぷいと考えるのをやめて、空想の世界で遊ぶところだが、今日は、そんな気になれない。あちこち気持ちが悪すぎる。手はべとべとだし、体じゅうが汗《あせ》とほこりで汚《よご》れてる。どうしてもシャワーが浴《あ》びたい。

清潔《せいけつ》な服に着がえるって手もあるよね、と思いながら、バッグにつめてきたものを一つ一つ思い出してみた。

でも、着がえるのもめんどうくさい。

あしたになったら、汚れはもっとひどくなる。それまで着がえはおあずけだ。

片手《かたて》ですくった小石を、少しはなれた木の幹《みき》に投げて遊んだ。少し続けていたら、四回のうち三回は命中するようになった。でも飽《あ》きて、やめた。

二、三分ごとに、腕時計を見た。時計の針《はり》が白い文字盤《もじばん》をまわるのが、いかにもおそい。はずして耳もとにもっていき、こわれているか確かめようとしたが、きちんと時を刻《きざ》んでいた。

こんなところにずっといるなんて、無理だ。マモがもどってきて、食べ物をいっしょに探してくれるとしても無理。管理人がこれから先も親切に水をくれても無理。気が狂《くる》いそう。ぜったい狂う。

家のことを思い出さないように、極力、努力した。家のことは頭のすみに追いやった。こわいのと帰りたいのと、両方の気持ちが入《い》り乱《みだ》れ、どうしていいかわからない。ママのことも考えまいとがんばった。

ママが今のぼくを見たら、さぞがっかりするだろう。

絶望《ぜつぼう》に飲みこまれそうだ。何もかもが、重荷に感じられる。もう何も考えたくない。墓石にどさっともたれかかり、頭の中を空《から》っぽにして、長いことぼーっとすわっていた。

そのうち、おなかがすいて矢も盾《たて》もたまらなくなり、体を起こした。朝食の時間に、片手にのるくらいのインジェラをマモと分け合って食べてから、もう何時間もたっている。もうどうにもならなくなってきた。きのうまでは、ほんとうの空腹《くうふく》がどんなものか、知らなかった。ほんとうの空腹は、ひとりでに沸《わ》き起《お》こる、「食べたい！」というさけびのようなものだ。

ダニは、ペットボトルに残っていた最後の一滴《てき》を口の中に落としこみ、それから立ち上がった。道に出て行く気にはなれなかったが、塀《へい》の穴《あな》から外をのぞくくらいならいいだろう。マモが帰ってくるのも見られるし、これからどうすべきか、いいアイディアが浮《う》かぶかもしれない。

バッグを拾い、墓石の間をぬうようにして塀の近くの林まで歩き、そこでそっとバッグをおろすと、塀の穴に近づいた。道のむこう側に並んでいる土の家から、話し声が聞こえてくる。女の人が二人、声高にしゃべっている。赤《あか》ん坊《ぼう》の泣《な》き声《ごえ》もする。

ダニは穴からのぞいて、用心深く道の左右を見た。管理人がどう言おうと、またあの見捨てられた王子とかいう狂ったやつが現れたら、たまったもんじゃない。塀がこわれてできた穴の横にある石に腰かけた。こうしていれば、人が通りかかっても、頭をひょいと下げれば隠れられる。

頭上の木から、ギャーギャー大きな鳴き声がしたので見上げると、二羽の大きな黒い鳥がやかましくけんかしている。突然、一羽が道に舞《ま》いおり、道路のわきでかたくなっていたネズミの死《し》骸《がい》をくわえた。すかさずもう一羽も飛びおり、二羽は灰色《はいいろ》の小さな死骸の奪《うば》い合《あ》いをはじめた。羽をバサバサいわせて相手を威嚇《いかく》している。

そのけんかを見ていたら、なんだかうらやましくなった。鳥は自由で、だれにもたよらずに生きている。したいようにできるし、食べ物も自由に見つけられる。大空を好きに飛びまわることもできる。だれかにたよる必要もないし、悲しくなることもさびしくなることもない。先のことを心配することもなければ、ほかの鳥が助けに来てくれるのを待ってうろうろすることもない。

鳥のけんかを一心に見つめていたので、近づいてくる足音にも気がつかなかった。マモがくずれ落ちた塀の破片《はへん》をふみしめ、ギシギシと音を立ててはじめてようやく、ダニは目を上げた。

わっ、よかった！　うれしい。

「なんか食べる物、買ってきた？」思わず、ダニは言ってしまった。

マモが一瞬、不愉快《ふゆかい》そうな表情を浮かべたのを見て、ダニはしまったと思った。またもや失敗してしまった。

「ミリオンがおまえを連れてこいってさ」マモがいばりくさって言った。

「ミリオンて、だれ?」

「おれのジョヴィロ」

「きみのジョヴィロ? 何それ?」

「おれのギャングのリーダー。おれ、リーダーに試されてるんだ。気に入ったら、仲間にしてくれる。一日か二日、見てからだって」

「ギャング? どういうこと、ギャングって?」

ダニは急にこわくなってふるえた。ギャング映画《えいが》ならテレビでたくさん見ている。ギャングといえば、犯罪者《はんざいしゃ》の集まりじゃないか。ものすごく乱暴《らんぼう》で、古びた建物を根城《ねじろ》にして、警察とわたり合ってる人たちで、最後はたいてい死んでしまう。

マモはなんと答えていいかわからなかった。困った顔でダニを見つめた。この金持ちの子にわからせようったって無理だよな。なんにもわかっちゃいないんだから。赤ん坊を相手にしてるようなもんだ。あったりまえのことまで、めずらしがる。スーリのあったかい体がシャツの下でもがいている。このスーリの方が、まだ物わかりがいいくらいだ。

「男の子だよ、おれたちみたいな」マモがようやく言った。「帰る家のないやつばっか。助け合ってる。ミリオンがジョヴィロ。いろんなことを命令する人」

ダニには、ミリオンの姿《すがた》が見えるような気がした。陰険《いんけん》な顔、一分のすきもない背広姿、ポケットには分厚い札束《さつたば》、腰には拳銃《けんじゅう》。

「盗んでこいとか言うわけ?」

「ちがうってば」マモはいらだった。「そんなんじゃないよ。盗んだりしないの。盗みをするやつはただじゃおかない、追い出すって」

「ふーん」ダニが想像したミリオンの姿はかき消えた。「じゃあ、どんなことさせられるの?」

マモは口ごもった。みんなが物乞いに送り出されたことは、ダニには言いたくなかった。

「そんなこと知るか」やっとマモが言った。「まだ入ったばっかだもん。ミリオンに、おまえのこと話しといた。どんなふうに会ったとか。そしたら、おまえを連れてこいって」

「ねえ、ここから出ていくってこと?」ダニは、そっとふり返って墓地を見わたした。急に、これほど安全な場所はない気がしてきた。

「そう。むこうからは来ないよ。こわがってるから。こんなとこで、ぶらぶらしてるなんて、信じられないって。こんなとこで、一晩じゅう寝てたことも」

マモは誇《ほこ》らしくなって、見つめているダニの目に微笑《ほほえ》みを返した。墓地と、墓地さえこわいと思わなかった二人の、なみなみならない気持ち、墓石のそばの暗がりでの不思議な出会い、一枚《まい》の毛布をかけて寝た夜。どれも言葉では言い表せない、二人の絆《きずな》だ。

マモはふり返って、道をのぞいた。

「ねえ、来るの、来ないの?」

「わかんない」ダニが言った。「警官に見つかったらどうしよう?」

「おい」マモはいらいらした。「ずっと、ここにいる気? 大人になるまで? おじいさんになるまで? 死ぬまで? どうせすぐ出て行くことになるよ。おれはもう、食べ物とか持ってきてやれないから」

ダニはしょんぼりした。何から何までマモにたよっていたことを、はじめて思い知らされた。けさ、シャツをあげると約束してマモの心をつなぎとめたことを思い出し、もう一度バッグに手をのばした。

マモはそんなことにはおかまいなく、話を続けた。

「ギャングに入ったらね」マモは小さい子に話すように、ていねいに説明した。「ほかの子のために何かしなくちゃ。ほかの子と、何もかも分け合うんだよ」今度はマモがバッグを見おろした。「持ち物はみんな、グループの物になるからね。こっそり持ち出したり、ギャングに入ってない人にあげたりしちゃ、いけないんだからね」

「ふーん」ダニが小声で言った。

テレビで見たギャングを頭から追い出したせいで、マモが言っているギャングがどういうものか、わかってきた。そういえば、そんな子が道にいるのを、安全な自動車の窓越《まどご》しに、しょっちゅう見ていた。ストリート・チルドレンと呼ばれているみすぼらしい子どもたちだ。はだしで、汚《きたな》くて、物怖じしない子どもたち。信号で止まっている自動車に群《むら》がり、カラスのような手を自動車の窓の中までつっこんで、歌うような声で物乞いする。

いやだ！　あんな子になるのはいやだ！　思っただけでおなかが痛《いた》くなる。ぼくはあんな子とはちがう。あんなふうにはなれない。第一、バッグも何もかもとられちゃうんだろ。そしたら持ち物がなくなっちゃう。

マモが突然、ダニを押《お》しのけ、墓地の奥《おく》にかけていった。前の晩を過ごした墓石の後ろにかがみこんだあと、ひょいと頭を上げた。毛布をつかんでいる。

「ほら」ダニのところに飛んでもどりながら言った。「その野球帽《やきゅうぼう》、ぬぎな。かわりにこの毛布を頭からかぶって。そしたら、町を歩いても安全。だれにもわかりっこない」

「ううん、やっぱり――ぼくには……」自信なげに身をかわしながら、マモが汚れた頭にもうちゃっかりかぶっている野球帽を、取り返そうとした。

が、その時にはもう、ダニは毛布を肩に巻《ま》きつけられていた。マモはバッグを持ってすたすたと、墓地の塀の穴から道に出ようとしている。

ダニは、心臓が痛くなるほどドキドキしながら、マモについて行った。

11

ティグストは、気むずかしいファリダーおばさんに年がら年じゅう、おびえていたが、その一方で、おばさんが気の毒でならなかった。おばさんは疲《つか》れきった顔をしていた。おじさんがしょっちゅう、弱々しいがきつい声でおばさんを病室に呼《よ》びつけるのだ。電話もアディスアベバからたびたびかかってきた。どうやら、義理《ぎり》の弟に任せてきた店で問題が持ち上がっているらしい。

ティグストはファリダーおばさんの様子をぬかりなく観察するようになっていた。おばさんのごきげんを推《お》し量《はか》って、いざこざに巻《ま》きこまれないように注意した。おばさんが近くにいる時は、ヤスミンをかわいがりすぎないように気をつけ、ヤスミンの背中《せなか》を押《お》して、母親のところに行くように仕向けた。

サルマがそれを見てはおもしろがった。

「心配のしすぎよ」ある朝サルマが言った。ティグストとサルマは中庭に腰《こし》をおろし、水を張った洗《あら》い桶《おけ》でシーツを洗っていた。「ファリダー奥《おく》さまが、あんたを追い出すとしたら、きっと頭がおかしくなった時よ。あんたは子守の天才だもの。ヤスミンは、あんたにかかると、とたんにいい子になるからね」

ヤスミンがさっきからティグストの膝《ひざ》に乗りたがっている。ティグストは石けんだらけの手をスカートでふき、小さいヤスミンの体に腕《うで》をまわした。それからヤスミンの首とぽっちゃりした肩《かた》の間に顔をうずめ、ブルブルブルッとおかしな声を出した。ヤスミンはうれしそうにキャッキャッと笑いながら、身をくねらせてティグストの手から逃《のが》れた。ティグストは、ファリダーおばさんに聞かれたのではないかと心配そうに見回したが、おばさんは市場に買い物に行っていることを思い出して、安心した。

「ファリダーおばさんを怒《おこ》らせたら首になるんじゃないかって、こわくない？」ティグストがサルマに聞いた。

サルマは肩をすくめた。

「首にはできっこない。あたしは、ミスター・ハミドのお母さんに雇《やと》われてるんだもの。でも、あたしは奥さまが無茶を言ったら、がまんなんかしない。とっとと実家に帰るわよ」

ティグストは何も言わなかった。サルマが、ゴシゴシ洗っているシミのついた枕《まくら》カバーから目を上げると、仲よしのティグストがさびしそうな顔をしていた。

「あら、ごめんね」サルマが言った。「また余計なこと言っちゃった。ほら、シーツをしぼるの手伝って」

二人はシーツを水から上げ、それぞれが端《はし》を持ってしぼった。滴《しずく》がコンクリートに飛び散った。それから、庭の大きな木と家の壁《かべ》のフックにわたした洗濯《せんたく》ロープに、一枚目《まいめ》のシーツをかけた。

その時、屋敷《やしき》の鉄の門をガタガタいわせる音がした。

「あたしが見てくる」サルマはコンクリートの中庭を横切り、門の扉《とびら》を片方《かたほう》だけ開けた。ティグストは、二枚目のシーツを拾い上げようと、かがんでいたが、だれだろうと思って目を上げた。青年が立っていた。青年はサルマとエチオピア式のあいさつをしている。右肩と右肩を軽く合わせ、つぎに左肩と左肩を合わせ、もう一度、右肩と右肩を触《ふ》れ合《あ》わせる。あいさつが終わると、青年はポケットに手を入れて何かを取り出し、サルマにわたした。

サルマにボーイフレンドができたんだ！ ティグストは信じられなかった。そんな話は聞いてない！

遠くて顔はよくわからないが、とてもよさそうな人に見える。がっしりした体つきに太い眉《まゆ》、あまりハンサムではないが、遠くから見ても、まじめで親切そうな様子が見てとれる。

サルマって、運がいいな。ティグストはうらやましくなった。

サルマは声を立てて笑いながら、ティグストを指さしている。ティグストはどぎまぎした。シーツを持ち上げて顔を隠《かく》しながら、洗濯ロープにかけはじめた。でも見ないではいられない。まだいるだろうか、と思いながら、シーツの陰《かげ》からのぞいてみた。

まだいた。青年はまっすぐにティグストを見ている。青年の顔に、ゆっくり笑顔が広がった。

ティグストはシーツの陰に首を引っこめた。金属の門が閉《し》まる音がして、サルマがコンクリートの庭を走ってくるサンダルの音が聞こえた。

「あの人のことになると、すっかり口がかたくなるのね」ティグストがからかった。「ボーイフレンドがいるなんて、一言も言わなかったじゃない」

サルマが吹《ふ》き出《だ》した。

「ボーイフレンドじゃないわよ。兄さんだってば！　母さんがあたしに作ってくれた薬を持ってきてくれたの。ニキビに塗《ぬ》る薬。あんた、あたしの兄さんのこと、気に入った？　ほんと？　兄さんは、あんたのことが気に入ったみたい、まちがいないわ。ずっと、あんたのことで質問攻《しつもんぜ》めだったもの」

ティグストはなんだか気はずかしくて、顔をぽっと赤らめた。

「気に入るわけがないじゃない。あたしのこと、ほとんど見てないもの」

「ちゃんと見てたわ。あんたがきれいな子だって、わかったんだもの。あんたのことは、何もかも兄さんに話しといたからね」

「なんですって？　いったい何を話したの？」ティグストは心配になった。

サルマはクスクス笑いながら、仲よしのティグストの腕をぎゅっとつかんだ。

「すごく大胆《だいたん》で下品で、男と遊び歩いてばかり、いっぱいボーイフレンドがいて、おもしろ半分になんでもやらかす子よって」

「サルマったら！」ティグストがおどろいて言った。

「言ってないわよ、そんなこと。ほんとはね、とてもかわいくって、子ども好きで、やさしくて、はずかしがりだって、言ったの」とサルマ。「ほんとよ、それから、あたしの親友だってことも」

ティグストははずかしくて、今度こそ真っ赤になった。

「まあ」ティグストは言った。

サルマに聞きたいことは、どっさりあったが、じっとこらえた。でもありがたいことに、サルマは自分からしゃべってくれた。

「名前はヤコブ」とサルマ。「あたしよりだいぶ年上。学校は、十年生まで終えてるわ。アディスアベバに行ったきり帰ってこない別の兄とはちがうの。ヤコブは、おっとり着実にやるタイプ。家にいたころは、そのことで、ずいぶんからかったものよ。でも父さんが死んでからというもの、ヤコブはとってもがんばってるの。母さんや、あたしの妹たちのめんどうを見てくれてるのよ。妹たちの授業料《じゅぎょうりょう》をはらうために、ありとあらゆる仕事をしてきたわ。あたしにも、ミスター・ハミドの仕事をめっけてくれた。今は、教会のそばの電気屋で働いてるの。あんたも知ってる、あの店。あそこで、しっかり覚えようとしてるの、修理の仕方とか。いつか自分の店が持てるように、いっしょうけんめい貯金《ちょきん》もしてる。小さい店を持って、お客さんが持ってきたラジオとかテレビとか、修理するの。それで余裕《よゆう》ができたら、商品を仕入れるんだって。そんな話ばかりしてるわ」

「まあ」ティグストがまた言った。小ぎれいな店が見えるようだった。ショーウィンドウに見栄《みば》えするように飾《かざ》ってある電化製品の色とりどりの箱。ラジオ、扇風機《せんぷうき》、アイロン、カセットプレーヤー。ショーウィンドウに沿《そ》って、豆電球がいっせいにまたたいている。アディスアベバでよく見かけた店のように。

ティグストには、どうしても聞いておきたいことがあったが、口にするには、かなりの勇気が必要だった。

「じゃあ、ヤコブにはガールフレンドがいるんでしょうね」やっとの思いで聞いた。「どんな人？」

「ヤコブに？　ガールフレンド？」サルマが笑い声を上げた。「そんなの、いないに決まってるでしょ？　さっき言ったじゃないの。兄さんはおっとりタイプだって。とりわけ、そういう方面は。とてもはずかしがりなの。少なくとも、これまではね」サルマは、ティグストの腕をもう一度、きゅっとつかんだ。「でもきっと、あんたに夢中《むちゅう》になるわ。きっとなる。さあ、おもしろくなってきたぞ」


マモの毛布を頭からすっぽりかぶって道を歩きながら、ダニは肌合《はだあ》いのちがう世界に迷《まよ》いこんだ気がしていた。映画《えいが》に出てくるどこか怪《あや》しい登場人物にでもなったような気分だ。墓地《ぼち》を出て、おびえているのは確《たし》かだが、ほっとした。墓地にいたのはたった一日足らずなのに、何年もいた気がする。そして今、やっと現実の世界にもどった。あそこは、まともな世界ではない。こうしてマモの毛布で変装《へんそう》していると、自分が自分でない気がする。古い自分は墓地で眠《ねむ》っている死者のところに置いてきて、別世界に生まれかわったのかもしれない。

マモに連れられて行くのはどんな場所か、仲間に入れてもらうはずのギャングはどんなグループか、なんとなく想像がついた。みすぼらしい場所だろうなと覚悟《かくご》した。隠《かく》れ家《が》のようなところか、けちな酒場か、もしかしたら道ばたの掘《ほ》っ立《た》て小屋《ごや》かもしれない。マモによると、ギャングのメンバーはみんな少年だという。きっと、いかつい顔をした人たちばっかなんだろうな。腕《うで》っ節《ぷし》の強いところを見せろと言われたり、テレビでやるように、何か特別の儀式《ぎしき》があったり、決闘《けっとう》をさせられたりするんだろう。

ダニが思《おも》い描《えが》くギャング像はどんどん恐《おそ》ろしげなものになっていったので、やがてマモが立ち止まったのを見ても、追いつくのを待っていてくれるんだ、と思ってしまった。

ところがマモは、道路の縁《ふち》にしゃがんでいる少年たちの方に寄《よ》っていった。

「ミリオン、連れてきたよ」マモが言った。「これがギルマ」

ダニは、マモに教えたうその名前を覚えていなかったので、だれか後ろにいるんだろうとふり返ってしまった。そのとたんに思い出し、ギャングに視線《しせん》を移《うつ》した。

思わず飛びのき、その拍子《ひょうし》に縁石《えんせき》から車道にころげ落ちそうになった。こんな子たちじゃ、かなわない。ぼろを着た貧相《ひんそう》なグループ。ホームレスの子ばかり集まったあわれな集団。よれよれの服が破《やぶ》けて、ところどころ体が丸見えになっている。まさかこれが、マモが入りたがっているギャングじゃないだろう。ぼくを入れてくれるってグループは、こんなんじゃないよね。

ダニはバッグの持ち手をぎゅっとにぎりしめ、だれかが口を開くのを待った。

少年たちは、一人ずつゆっくり立ち上がり、だまってダニを見つめている。一人だけ、するどい目をしたやせ顔の、マモがミリオンと呼んだ子だけは、すわったままだ。壁に寄りかかり、ダニがどういう子かを見定めようという目で、じっと見ている。

「おまえがマモの友だちか？」その少年が急に大きな声で言った。

ダニはこれまで、ミリオンのような子から、こんなふうに話しかけられたことは一度もなかった。こういう人たちはかならず、おべっかを使いながら、お金をねだって手を突《つ》き出《だ》してくる。

そういう時は、こわがっている素《そ》ぶりなど、これっぽっちも見せないで、パパがやるように、顎《あご》をつんと上げて鼻先を見おろし、いばりくさった顔をする。

「うん」ダニが言った。「マモとぼくは……」

「それで名前は？」

「ギルマ」ダニは答えながら、マモがうその名前を思い出させてくれてよかったと思った。

「ほんとの名前か？」

ダニは横目でマモを見たが、マモは下を向いている。なんて答えればいいんだろう。

「まあいい」ミリオンが身を乗り出した。「こんなところで、いったい何してる？　路上で、こんな金持ちの子が」

マモがスーリを地面におろした。子犬はペタペタ歩いてにおいを嗅《か》ぎまわりながら、あわれな声で鳴いている。ゲタチューがシャーマの下からパンのかけらを取り出し、スーリの鼻先に持っていくと、子犬はぱくっと食べた。それを見て、ゲタチューが声を立てて笑った。

助かった。ダニはみんなの注意が子犬に向いている間に、考えをまとめることができた。

「家を出なくちゃならなくて」ダニは言った。「一身上の都合《つごう》で」

しつこく聞かれるかとびくびくしたが、ミリオンはうなずいただけだった。

「警察《けいさつ》に追われてるのか？」

「わからない。たぶん、追われてる」ダニは答えながら、一瞬《いっしゅん》、得意になった。警察まで動かして探《さが》してくる家族なんて、いないだろう、みんなには。でもすぐに、恐怖《きょうふ》がよみがえった。警察とはパパのこと。パパとはフェイサルのこと。

たぶん、この子たちにたのめば、隠れ家に連れて行って、当分かくまってくれるだろう。ママが家に帰ってくるまでのことだ。

「だから」緊張《きんちょう》のあまり、横柄《おうへい》な声になっている。でも自分ではぜんぜん気づいてないらしい。「しばらく隠れる場所があればいい。ママがイギリスから帰ってくるまで」

「どこからだって？」とゲタチュー。

「イギリスって？」と幼《おさな》いカラテ。

「隠れる場所があったら」バッファローが肩をいからせて言った。「とっくに、おれたちで使ってら」

マモは、ダニからミリオンへ、そしてまたダニへと視線を移した。話が悪い方に進んでいるのがわかる。なんだかはずかしい。こんな金持ちの子を連れてきたりして、ミリオンやほかの子たちはなんと思っているだろう。すべすべの手とぷくぷくの足なんかしちゃって、ほかの子の気持ちなんて考えもしないんだから。話に割《わ》りこんで、ダニを追っぱらいたくなった。別の人にかくまってもらいな、と言ってやりたかった。でもその気持ちをぐっとこらえた。黄色いシャツをくれたじゃないか。一晩《ひとばん》じゅう、墓地でいっしょに過ごした仲じゃないか。それにスーリをくれたのもダニだ。

「バッファローが言うように」ミリオンがダニから目をそらさずに言った。「おれたちに、隠れる場所はない。ここで暮《く》らしてる」

ダニはミリオンの後ろに視線を走らせた。ミリオンが寄りかかってすわっているフェンスには、扉がついている。

「ここって言ったろ。まさにここ」とミリオンが言ったので、みんなが笑った。ミリオンは、目の前の土がむき出しになっている地面を指さしている。「いやなら、出て行くしかない」

ダニは膝《ひざ》の力がぬけて立っていられなくなった。バッグをおろし、その上に腰かけた。急に毛布が暑苦しく思えて、ふりはらった。マモが進み出て毛布を拾った。マモは、小さなとがった歯で毛布をくわえようとしていたスーリもいっしょに抱《だ》き上《あ》げた。少年たちが一人、また一人と、腰をおろしはじめたが、バッファローだけは壁に背をあずけ、腕組みしながら、ダニをじっと見ている。

「じゃあ、どこで寝《ね》るの?」ダニが聞いた。根城《ねじろ》はあるに決まってる、隠れ家とか、助けてくれる人とか。ぜったいあるよ。ぼくに隠してるだけさ。

「寝る場所はね、ミリオンが決めるんだよ」カラテが言った。カラテはダニの方ににじり寄ってきて、もうダニのすぐ横に来ている。「決める人はミリオン。でも、ここで寝るよ、たいていは。ぼくは、ミリオンのとなりで寝てもいいの」

ダニはカラテを見おろした。幼い子がダニを見てにこにこしている。前の乳歯《にゅうし》が二本ぬけて、大人の歯が生えはじめている。

「ふーん」ダニが言った。こんなところで眠る自分を想像してみた。道ばたで寝ている自分。ぼろっちい格好《かっこう》をした少年たちと、ほこりにまみれて寝ころんでいる自分。でも、そういうことは考えちゃいけないんだ。

少年たちからは見えない後ろの方で、連なって走って来た自動車がいっせいに速度を落として止まった。前の方で、荷物を積みすぎたトラックが、アクセルでも故障《こしょう》したのか動けなくなったのだ。

「ダニじゃないか！　こんなところにいたのか？　ダニ！」

ダニは心臓《しんぞう》が止まりそうになった。もう少しでふり返るところだったが、がまんした。知っている声だ。パパの従兄《いとこ》のミハイルおじさんの声。息を切らせてしゃべりまくる、腹立《はらだ》たしいお節介《せっかい》おじさんで、パパにもきらわれている。ダニは目をつぶったが、すぐに助けてという顔でミリオンを見た。

ミリオンはのそっと立ち上がると、自動車の方にぶらぶら歩いていった。バッファローも、もたれていた壁から身を起こし、ミリオンに続いた。ゲタチューとシューズも、両手を差し出しながら、あとを追った。その二人の間をチビッ子のカラテがかけぬけ、一目散に自動車の窓《まど》のところまで走った。カラテの背丈《せたけ》では窓の上に顔を出すのがやっと。ミハイルおじさんは、窓から身を乗り出そうとしている。

「母ちゃんいない、父ちゃんいない」カラテが練習した通りの、あわれな声音とあわれな顔で言った。「おなかぺこぺこ。一ブルのお恵《めぐ》みを」

少年たちが立ちはだかり、おじさんの視線をさえぎっている。おじさんは少年たちの背後《はいご》を見ようとしたが、ダニだと思った子の姿《すがた》はもう見えなくなっていた。おじさんは、差し出された手をふりはらって急いで窓を閉め、ギアを入れて走り去った。

「あれが本当の名前なんだね。ダニ?」ミリオンがもどってきて見おろしながら言った。

ダニはしぶしぶうなずいた。

「隠してくれてありがとう。もういなくなった?」

「ああ。だれ、あれ?」

バッファロー以外のみんなが寄ってきて、おもしろい話を聞こうと待ちかまえている。

「パパの従兄」

「パパの従兄だ?」ミリオンがからかうような声で言った。「あんな金持ちが? なら、なぜあいつに連れてってもらわなかった? 乗せてくれってたのめばよかったのに」ミリオンは、おかしいじゃないかと言わんばかりに顔をくもらせている。「おまえ、盗《ぬす》みはしてないよな。泥棒《どろぼう》じゃないんだな? 泥棒だったら、追い出す。泥棒とはいっしょにいられない」

ダニは、顔を真っ赤にして見上げた。

「まさか! あったりまえでしょ、泥棒じゃないよ! さっき言ったでしょ。家には帰れないって。理由は……一身上の都合で」

意外にも、ミリオンは納得《なっとく》してくれた。もといた場所にもどり、壁に寄りかかった。

「じゃあ」ミリオンが言った。「おれたちにどうしてほしいわけ?」

ダニは首をふった。自分でもわからない。やっぱり墓地にいればよかった。ぼくとマモと、無《ぶ》愛想《あいそう》な管理人《かんりにん》のおじいさんだけしかいない墓地に。

「身を守ってほしいとか? 今みたいに? 食い物も用意してほしいとか? あのなあ、おれたち、自分たちが食べるだけでやっとでさあ」

食べ物の話が出て、ダニは急に腹ぺこになった。そうだ、してほしいことがわかった。ぼくの身を守って食べ物をくれれば、それでいい。つまり、養《やしな》ってほしい。でも、この子たちの食べ残しを食べたり、汚《きたな》い手で触《さわ》った物を分けてもらうんだろうな。たぶんシラミやノミだらけの子たちといっしょに寝るんだろう。そう思っただけで鳥肌《とりはだ》が立ったが、なんとしても助けてもらわなくちゃ、という気持ちが先に立ち、ほかのことはどうでもよくなった。

「どうしてほしい？」ミリオンがまた聞いた。

「みんなといっしょにいたいだけ、たぶん」ダニがぼそぼそ言った。「うん、そう、食べ物くれて、守ってくれて。みんなといさせて。マモといっしょだったみたいに」

みんながそばにやってきて、熱心に聞いている。

「このギャングでは」ミリオンが先回りして説明した。「持ち物はみんなで分け合う。自分の物は、なんであれ、みんなの物」

「わかってる」ダニはしぶしぶ言った。「マモから聞いた」

ダニはポケットに手を入れて、紙幣《しへい》の薄《うす》い束《たば》を取り出した。ポケットには、まだコインが少し残っている。これは隠しておこうと思ったが、見つかったらこわいし、うそをつくのもいやなので、これもポケットから出した。お金をぜんぶミリオンにわたすと、ミリオンはていねいに数えてからポケットに入れた。

「カラテの咳《せき》の薬に五ブル使うことにする」ミリオンが言いわたした。「ゲタチュー、カラテをあした、診療所《しんりょうじょ》に連れていけ」

マモは、しきりにダニを見ていた。ダニは一応、お金を出したが、ほかの持ち物を出し惜《だ・お》しみするんじゃないかと心配なのだ。ダニはバッグのことは、すっかり忘《わす》れているように見える。お金を差し出したら、すっかり気力が萎《な》えてしまったのだろう。どさっとすわりこみ、目を地面に落としたままだ。

沈黙《ちんもく》を破《やぶ》ったのはカラテだった。

「バッグには、何が入ってるの、ダニ？」明るい声だ。「シューズにあげる運動靴《シューズ》はある？」

みんなが笑った。ダニもいっしょに作り笑いしてから、バッグをおろし、その横に、よいしょとしゃがみこんだ。ほかの子とちがって、こういう姿勢《しせい》には慣れてない。ふくらはぎがまるまるしているので、しゃがみにくいのだ。ダニはバッグのジッパーをゆっくり開けながら、何を入れてきたか思い出そうとした。あんまり大事な物は入ってないといいけど。

ダニが中の物を取り出すより早く、バッファローが身を乗り出し、バッグを奪《うば》ってミリオンに差し出した。

「開けるのはミリオンだからな」バッファローがダニにぴしゃりと言った。

ダニは苦笑いした。

「マモにあげた黄色いシャツも入ってる。それはマモのだから」ダニが言った。

思いがけないことに、ミリオンはバッグのジッパーを閉め、立ち上がった。

「ここはやばい。人が多すぎる。移動《いどう》しよう」

ダニはみんなにくっついて、石ころだらけの小道に入った。舗装道路《ほそうどうろ》から遠ざかる下り坂だ。やがて迷路《めいろ》のような裏通《うらどお》りに入っていく。土でできた小さい家が並《なら》んでいる。行き先ばかりに気をとられていたので、気がつくと、どこにいるのかわからなくなっていた。それでますます心細くなった。

小道と小道が交差している広場で、ミリオンが立ち止まった。木が一本生えていて、その根もとなら人目につかない。みんなでしゃがみ、ミリオンがバッグを開けた。どの子も肩を寄せ合って見つめる中、ミリオンが一つずつ、中の物を取り出した。

黄色いシャツが真っ先に出てくると、ミリオンはそれをだまってマモにわたした。ブルーのT《ティー》シャツはゲタチューに、次の黒いコットンのズボンはミリオンが自分用に取り分けた。

小さな手がダニの手をにぎってきた。カラテの手だ。カラテはこの持ち物配りの成り行きを、心配しながら見つめていた。新しく物が出てくるたびに、わっ、すごい、いいなあ、と息をつめて見ている。ところが、白い運動靴の片方《かたほう》が、それからもう一方が出てくると、カラテはダニの手を放した。

「シューズ！　シューズ！」とさけんで、手をたたいた。

シューズはおもむろに運動靴を受けとると、マメだらけの足を靴にねじこんだ。

「ぴったし」シューズのうれしそうな目。喜びで顔がくしゃくしゃになっている。

ダニは、自分の物がこうして配られるのを見ているのがつらかった。ミリオンが早くやめてバッグを返してくれますようにと、ずっと祈《いの》っていた。でもシューズのやせこけた顔に喜びが広がるのを見たら、心が動かされた。意外にも、物をあげるのがうれしくなった。もう、ちっぽけなことは気にしない。

「セーターも入ってるよ。あの子に似合《にあ》いそう」ダニはバッファローを顎でさした。「それから、半袖《はんそで》のシャツはカラテにあげて」ダニは幼いカラテを笑顔で見おろした。「きっと気に入るよ。ゾウさんの絵がいっぱいついてるからね」

マモはその晩、いつまでも寝つけずに、空を見上げていた。真っ暗な大空を、星が弧《こ》を描きながら動いていく。腕の中でまるまっているスーリはときどき、夢《ゆめ》でも見ているのか、もぞもぞ動いたり鼻を鳴らしたり。あたたかくてやさしいスーリの寝息が、マモの腕に伝わってくる。

たった二日で何もかも変わったなんて、マモには信じられなかった。四十八時間前には、真っ暗な広い田園地帯を、追われる動物のように走っていた。逃《に》げる時にできた切《き》り傷《きず》や打ち身で、足や脛《すね》が今もまだ、ずきずきしている。ヨハンネスの母さんが介抱《かいほう》してくれたにもかかわらず、まだ毒が悪さをしているのがわかる。ときどき吐《は》きそうになったり、頭がふらついたりするので、立ち止まって、よくなるのを待たなければならない。

でもとにかく、やったんだ！　やりぬいた！　自由になれた！

今日は、あの憎《にく》たらしい主人から逃げ出せたのがうれしくて、何度もおどり出しそうになった。でもこれからのことを考えると、うれしい気分もまたたく間に吹っ飛んでしまう。

ティグストに見捨《みす》てられた。家族はだれもいない。生きようが死のうが、気にかけてくれる人は、この世に一人もいないのだ。養ってくれる人もいなければ、病気の時にめんどうを見てくれる人もいない。

少なくともさっきまでは、ひとりぼっちだった。でも横を見ると、黒い頭が並び、古くて薄汚い毛布やシャーマにくるまった小山がいくつもある。この子たちといっしょにいられれば、もうひとりぼっちではなくなる。

これで元気が出るかと思ったが、そうはならなかった。

この子たちがなんだっていうんだろう？　ただのゴダナ*じゃないか。ただのストリート・チルドレン。

まさか自分がストリート・チルドレンになるなんて、思ってもみなかった。最低だ。これより下はないんだから。

でもラッキーだったな、と思い直した。帰ってきてすぐゲタチューにばったり会って、それからミリオンにも気に入ってもらえたんだから。

マモは昼間から夜までずっと、ミリオンがどんな子か知りたくて、注意深く観察していた。ミリオンの態度《たいど》はくるくる変わった。ボスだということを見せつけなければと思うのか、急にこわい怒《おこ》った顔になったかと思うと、次の瞬間には仲間の顔になる。ダニがバッグの中の物をみんなに分けた時は、まるでパーティーのようになごやかだった。それぞれ自慢《じまん》げに服を着て、肩越《かたご》しに自分の後ろ姿を見ようとしたり、清潔《せいけつ》で上等な布の感触《かんしょく》を確かめたり、指差し合って笑いころげ、ありがとうという目をダニに送ったりした。最初はがっかりしていたダニも、なんだか急に元気づき、自分のソックスから何から気前よく、みんなに分けていた。

マモも、新しい黄色いシャツのおかげで元気が出て、ダニの野球帽《やきゅうぼう》を目深《まぶか》にかぶり、ポーズをとって、お気に入りの歌を披露《ひろう》した。

「ウィー　アー　ザ　サバイバーズ！　イェース！　ザ　ブラック　サバイバーズ！」

「めげずに生きる黒人たち」ダニが、はにかみ笑いをしながら、アムハラ語で言った。

「何、それ？」マモが聞いた。「なんて言ったの？」

「きみがそう言ったんだもん。英語で歌ったでしょ。それをアムハラ語で言うと、『めげずに生きる黒人たち』。知らなかったの？」

マモがダニを見つめた。

「まねして歌ってるだけだもん。意味なんてわかんない。おまえ、英語できんの？」

ダニは肩をすくめた。

「できるよ、もちろん」

「読むのも？」

「うん」

ミリオンは二人のやり取りを聞きながら、ちょっとだけ目を細めた。マモにはミリオンが感心して、この子、役に立つぞと思っているのがわかった。

ゲタチューは、はねまわっていた。

「見て見て！　アメリカの黒人みたいだろ。皇帝《こうてい》、万歳《ばんざい》！　ハイタッチ！」

ゲタチューが手を上げると、シューズが応《こた》えてタッチした。

「もっと歌って、マモ」カラテが言った。「その歌、大好き」

暗くなると、ミリオンはバッファローを毛布の見張り役に残し、ほかの子たちを引き連れて、少しはなれたレストランに向かった。レストランの前に陣取《じんど》り、客に自動車の見張りを持ちかけて二、三セント恵んでもらうつもりだった。でもほかの少年グループが先に来ていたので引き下がり、薄汚いカラスのように、一列に並んで待った。そして夜が更《ふ》けてから、レストランの裏口にまわった。

マモは目を見張った。食べ物が、それもちゃんとした食べ物が捨ててあった。上等なインジェラにラムの唐揚《からあ》げ、まだ肉が残っている骨《ほね》つきビーフまで！　それをみんなで食べた。バッファローの分は、ミリオンがちゃんと取り分けて持ち帰った。

ダニは、居心地《いごこち》が悪そうで、夕方から口をきいていなかった。マモはダニをずっと観察していた。ダニは、レストランの横で待っている時も、みんなといっしょにいるのを渋《しぶ》っていた。塀《へい》の上には座《すわ》らないで、少しはなれた暗がりに立っていた。背中を丸めて、みじめな顔だった。料理人たちが出てきて、客の食べ残しをゴミ箱に投げこんだ時、ダニは少しはなれてついてきたが、マモが肩越しにちらっと見ると、吐きそうな顔をしていた。でもそのあと、ゲタチューがふり向いてインジェラをわたした時は、がむしゃらに前に進み出て、インジェラをつかみ取り、一気に食べた。犬かハイエナみたいに。それからは、ダニもほかの子と同じように、手当たり次第、食べ物をつかみ取るようになった。

ダニの反対側に寝ているカラテが、咳《せき》をしはじめた。起き上がる子はだれもいない。ダニも、長いこともぞもぞ寝返りを打っていたのに、今は動きもしない。

咳の発作は長いこと続き、カラテは小さな体で苦しそうにしていた。咳が特にひどい間は、肘《ひじ》をついて起き上がり、咳が中断《ちゅうだん》すると、疲れて横になった。

マモがようやくまどろみはじめ、眠《ねむ》れそうになった時、ダニのぼそぼそ言う声が聞こえてきた。カラテに話しかけている。

「だいじょうぶなの、カラテ？」

「うん」ひどいしわがれ声だ。

「たちの悪い咳だね」

「うん。だんだんひどくなる。でも、ミリオンが薬をもらってきてくれるんだ」

話し声が途切《とぎ》れた。

「なんて名前なの？　本当の名前は？」マモのところまで、ダニのひそひそ声が聞こえてくる。

「わかんない。ママは教えてくれたと思うけど、ぼくが話せるようになる前に、ママ、死んじゃったの。だから覚えてない」

「だれが育ててくれたの？」

「ほかの子のママたち。ママたちもゴダナなんだ。ぼくのママをお墓に連れていく自動車が来た時、そのママたちがぼくを拾ってくれたの。そのママたちは、ぼくのことウォンデムって呼んでたけど、ほんとの名前じゃないんだよ」

「その人たち、今、どこにいるの？　そのママたち？」

「いなくなっちゃった。一番いいママは、病気になって、死んじゃった。悪い咳してた、ぼくみたいに。ほかのママたちも、いなくなった。そのあと、ぼく、ひどい病気になった。でもひとりぼっちだったの。そしたらミリオンがめっけてくれて。診療所にも連れてってくれた。そいで、いっしょにいてもいいよって。ぼく、すごく役に立つんだって。物乞《ものご》いがじょうずなんだ。大人は、ちっちゃい子が好きみたい。ほかの子より、ぼくの方が、たくさんもらえるんだよ」

　得意になっているカラテの声に、マモは顔をほころばせた。

「ミリオンのこと、好きなんだね」ダニがひそひそ声で言った。

「いいお兄ちゃんだもん」カラテが言った。「酔《よ》っぱらってない時は。今日の夜も、テチを買ってくるかと思った。きみが服をみんな、ぼくたちにくれたあと。でも、買ってこなかったね。お酒を飲んでも、はじめのうちはいいんだけどさ。だんだん怒り出すから、こわくなっちゃう。いつもはテチを飲ませてくれないの。もっと大きくなったら、飲ませてくれると思うけど。でも、ときどき、ちょっとだけ、飲ませてくれるよ。テチ、だーいすき。すごくあったかくなるんだ。一度、みんながぼくに、たくさん飲ませちゃったのね、冗談《じょうだん》で。そしたら、ぼく、ほんとに酔っぱらっちゃった。覚えてないけど、すごくおかしかったんだって。ぼくにダンスをさせようとしたら、ぼく、倒《たお》れちゃったんだって」

　カラテはクスクス笑ったが、すぐに咳こんだ。やっとのことで咳が止まると、カラテが言った。

「ダニ、ぼく、きみのことだーい好き。それから、ぼくにくれたシャツも。こんないいの、はじめて」

それから少したって、マモはようやくうとうとしはじめたが、ふと気づくと、となりでダニがしくしく泣《な》いていた。


マモが寝入ったあとも長いこと、ダニは眠れなかった。ほかの子たちは頭を並べて、かたいアスファルトの上で静かに眠っている。居心地の悪い場所で寝るのに、慣れているらしい。ぼくは寒くてガタガタしてるのに、みんなはどうしてふるえないんだろう。こんな、こちこちの地べたで寝たら、ぼくは体中が痛《いた》くなるけど、みんなはどうして平気ですやすや眠っているんだろう。

カラテの生い立ちが、頭からはなれない。カラテのお母さんは、すがりつく赤ちゃんを残して、道路の上で死んだという。だれかが気づいて、カラテを連れていってくれるまでに、どのくらいかかったんだろう。カラテは、何時間もひとりぼっちですわっていたんだろうか。

今、カラテはダニにぴったりくっついて寝ている。親指をしゃぶったまま。カラテが息をはくたびに、恐《おそ》ろしいバイ菌が口から出てきているのだろう。でもその小さなやせた体のぬくもりがうれしくて、押《お》しのける気にはなれなかった。カラテは、ダニのことをだーい好きと言ってくれた。それがうれしくて、心まであたたかくなった。

ほかの子のことは、よくわからない。ミリオンは、いったいどうするつもりなんだろう。ダニをグループに入れてくれるかもしれないが、すぐに追い出されるかもしれない。ゲタチューはだいじょうぶそうだけど、信用していいのかどうか、いまいちわからない。シューズはなんだか変。

ダニから靴をもらったら、狂《くる》ったようにおどりまくって、ヒステリーみたいになった。でもそのあと、おとなしくなって、こんどはだまりこくったまま、どこか遠いところにいるように、よそよそしくなった。シューズはガソリンみたいな、変なにおいがする。ぼろ布をポケットに入れていて、ときどき取り出してにおいをかいでいる。

バッファローはこわい。ほかのみんなもやせてるが、バッファローもやせている。でも肩をいからせ、眉根を寄せ、なんだか雄牛《おうし》みたいだ。まだ大人になりきってないけど、今にきっと大男になる。強くなるな、あれは。ミリオンに話す時は別だが、いつもぷりぷり怒ってる。でもダニのバッグの中のセーターをもらった時は、ちょっと笑みがこぼれた。でもまたすぐ、こわい顔にもどった。

注意しなくちゃ、とダニは思った。怒らせないようにしないと。

ダニは目をつぶって、眠ろうと努力したが、カラテの話がまた頭に浮《う》かんだ。そのうち、死んだお母さんにすがりついていたのは、小さいウォンデムではなく、小さいダニになった。次から次にお母さんたちに捨てられて道路をさまよっているダニ。そして今、ぼろを身にまとったゴダナの一団が守ってくれて、ほっとしているダニ。

＊ゴダナ……路上で暮らしている人、物乞い。
＊＊テチ……ハチミツからつくる地酒。

12

ぐっすり眠《ねむ》って二時間で、夜が明けてしまった。ほかの子たちはもう起き上がり、薄《うす》っぺらな毛布をたたんで一か所に集め、あくびをしたり体をのばしたりしているのに、ダニは目が開けられなかった。かたく冷たい地面でも、このまま身を横たえていたかった。起き上がって、一日じゅう迫《せま》ってくるかもしれない恐怖《きょうふ》と向き合うより、ずっといい。

でも、ぐずぐずしているわけにはいかない。ほかの子たちは、ふんづけちゃうぞなどと言いながら、ダニのまわりを動き回っている。カラテがダニの肩《かた》をゆさぶった。

「起きて、ダニ。もうすぐ、おまわりさんが出てくるよ」

ダニはぎょっとして飛び起きた。頭は重いし、口の中はすっぱくて気持ちが悪いが、脳《のう》みそだけは、まともに動きはじめている。

ほかの子たちは、道路の縁石《えんせき》の上に並《なら》んでしゃがみ、排水溝《はいすいこう》の上にかがんでいた。排水溝には、ちょろちょろと水が流れている。近くの食堂の店主が床《ゆか》を洗《あら》っていて、その水が流れてきているのだ。少年たちは、その水を両手ですくい、顔を洗っている。

いやだ、とダニは思った。あんなことできない。排水溝の水で顔を洗うなんて。

でもマモがふり返って、何をぐずぐずしてるの、という顔で見ているし、カラテは手招《てまね》きまでしている。

「急いで、ダニ。すぐ水が来なくなっちゃう」

ダニはのそのそ立ち上がり、こわばった手足の筋肉《きんにく》をほぐし、手についた塵《ちり》を服ではらった。それからゆっくりと少年たちの列に近づいた。でもありがたいことに、水はもう止まっていた。あとで、ちゃんとした水で顔を洗おう。こっそりぬけ出して、水を探《さが》せばいい。このぼくが、道ばたの水で顔を洗うなんて思わないでほしい。ぼくみたいな人間には、無理なんだ。

グループは急いでいる様子もなく、のんびり一日をはじめた。ぶらぶらと塀《へい》のところにもどり、寄《よ》りかかってすわると、今度は一人ずつ順番に、曲がり角のむこうに消えてはもどってくる。草むらをトイレに使っているのだ。ダニも覚悟《かくご》を決めて、なんとかそこで用を足したが、けさはきのうの晩《ばん》より少し慣れた気がする。

少なくとも、かじかんだ手足はあたたかくなってきた。市街地《しがいち》の上に太陽がのぼり、日差しが暑いくらいに照りつけている。

ミリオンは、前の晩にレストランのゴミ箱から集めておいたロールパンをみんなに分け、シューズに食堂できれいな水を恵《めぐ》んでもらってくるように言いつけた。シューズは使い古しのペットボトルを二つかかえてもどってきた。

ダニもパンと水をおなかに入れて、少し元気になった。さすがに順番を待つことだけは覚えた。ほかの子の分まで水を飲んだり、パンを食べたりしてはいけない。それにしても排水溝の水で顔を洗わずにすんで、よかった。

ミリオンがなんと言おうと、物乞《ものご》いはしないぞ、と心に決めていた。ぜったいやらない。この子たちのだれに何をされようと、かまやしない。なんだか腹《はら》が立ってくる。ミリオンが何さ？無知で字も書けないただのホームレスじゃないか。そんなやつが、ぼくにどうのこうのと命令するなんて。

ダニはペットボトルの飲み水をこっそり手に垂《た》らし、顔にかけた。きちんと洗ったことにはならないが、冷たい水のおかげで、はっきり目が覚《さ》めた。

「ミリオン、今日は何するの？」カラテが、膝《ひざ》のかさぶたを取りながら聞いた。けさのカラテはだるそうで、目も腫《は》れぼったい。重ねた手の上に頬《ほお》をもたせかけている。

ミリオンは口をすぼめた。

「今日は国民の祝日《しゅくじつ》だ。ダウンタウンに物乞いできる場所はない。人がほとんどいないから」

ミリオンはポケットの中を探《さぐ》り、ダニのコインを二枚《まい》、取り出した。「マモ、石けんを買ってこい。角を曲がった所に売店がある。石けん二個《こ》。みんなで川に行って体を洗う。服の洗濯《せんたく》も」

カラテがぶるっと体をふるわせた。

「川に行ったら、寒くて死んじゃいそう。今だって凍《こご》えそうなんだもん」

「おまえは行かない」ミリオンが言った。「バッファローが診療所《しんりょうじょ》に連れていく」

ダニは物乞いをしなくていいと知って、ほっとした。川で体を洗うのは気持ちよさそうだ。ところが、みんなにくっついて急な坂をくだり、大きくて平らな石の上に立ってみると、川は思っていたのとちがった。足の下を、水が音をたてて流れていく。びっくりした。アディスアベバのあちこちにかかっている橋は、しょっちゅう車でわたっていたが、その下に水が流れているなんて、考えたこともなかった。

ほかの子たちは早くも服をぬぎ、パンツまでぬごうとしている。ダニもしぶしぶみんなにしたがった。これまでも、学校の体育の時間やプールで、みんなが見ている前で服をぬぐのは大きらいだった。陰《かげ》で、あいつ猫背《ねこぜ》だねとか、ポンポコリンのおなかしてとか、大根足とか笑うに決まってる。ダニはほかの子を盗《ぬす》み見《み》た。みんなやせっぽちで、鰭《ひれ》のようにとがった肩胛骨《けんこうこつ》が背中《せなか》から突《つ》き出《で》ている。でも体つきはしなやかで、筋肉がかたく引きしまっている。

ありがたいことに、だれもダニを見る人はいなかった。みんな礼儀《れいぎ》正しく、ほかの子の裸《はだか》を見ないように目をそらしている。

水は氷のように冷たくて、ダニはあえいで声を上げた。みんな膝をかがめ、両手で水をすくって頭や体にかけてから、石けんを体じゅうにつけている。ダニも、がんばって同じようにした。おどろいたことに、水ははじめほど冷たくなくなった。ダニはこれまで、自分から体を洗おうと思ったことは、一度もなかった。ゼニにどやしつけられてやっとシャワーを浴《あ》びるしまつだったが、それでもそんなに体が汚《よご》れたことはない。でも今日は、髪《かみ》の毛《け》の砂《すな》を落としたり、べとついた顔や手を洗ったり、むずがゆい汗《あせ》を洗い流すことができて気持ちいい。歯をガチガチ言わせながら、石けんを二回もつけて体じゅうを洗った。

ほかの子はダニからもらった新しい服を片《かた》すみに寄《よ》せると、古いシャツやズボンを水につけ、石けんをつけて洗っている。ダニは、自分で洗濯したことはなかったが、見よう見まねで洗った。

みんなと同じように石けんをつけ、ゆすいでから、しぼった。それから、みんなを見ながら、洗ったものを広げ、近くの茂《しげ》みの上でかわかした。

洗濯が終わると、みんな水から上がって近くの石の上にうずくまった。日に当たって体をかわかしていると、だんだんふるえがおさまってきた。

土手の上の巨大《きょだい》なゴミの山から、腐《くさ》ったような強烈《きょうれつ》な悪臭《あくしゅう》がただよってくるのを、ダニはできるだけ気にしないようにしていた。しばらくしてミリオンが立ち上がり、土手をゴミの山の方に上っていった。ゲタチューとマモとシューズがはだかに近い格好《かっこう》で、ミリオンを追いかけていく。

「どこ行くのー？」ダニが、いちばん後ろのゲタチューに大きな声で聞いた。

「探し物。見てなよ」ゲタチューが半分ふり返りながら言った。

ダニが気味悪そうに見ているうちに、みんなはゴミの山に着き、立ち止まってあたりをつつきはじめた。しばらくかがんでいたミリオンが身を起こし、不愉快《ふゆかい》そうな顔でダニを見おろした。

ダニはむっとしながらも立ち上がり、ゴミの山に向かってゆっくり歩きはじめた。悪臭はさらにひどく、むかむかした。食べ残しの骨がある。そのまわりにはキャベツの芯《しん》やくだものや何かどろどろした物。少しかわいたところには、ぼろきれや使い終わった缶《かん》、マットレスのさびたバネらしい物、こわれた箱やプラスチックのかけらなどが、山をなしている。

みんなはもう、せっせと働いていた。シューズも、拾ったポリ袋《ぶくろ》にいたんだバナナを入れ、次はボロクズの山にとりかかっている。

ダニも、いつの間にかゴミの山がおもしろくなってきた。あそこにある青いものはなんだろう？　バケツのかけらかな？　空気のぬけたボール？　それともランプシェード？　ダニは歩いていって拾ってみた。ただのプラスチック容器で、両側がぱっくり割《わ》れていた。でもその下にノートが落ちていた。表紙は灰《はい》や泥《どろ》まみれでよく見えないが、拾い上げてページをくってみると、使われているのはほんの数ページ。横線の入った白いページがたくさん残っている。

ダニはまわりを見た。マモのポリ袋はもう半分くらいまでふくれている。ゲタチューは使い古しの靴下《くつした》をかたっぽだけ見つけたところ。ミリオンは大きな緑色のびんをのぞきこんでいる。シューズの収穫《しゅうかく》はたいしたことなさそうだ。それなのに、自分のポリ袋の中身に見とれてる。

ダニは「いい物みっけ」と思いながら、自分もポリ袋を見つけ、中にノートを入れた。それからマモのまねをして、ゆっくり前に進みながら、見落としはないか、端《はし》の方からていねいにゴミの山を見ていった。

マモはたちまち、この宝探《たからさが》しに夢中《むちゅう》になり、すごいものを見つけた。偶然《ぐうぜん》、はだしの足に引っかかったのは、毛糸の帽子《ぼうし》だった。赤と金と緑のしま模様《もよう》の帽子。エチオピアの色だ。マモはその帽子をミリオンに差し出した。受け取ったミリオンは、帽子を手の中でぐるっとまわし、ひょいと頭に乗せた。するとたちまち、のんきそうな伊達男《だておとこ》に変身した。ミリオンはかがんで、鏡の破片《はへん》を拾い、自分を映《うつ》しながら、帽子の角度を変えてかぶりなおした。それからマモを見て、うれしそうに笑った。

「めっけもんだな」ミリオンが言った。「ジョヴィロにふさわしい帽子だ。マモ、おまえは宝探しの名人だ。王者の風格あり。おまえの呼《よ》び名《な》は決まりだな。がらくたキング《ガーベージ・キング》」

マモは満足そうに、にこっとした。ニックネームをもらって、うれしかった。ちょっとえらくなった気分。マモは、新しい名前を心の中で何度も言ってみた。がらくたキング。ちょっと生意気で、ちょっと強そう。

「おーい、がらくたキング、おれにも帽子を見つけろよな」ゲタチューが遠くから大声で言った。

「ミリオンを見ろ。アメリカの黒人みたい。ヘーイ、かっこいい」

みんな、ゴミの山をおりて川の方に移動しはじめた。最後に山からおりてきたマモは、宝探しが終わってがっかりしていた。

「シューズ、何見つけた?」ダニが聞いた。ダニはこれまで、マモとカラテ以外の子を名前で呼ぼうとしなかった。でもやっと、少し大胆《だいたん》になれた。特にバッファローが近くにいない時は。

「バナナ」シューズが自分のポリ袋の中をのぞきこみながら答えた。「まっ茶色でぶよぶよしてるけど、まだ食べられる」

「靴《シューズ》はなかった?」ダニがからかった。

「もう靴はいらない」シューズがまじめな顔で言った。「今んとこは、この靴があるから」

シューズは、右足、それから左足を前に出して、自慢《じまん》した。

川のそばまでもどった少年たちは、服にさわってみた。まだぬれていたが、ミリオンは自分の服を着はじめている。

「ぼくの服、まだぬれてるよ」ダニが言った。

「着ればかわくだろ」ミリオンがばかにしたように言った。「かわくまで、ずっとここで待てとか？」

「おーい！」上の方から声がした。少年たちが見上げた。バッファローが、坂道を飛ぶように走りおりてくる。

「カラテは？」ゲタチューが聞いた。

「重病だって」バッファローが言った。「シスターたちがやってるシディストキロの病院に連れてけって。そしたら今度は、そこのシスターたちが、カラテを返してくんないんだ。カラテは帰りたがったのによ。入院させられちまった」

カラテが入院させられたというニュースをバッファローから聞いて、グループのみんなは、はしゃぐのをやめた。ぞろぞろと道にもどりながら、カラテのことを話し合った。

「病院でなんて言われたの、バッファロー？」ダニが心配そうに聞いた。カラテのことを知りたい気持ちが先に立ち、バッファローのことも、あまりこわいと思わなかった。

「さっき言っただろ。重病だって。どうしてもっと早く病院に連れてこなかったのかって、おこられちまった」バッファローはミリオンを見た。「そんな重病には見えなかったよな」

ミリオンは首をふった。

「さっぱりわからん。病気はだんだんよくなってた。シスターたち、大げさなんじゃないか、カラテがちっちゃくてかわいいから」

「おれが帰る時、あいつ、大泣《おおな》きしてさ」バッファローが言った。「行かないで、病気でもへいちゃらだって。どうしても、おれたちんとこに帰りたいって」

「あとで、みんなで見舞《みま》ってやろ」ミリオンが言った。「物乞《ものご》いしてお金つくってさ、お菓子《かし》を持ってってやろ」

ミリオンは帽子の端《はし》を引っぱって、片方の目が隠《かく》れるほどななめにかぶりなおした。

「それ、どこで手に入れた？」バッファローが聞いた。

「マモがめっけてくれた」ミリオンがマモの肩に腕《うで》をまわしながら答えた。マモは、認《みと》められたのがうれしくて、身ぶるいが出た。

バッファローは顔をしかめたが、何も言わなかった。

少年たちは、いつもの居場所《いばしょ》にもどった。シューズは自分のポリ袋の中をさぐって、くだものの切れ端をいくつか取り出した。そしてみんなに配った。少年たちは、甘くておいしいと思いながらも、注意しながらかぶりつき、腐ったところは投げ捨てた。そのたびにスーリがすばやく飛びつくのがおもしろくて、みんな笑った。スーリは、バナナが腐っていようがおかまいなし。さも満足そうに、がつがつ食べた。

ミリオンがいつもの石の上に陣取《じんど》り、壁《かべ》に寄りかかると、ほかの子たちは、取り囲んでしゃがんだ。ミリオンは、手に入れた帽子をかぶっているせいか、ほがらかそうにみえる。身を乗り出して、ダニに話しかけた。「おまえが見つけたのは、何？　ポリ袋に入れてたぞ」

ダニはノートを出して、ミリオンにわたした。ミリオンはパラパラとページをくった。

「なーんにも書いてない」ミリオンはノートをダニに返した。

「紙だよ」ダニが言った。「紙なら使えるもん。なんか書けるだろ」

「書く？　何を？」

「まだわかんないけど」ダニが言いわけがましく言った。「物語とかね」

「おまえ、物語なんか知ってんの？」ゲタチューが勢いこんで聞いた。「どんな話？　おれたちに話せる？」

ダニがうなずいた。

「うん、話してほしければね。でもちょっと考えさせて。ちゃんと思い出してみるから」

ミリオンが立ち上がり、ポケットに手をつっこんで、コインを数枚、取り出した。

「まだこれだけ残ってる」ミリオンが言った。「インジェラなら買えるな、とりあえず」

みんないっせいに、ミリオンを見上げた。夜明けに食べたロールパンとくだものちょっぴりでは、とても腹の足しになったとは言えない。

「ちょっと待ってな」ミリオンが歩き出した。それをゲタチューが追いかけた。

「おれも行く」とゲタチュー。

シューズがポケットからぼろきれを取り出し、鼻に押《お》し当《あ》てた。そして早くも、体を前後にゆすりはじめた。バッファローは地面をじっと見つめている。

「おまえが行ってた学校って、どこ？」マモがひまつぶしに、ダニに聞いた。

ダニは顎《あご》で目の前の丘《おか》を指した。

「あそこ」ダニは、学校のことなんか考えたくもない、といわんばかりに、そっけなく答えた。

「派手《はで》な制服の学校か?」バッファローが急に話に加わった。「おぼっちゃん風の紺《こん》のセーター? ジッパーつきのかばん?」

「そんなんじゃないってば」ダニが言った。「ぼくたち……」

「おまえ、こんなとこで、おれたちと何してるわけ?」バッファローが、ずけずけとさえぎった。「スラム街《がい》の見学ごっこ? あしたにも学校にもどれるくせに。なんでおれたちが、そんなおまえのめんどうを見なくちゃなんないわけ?」

ダニが、さっと自分の殻《から》に閉《と》じこもったように見えた。もう、人の話など聞く気はないようだ。

マモは、怒《いか》りがこみ上げた。

「ほっといてやれよ」と、トゲのある声で言った。「ダニにはダニの理由があるんだから。だれが好きで、こんな暮《く》らしするかよ」

バッファローがマモにキッと顔を向けた。それを見たマモは、バッファローがむかついている相手は、本当は自分だったんだと悟《さと》った。

「おまえにはレベルが低すぎるってわけ、おれたちじゃあ?」バッファローの声がこわばっている。「そんじゃなぜ、おれたちの仲間に入ったんだよ? おまえも、あいつと同じ、おじゃまむしのくせに」

バッファローは親指でダニを指した。

マモは、目の前の草の陰にヒョウが隠れているのを嗅《か》ぎつけたガゼルの心境だった。もっと気をつけなければ。さもないと、バッファローを敵にまわすことになる。バッファローはミリオンを焚《た》きつけて、おれとダニをギャング仲間から追い出すかもしれない。

「そんなこと言ってない」マモはみじめな声で言った。「おれたちはただ——ただみんなといっしょにいたいだけ。それだけ」

それでもバッファローの怒りはおさまらない。やおら立ち上がると、身構える姿勢《しせい》で空《くう》を蹴《け》りまくった。マモも、および腰《ごし》で立ち上がった。

バッファローがあまりにもすばやくおそいかかってきたので、マモは身構えるひまもなく、危《あや》うく倒《たお》されそうになった。続けて、鋼《はがね》のような手で肘《ひじ》の上をつかまれ、もう一方の腕で首をしめつけられた。マモはあばれた。窒息《ちっそく》しそうになりながら、足を後ろに蹴り出し、手でバッファローの背中とわき腹にパンチを食らわせようとしたが、腕が思うように動かない。

その時、ダニがすっと立ち上がったのが、かすかにわかった。抱《だ》いているスーリをかばいながら、手も足も出せずに、まわりでうろうろしているらしい。バッファローの荒《あら》っぽさが、肌《はだ》を通してマモに伝わった。それにあおられるように、怒りの火種が燃え上がった。

「放せ！」マモが、立て続けに言った。「放せったら！」

身をよじったらやっと、マモの足がバッファローのむこうずねにまともに当たった。それから間髪《かんぱつ》を入れず、膝でバッファローの腿《もも》を一発蹴り上げた。バッファローのうめき声とともに、マモをしめつけていた手がほんの少しゆるんだ。マモの全身をすさまじい怒りが貫《つらぬ》き、首にむしゃぶりついてくるバッファローを押しのけ、首にからまった腕から逃《のが》れ出《で》ようとした。

すると突然《とつぜん》、背中にするどい一撃《いちげき》が来た。同時にバッファローが手をはなした。マモは後ろによろめき、もう少しで倒れそうになった。気づいたらミリオンが二人の間に割って入り、マモをにらみつけていた。

「何してる？　なんだこれは？　けんかするやつは、出て行け。わかったか？」

マモは何も言えずに唇《くちびる》をかんだ。

「わかったか？」ミリオンがくり返した。

ところがおどろいたことに、バッファローが口を開いた。「ミリオン、やったのは、おれ。おれが、こいつを怒《おこ》らせた」

ミリオンがバッファローに向き直った。両手を突《つ》き出《だ》し、怒っている。

「なんだと？　どういうことだ？」

バッファローが肩をすくめた。

「こいつ、気にくわねえ。こいつと、あっちのふとっちょの寄生虫《きせいちゅう》」

「ダニは寄生虫なんかじゃない」マモがいきりたった。再び挑《いど》みかかろうとバッファローをねめつけた。

ミリオンがマモを押さえつけ、しかめ面《つら》でふり返って、バッファローを見た。

「どうして、こうなるんだ？　しょっちゅうじゃないか？」

バッファローがそっぽを向いた。

「おれのくせ、わかってるだろ」

ミリオンは納得《なっとく》したらしく、それ以上何も言わなかった。けんかのいきさつを悟ったのだ。バッファローが最初にしかけたこともわかったのだろう。マモのせいにされることはなさそうだ。マモの怒りがだんだんにおさまった。

バッファローは、逆上《ぎゃくじょう》したことなど、どこ吹《ふ》く風という顔をしている。すっかり冷静さを取りもどした。表情も和らぎ、笑顔まで見せている。

「性格《せいかく》だよな」人ごとのように言っている。「すぐかっとするのは」

バッファローの横に立ったミリオンが、マモとダニを見ながら考えこんでいる。マモは、ミリオンとバッファローが並んでいるのを見て、まるで兄弟みたいだな、と思った。バッファローともめごとを起こしたら、ミリオンはどうせバッファローの味方につく。

それを覚えておかなくちゃ、とマモは思った。立場を知るのは大事なことだ。

「少しは手に入った？」バッファローが、何事もなかったように、ミリオンに聞いた。

「少しって何が？」

「インジェラ」

「ああ」

みんなで輪になってすわった。ミリオンは、持ち帰ったポリ袋から、巻《ま》いたインジェラを一つ取り出し、バッファローにわたし、バッファローはそれをマモにまわした。マモは密《ひそ》かに安堵《あんど》のため息をつきながら、何かが変わったのを感じた。けんかのおかげで、バッファローとのわだかまりが解《と》けたのだ。マモとダニは、仲間に入れてもらえるらしい。

よかったと思いながら、マモはインジェラを受け取り、スーリの分を少しちぎり取ってから、食べはじめた。気分がよかった。正真正銘《しょうしんしょうめい》のゴダナ、恥《はじ》さらしのダメ人間に成り下がったかもしれないが、これで問題解決だ。なにしろギャングなんだから。ギャングの仲間なんだから。がらくたキングに、信頼《しんらい》できる本当の友だちができたってわけだ。ほかの人がどう思おうと、かまやしない。

マモがインジェラをほぼ食べ終わり、こぼれたくずを、ていねいに拾って口に入れている時に、ゲタチューが飛ぶようにしてもどってきた。

「ポリ公だ！　急げ！　逃げろ！」あえぎながらさけんだ。「追っかけてくる！」

ダニはわき腹がものすごく痛《いた》くなり、まともに息もできなくなった。こんなに早く走ったのは、生まれてはじめてだ。「ポリ公」という言葉を聞いたとたん、ほかの子たちはおどろいたヤギの群《む》れさながら、いっせいに走り出した。路地に飛びこみ、坂道をかけおり、いつもの居場所から八百メートル近くを走り通し、平らな空《あ》き地《ち》にたどり着いてようやく、速度を落とした。

走りはじめてすぐに、ダニは大きく引きはなされてしまったが、みんなを見失うまいと必死で走った。完全に置いていかれたと思って、小道が枝分かれしているところで立ち止まり、いったいどの道を進んだものか途方《とほう》にくれていた。

そこにマモがかけもどってきた。左手の道の先の曲がり角に、マモのやせた姿《すがた》が見えた。激《はげ》しく手招きしている。ダニはすぐまた走り出した。ぶきっちょな走り方かもしれないが、筋肉をこんなに動かしたのははじめてだ。

やっとのことでみんなに追いついてみると、みんなは、今にも倒れそうなトタン塀の裏《うら》に、一かたまりになって立っていた。ダニは二つ折れになって、あえいだ。みんなはもう息を整え終えている。みんなの視線を集めたミリオンが、何が起きたのかゲタチューを問いつめている最中だ。スーリも、グループの張りつめた空気を察知したらしい。マモの腕を逃れ、キャンキャン鳴きながらゲタチューの足にまとわりついている。

「つまり、おれのあとで店を出たおまえを、一目見るなり、どなりながら追っかけてきたのか？」

ミリオンは解《げ》せないという声で言った。「どういうことだ？」

ゲタチューがにやりとしてミリオンを見た。

「相手はポリ公だぞ、ミリオン。理由なんてあるかよ？」

「ないけどさ」ミリオンは渋《しぶ》い顔で認めた。「やつらに理由を与《あた》えちゃいけない」

「じゃあ、なんでおれのこと、じろじろ見るんだよ？」ゲタチューが肩をいからせ、まわりのみんなを見やりながら、怒った声で言った。

みんなだまりこくっている。

「そのポケットの中は何？」ミリオンが単刀直入《たんとうちょくにゅう》に聞いた。「ふくらんでる」

ゲタチューはズボンの足を、はじめて気づいたというそぶりで見おろした。

「え、なんのこと？　ああ、これね」ゲタチューの声がぎごちない。「なんでもない。ゴミ捨《す》て場で拾ったもの」

「見せろ」ミリオンがきびしい声で言った。

「どういうこと？　おれの言うこと、信じないわけ？」

ミリオンは無言で片手を突き出し、待っている。

ゲタチューは憮然《ぶぜん》として、ポケットからタバコの箱とライターを出し、ミリオンにわたした。

ミリオンは目を上げてゲタチューを見た。

「ゴミ捨て場で見つけたんじゃないよな。見たぞ、店で。インジェラを買った時、カウンターの上にあった。盗んだな」

ゲタチューはおびえた顔をしている。

「おれはやってない！　うそじゃない、ミリオン……」

「泥棒め」ミリオンが冷ややかに言った。「ギャング仲間に泥棒はいらない。出て行け、ゲタチュー」

ゲタチューが一歩、あとずさった。

「ちがうってば！　聞いてよ、ミリオン。そうじゃないんだ。いい、確かにゴミ捨て場でめっけたわけじゃない。店のカウンターの上にあった、ミリオンが言うように。でも、おれたちの前にいたやつの、忘《わす》れ物《もの》だと思った。おれはそれをただ——ばかなだれかが置き忘れたもんは、盗みにはなんないだろ。ゴミの収集《しゅうしゅう》だよ。ゴミの中からめっけてきたようなもんさ」

「それは忘れ物ではない。店の主人のものだ」ミリオンはぷいと後ろ向きになった。「出て行け」

「いやだ！　困《こま》る！　お願い、ミリオン。どこに行けっていうの？　まちがえただけだよ、それだけ。今度だけはゆるして」

ミリオンの後ろにぴたりとついているバッファローが、ミリオンに何やらそっと話しかけた。

ミリオンがまた前を向いた。

「おれたちといっしょにいたいのか？」

「もちろん」ゲタチューは期待をこめて拳《こぶし》をにぎりしめた。

「今度盗んでみろ。全員がつかまる。みんなブタ箱行きだ。たたきのめされる。ばっちり経験ずみだろうが」

「もうやらない。約束する。神さまに誓《ちか》う」

ミリオンは両足を開いて立ち、腕組みしながらゲタチューをにらみつけた。

「服をぬがせろ、バッファロー」やがてミリオンが言った。

バッファローはゲタチューのところに行き、荒っぽくひざまずかせた。シャツを頭からぬがせ、シューズに投げわたした。

次の仕打ちを知っているのだろう。ゲタチューが頭を垂《た》れた。こわいもの見たさで目を凝《こ》らしていたダニは、ゲタチューのしっかり組んだ手がぶるぶるふるえているのに気づいた。

こわれた塀沿《へいぞ》いに歩いていったミリオンがかがんで、塀の後ろからユーカリの木の若枝《わかえだ》を引きぬいた。それから枝をねじったり曲げたりして半分に折り、葉を取りはらい、だまってバッファローにわたした。

鞭打《むちう》ちの刑《けい》は激しいものだった。ゲタチューの背中がみみず腫《ば》れになった。マモとシューズはうまく顔をそむけていたが、ダニの目はゲタチューに釘《くぎ》づけだった。ダニは、パパにたたかれるといつも、へっぴり腰で泣《な》きさけび、ゆるしを請《こ》い、涙《なみだ》を流しながらママのところに飛んでいってなぐさめてもらっていた。でもゲタチューは、泣き声ひとつ上げない。ひざまずき、背中をこわばらせながら、だまってたたかれている。

「もういい。ストップ」やがてミリオンが言った。

バッファローが枝を投げ捨て、シューズがゲタチューにシャツを返した。ゲタチューは、肩を動かすときに思わず顔をしかめながらシャツを着た。それから、よろよろしながら立ち上がり、やっとのことでまっすぐ立った。

「最後のチャンスだ」ミリオンがぶっきらぼうに言った。「もう一度やったら、永久追放。泥棒仲間とマーケット荒らしをすればいい」

「もう二度とやらないよ、ミリオン、約束する」ゲタチューは、すっかりしょげかえっている。

ダニはふるえた。もしあんなふうにお仕置きされたら、あんなに落ち着いて耐《た》えられそうもない。ゴダナが、盗みをこんなにきびしく罰《ばっ》するとは知らなかった。パパがよく言っていた。ホームレスは泥棒や詐欺師《さぎし》。中には金持ちもいる。仕事を探すより楽だから、ぼろを着て物乞いしてるのさ、って。

このギャングは、ほかにはどんなことで罰せられるんだろう。注意して見てなくちゃ、とダニは思った。

空き地で、ミリオンは周囲をうかがっていた。

「一晩か二晩、ここで眠るんだな」ミリオンが言った。「落ち着くまでは、いつもの居場所にもどるわけにいかない。ここの地面はぬれているが、仕方ない。ダニとがらくたキング、いつもの居場所に行って毛布を取ってこい」

「ごめんなさい、ミリオン」ダニがそわそわと唇をなめながら言った。「ぼくは行けない。ぼくのこと、警察が探してるから」

ミリオンはうなずいた。

「わかった。マモとシューズで行ってこい。あわてるな。目を光らせろ。おれたちは、ここで待ってる」

マモとシューズがもどってくるまでには、ずいぶん時間がかかった。二人は、警官が待ち伏《まぶ》せしているといけないので、用心しながら居場所に近づいた。思った通り、警官が二人、近くの十字路に立っていた。のんびりと話をしていて、だれかを見張っているようには見えないが、警官がいるだけで不吉《ふきつ》だ。

マモとシューズはきびすを返して遠ざかり、はなれた塀の上に腰かけて、目の端で警官の様子をうかがった。

マモは、シューズと二人きりになるのは、はじめてで、どう話しかけたらいいのかわからない。

「ゲタチューは泥棒なんかじゃないよね」長い沈黙《ちんもく》のあと、ようやくマモが言った。「ほんとの泥棒じゃないよね、ってこと」

シューズは塀を足で蹴っていた。

「ゲタチューが盗むの見たことあるんだ。ミリオンには知らせてないけど。だからしょうがないよ」

マモは、ゲタチューをかばってやらなければいけない気がした。ゲタチューは、ずっと前から知ってる仲なんだから。

「もう、やんないよ、すぐには」

シューズはこの話題に興味がなくなったようだ。

「やんない方がいい」

再び沈黙。

「ミリオンやバッファローとは長いつき合いなの？」マモがとうとう口を開いた。

「二年かな。おれが継母《ままはは》に捨てられた時から」

「ミリオンて、いい人だね。いいジョヴィロ、って意味だけど」

「ミリオンはばっちり。前は別のやつがジョヴィロだった。イサイアス。イサイアスがいなくなって、みんなでミリオンを選んだんだ」

「どうしたの、その子？　そのイサイアスって子」

「まだ近くにいるよ。スタジアムのそばで、あれこれやらかしてる。お酒ばっか飲んで、おれたちのめんどう見るの、やめちゃったのさ」

一時間たって、ようやく警官が移動した。少年二人は警官の様子をうかがうのをやめ、タクシーの運転手と田舎《いなか》から出てきた農民らしい人が言い争っているのを、ぼんやり見ていた。それからふり向いて見たら、警官はもういなくなっていた。

二人は塀から飛びおり、大急ぎで居場所にかけていった。みんなの毛布とダニのバッグは、まだ朝と同じ場所にあった。塀のすみに、きちんと積み上げられている。マモは、あたりをきょろきょろ見回しながら、かがんで毛布とバッグをかかえ上げたが、それに気づいた人はだれもいなかった。

やっとのことで、分かれ道の先の空き地で待っているグループのところにもどってみると、ゲタチューはゆるされたはずなのに、ミリオンとバッファローはまだゲタチューに腹を立てていた。

「何があったの?」マモが小さい声でダニに聞いた。

「あそこの信号のそばで物乞いをしようとしたのね」ダニが説明をはじめた。「でも、ほかのギャングが近くにいて、追っぱらわれた」

「おまえも行ったの? 物乞いさせられた?」マモは、ダニが足を引きずりながら甘え声で物乞いしているところを想像しようとしたが、無理だった。

ダニの顔が、めったに見せない笑顔でぱっと輝《かがや》いた。

「させられなかった。ミリオンが、ぼくは太りすぎだって。太ってるのに感謝《かんしゃ》したのは、生まれてはじめて」ダニはおなかのまわりのたるみをつまんで見せた。

「おれも物乞いなんてやりたくないな」マモが言った。「でも、やらなくちゃなんない」

ダニと話すのは楽しかった。二人には共通点がいろいろある。今では、二人ともギャングの仲間だが、それ以上に、二人は特別な仲だ。

「まだお礼を言ってなかったね」ダニが言った。「逃げた時、待っててくれてありがとう。きみがもどってきて手をふってくれなかったら、完全に迷子《まいご》になってた」

マモはダニに笑顔を返した。お礼を言われるのはいい気持ちだ。お礼を言われるなんて、これまでめったになかった。それから、ふと心配になった。

「物乞いができないとなると、これからどうするんだろうね？　今日は何を食べるんだろう。またレストランのところにもどるのかな？」

ダニが首をふった。

「もどらないと思う。いつもの居場所からはなれてなくちゃって、ミリオンが言ってたから。しばらくおとなしくしてなくちゃ。警官たちが忘れるまで、がまんしないと」

ダニの、人を見くだしたような口調が消えている。マモは満足そうにうなずいた。ミリオンがゲタチューをこらしめたのを見て、ダニはジョヴィロを尊敬《そんけい》しはじめたのだ。

その日は、ゆっくりと過ぎていった。ミリオンとバッファローは、このあたりでたむろしているギャングと取り引きしようと、近くの道路まで引き返していった。二人がやっともどってきた時には、もう太陽が沈《しず》みかけていた。

「どうだった、ミリオン？」二人が帰ってきたのを見て、シューズが大声で聞いた。「食べるもの、手に入れた？」

「それは、あした」ミリオンはため息をつきながら腰をおろした。「むこうの道路の連中から、やっとオッケーが出た。おれたちは、ほんの数日いるだけだと説明してやっと。朝になったら、やつらが近くのレストランを教えてくれる。このあたりでは、残り物を捨てるのは、うんとおそいらしい。早起きして手に入れないと」

「それじゃ、今日はもう何もすることないね」マモは、ひもじい思いをしなければならない今夜にそなえ、早くも覚悟《かくご》を決めた。がっかりして大きな声で「えーっ」と言ったダニよりえらくなった気がした。

13

グループが路上のいつもの居場所《いばしょ》にもどったのは、五日後のことだった。あたりを何度も密《ひそ》かに偵察《ていさつ》したあと、警官《けいかん》がいないか、ふだん以上に警戒《けいかい》しながら、一人、また一人と、少しずつもどった。

もどれて、みんなほっとした。このあたり一帯は、少年たちが慣れ親しんでいる縄張《なわば》りのようなものなので、どんなささいなことも見逃《みのが》さずにすむ。交差点の角にある店が、熟《う》れすぎたトマトやグアヴァに見切りをつけて捨《す》てるのはいつごろか、古くなったパンを値下《ねさ》げるのはいつごろか、予想することができた。近くの建物の前に駐車《ちゅうしゃ》する車があれば、見張る権利《けんり》も獲得《かくとく》していたし、ここ一帯の信号のところで物乞《ものご》いをするのも、このグループと決まっていた。

坂の下の荒《あ》れた空《あ》き地《ち》で過ごした五日間、マモは落ち着かなかった。ひますぎたし、食べる物もじゅうぶんとはいえなかった。おまけに夜は一段《いちだん》と寒かった。気持ちも高ぶったり落ちこんだり、自分で自分をもてあますこともあった。

あれこれ思《おも》い悩《なや》まないように努力はした。でも、自分もとうとうゴダナ、つまりホームレスになってしまったと思うと、たちまち心配と憂鬱《ゆううつ》がいっしょくたになって、気持ちがふさいでしまう。物乞いをする時に、勇気を出して道行く人たちの顔をのぞきこむと、あわれみながらもさげすんだ目で見られ、なんて役立たずの人間になってしまったのだろうと自分で自分がいやになる。

マモには、ダニが日ごとに変わっていくのがよくわかった。体重が着実にへっているし、いつも警戒していなければならないので、動きが早く敏捷《びんしょう》になった。見た目も、ほかの子のように、みすぼらしく薄汚《うすよご》れた灰色《はいいろ》になりかけていた。ときどき見せていた横柄《おうへい》な態度《たいど》も鳴りをひそめ、食べ物に真っ先に手を出すのではなく順番を待つことも覚えたし、ほかの子を大切にするようにもなった。

マモ自身、自分が変わったな、と思うことがある。心が鋼《はがね》のように鍛《きた》えられ、強くぬけ目のない子になってきた。路上での生活が長くなるにつれ、生き延《いの》びていくすべがわかってきて、やればできるという自信もついた。

もう二度とだまされないぞ。あの農夫のような仕打ちはだれにもさせない。マモは何度も自分に言い聞かせた。

いつもの居場所をはなれている間に、一度だけカラテの見舞《みま》いに行った。シディストキロの病院にはうまくもぐりこめたが、ベッドを囲むと、押《お》しだまったまま、しゃちこばった。みんなこちこちになっていた。しゃきっとした修道服に身を包んだ尼《あま》さんたちの迷惑《めいわく》そうな目、がっしりした壁《かべ》と床《ゆか》、消毒薬のにおいと後ろのドアがバタンバタンと閉《し》まる音。なんとも居心地が悪かった。

マモは、ダニだけがリラックスしているのに気がついた。ダニは、変装《へんそう》しているつもりか頭に布を巻《ま》き、つかつかとカラテのベッドに近づいて枕《まくら》に手を置いた。枕のやわらかさにおどろいた様子もなかった。

「あした、もう一度、病院に行ってみよう」空き地からいつもの居場所にもどると、ミリオンが言った。「もう退院《たいいん》できるかもしれない」

シディストキロまでは、長い坂を上っていかなければならない。ダニは、前より緊張《きんちょう》していた。頭だけでなく顔まで隠《かく》し、うつむいて、壁やフェンスの下をこそこそ歩いていく。マモはダニの分まで警戒し、だれかふり返ってダニを見る人がいたら、すぐ知らせてやるつもりだった。でも、そんなに心配しなくていいのに、とも思っていた。ダニは、あのケーキ屋さんのショーウィンドウをのぞいていた時の、身なりのいい、まるまる太った少年とは、すっかり様変わりしている。ダニだと見破《みやぶ》られることはないだろう。

スーリは活発になって、もうおとなしく抱《だ》かれてなどいない。前に行った時は、シャツの中に隠し、病院の中まで連れて行った。でも今日は、入るなと言わんばかりの二重ドアのところでスーリを隠そうとしても、すっかりはしゃいでマモの指を嚙《か》むしまつ。

「外に置いてった方がいいよ」ダニがマモに言った。「犬は病院に入れてもらえないから」

「そんなことできないよ。こわがって逃《に》げちゃうもん。そしたら、もう二度と探《さが》せない」考えただけでぞっとする。

「どこかにつないでおくんだな」ミリオンが二重ドアを開けながら言った。

ほかの子たちは警備員の前を通って中に入っていったが、マモはどうしていいかわからず、ぐずぐずしていた。つなぐヒモも持っていないし、第一、スーリをぽつんと残していくのはいやだった。

「おれ、ここで待ってる」マモはみんなの後ろから言った。「カラテによろしくね」

マモは塀《へい》にもたれてすわり、待った。町の知らないところまで来るのはおもしろい。坂をもっと上ったところに大学があるのだろう。学生たちが本をかかえて、広い道路を行き来している。病院の塀ぎわの小さい庭に生えているジャカランダの木は花盛《はなざか》り。その青い花が時折、マモのそばにもくるくると落ちてくる。スーリが、危険《きけん》な敵と戦っているつもりか、落ちた花に飛びかかって遊んでいる。

こういうきれいなところにいるのは、心がなごんで気持ちがいい。ふと、ヨハンネスとハイルのことを思い出した。今ごろはちょうど、外に出ている時間だ。牛の番をしながら、川に石を投げたり、勝負のつかないゲームで遊んでいることだろう。

マモは小声で歌を口ずさみながら、スーリと夢中《むちゅう》で棒《ぼう》の引っぱりっこをしていたので、みんながもどってきた足音に、ぜんぜん気がつかなかった。

「うまいね」シューズが言った。「歌、うまいじゃん」

マモは飛び上がってまわりを見た。グループのみんながマモの歌を聞いているのに気がついて、真っ赤になった。

「別に」マモがぼそぼそ言った。はずかしがりのマモは、ダニ以外の人に歌を聞かせたことはなかった。「カラテ、どうだった？　いつ退院できるって？」

「前より元気そう」ゲタチューが言った。「シスターたちとは、意見がちがうけど」

マモはスーリを抱き上げ、立ち上がった。

「なんて言われたの？」

「若《わか》い看護師《かんごし》さんが言ってた、まだぜんぜんよくならないって。重病だって」ダニが言った。心配そうな顔だ。「まだ入院してなくちゃいけないって」

「変だよ、それって」ゲタチューが言った。「あいつ、あんなとこにいて、心細いんだ。だからよくなんないのさ。退院したって、だいじょうぶだよ。前だって、もっとひどかったけど、もどってきたら、けろっとしてたもん」

「年取った方の看護師は、もうよくならないだろうって言ってた」ミリオンが小声で言った。悪い知らせを口にすると、もっと悪いことが起きるとでもいうように。「薬もさっぱり効《き》かないらしい」

ダニが、びっくりしてミリオンを見た。

「どうして？　カラテは起き上がって、ちゃんとしゃべってたよ。見たでしょ？」

「ああ。でも体の奥《おく》の方に、何か悪いところがあるらしい。すごく悪いところが」

マモは即座《そくざ》に心を決めた。

「おれ、行って、この目で見てくる。ほら、ダニ、スーリをたのむ。すぐ追いつくから」

病院の静かな廊下《ろうか》に足音だけが響《ひび》いた。一人で進むのは勇気がいる。前に来た時のことを思い出しながら探したので、カラテの病室はすぐ見つかった。部屋にいるのはベッドで眠《ねむ》っている病気の子が五、六人と、部屋のすみにいるおばあさんだけ。おばあさんはこっくり、こっくり居眠りの真っ最中で、まわりのことには気づきもしない。

カラテは毛布の下で小さく丸まっていた。閉《と》じた目から流れ出る涙《なみだ》が枕をぬらし、にぎりしめた布で、頬《ほお》をふいているところだった。にぎりしめているのは、ダニからもらったゾウさんのシャツだ。

マモはベッドの上にかがんだ。

「どうしたの、カラテ？　なぜ泣《な》いてるの？」

カラテは目をぱっと開け、もがいて起き上がった。

「ミリオンがむかえにきてくれたと思ったの。でも看護師さんが来て、まだ病院にいなくちゃだめって」

「でも、みんなやさしいんでしょ？」マモが言った。「食べる物やなんか、ちゃんとくれて」

「でもだれも話してくれないの。自分のベッドで、ひとりぼっちで眠るんだよ。決まった場所でオシッコしないと、怒《おこ》られるし。こわいの、マモ。すごくいやなの。いっしょに帰る。ね、いいでしょ、いいでしょ」

マモは周囲を見回した。カラテが言っていることはよくわかる。こんなとこにいたら、そりゃあ、さびしいよ。のっぺらぼうの白い壁、高い窓《まど》。それだけで緊張しまくる。たった一晩《ばん》でも、こんなとこに一人でいるなんて、考えただけでふるえちゃう。それなのに、カラテは何日も何日もここにいる。

「でも、ここにいれば、病気を治《なお》してもらえるだろ？」マモは、ミリオンの言葉を頭のすみに追いやりながら言った。

「治してなんかくれない。ぜったい。一人で寝《ね》ると、こわい夢《ゆめ》見るんだもん。こわーい夢。変な夢。動物やお化けがぼくを食べにきたり、トラックにひかれたり」

カラテは泣き出した。小さな胸《むね》をひくひくさせてすすり泣いている。

マモは腕《うで》をまわして、カラテの肩《かた》をやさしく抱きしめた。どうすればいいんだろう。カラテを連れ出したら、死んじゃうのかな？　でも年取ったシスターは、カラテはどうせ死ぬって言ったんだよね？　一つだけ確《たし》かなことがある。幸せじゃないと、早く死ぬってこと。好きな人といっしょにいるのが、一番の薬。ヨハンネスの家族が、そう教えてくれた。

マモは身をかがめ、カラテの耳もとでささやいた。「服はどこ？」

カラテは一瞬《いっしゅん》、マモを見つめ、それから顔をぱっと輝《かがや》かせた。

「これだけ。ほかは捨てられちゃった」カラテはゾウさんのシャツを差し出して見せた。「これだけは、さわっちゃダメって言ったの。無理やり、こんなシマシマの服を着せられた」

「よし、おいで、早く」マモが言った。

マモはベッドから毛布をはぎ取り、カラテの体に巻きつけ、抱き上げた。カラテは小さな体でマモにしがみついた。腕をマモの首にまわし、両足をマモの腰《こし》に巻きつけ、なんだかサルみたいだ。マモは心臓《しんぞう》をバクバクさせながら、カラテをかかえてドアをくぐり、長い廊下をかけぬけ、時間をかけずに外に出た。

みんなが門のところで、ひとかたまりになって立っていた。ミリオンが真っ先に気づいてかけ寄り、カラテをマモから引きはがすと、やせた胸に抱き取った。

「よかった」ミリオンが言った。「おれも、とって返して連れ出すつもりだった」

ここ数日、ダニは、ただみんなといっしょにいるだけだった。今の境遇《きょうぐう》も、これから先のことも考えないようにして、その時その時を過ごしていた。みんなが物乞いをしても加わらず、すみの方に隠れていた。

家を出てから何日たったのか、もうわからなくなっていた。パパとママ、メゼレット、ゼニ、ネグシー、家屋敷《いえやしき》、大型自動車と学校、みんな遠いむかしの別世界のことだ。

ほかの子たちに養《やしな》ってもらっていることや、いつまでもそうしてはいられないことは、わかっていたが、先のことは一切合切《いっさいがっさい》、考えたくなかった。

それが、カラテを病院に見舞ったとたん、急に生き生きしはじめた。病院には前にも行ったことがあった。ママが検査と治療《ちりょう》のために入院した時に会いに行ったのだ。ママの病院は、こういう慈善事業《じぜんじぎょう》でやっているところより、ずっと新しくてきれいだったが、病院の雰囲気《ふんいき》には慣れていた。清潔《せいけつ》な廊下やペンキを塗《ぬ》った物々しい壁、さっぱりと整えられたベッド。そういうものを目にしても、怖《お》じ気《け》づくことはなかった。それればかりか、病院にいるほんの短い時間だけは、夢から覚《さ》めた気がした。

ミリオンは盗《ぬす》んではならないというきびしい規則《きそく》を取り下げたようで、マモが病院の毛布を持ち出したのに、何も言わなかった。ミリオンはギャングのリーダーらしく、みんなを引き連れ、周囲の視線《しせん》をはね返すように毅然《きぜん》として、歩道を足早に歩いていった。

「帰ったぞ」いつもの居場所にたどりつくと、ミリオンが言った。「やっぱり我《わ》が家《や》はいいな」

自分のジョークに笑いながら、繭《まゆ》のように毛布にくるまれたカラテを自分のそばにおろし、壁に寄りかからせた。やつれた顔のカラテは、大きな熱っぽい目を輝かせ、ありがとうというように

ミリオンを見上げた。毛布の外ににゅっと突《つ》き出《で》たやせた手で、まだゾウさんのシャツをにぎりしめている。

「ここ、だーいすきなんだ、ミリオン」カラテがしわがれ声で言った。「ここの方がずっといい。わっ、あの窓のとこにあった床屋《とこや》さんの看板《かんばん》、なくなってる。あ、見て、自転車に乗ってるあのおじいさん、毎日ここを通る人だ」

ダニはマモをわきに引っぱっていった。

「カラテを一晩じゅう、ここに寝かせとくのは、まずいよ」ダニが言った。「重病なんだよ。もう一度、入院させなくちゃ」

マモはダニをまじまじと見た。

「どうしてそんなこと言うの？　カラテが病院でどんなにみじめだったか、見ただろ？　おれたちと、ここにいた方がずっといいんだよ」

「でも、ぼくたち、薬も注射《ちゅうしゃ》もなんにも持ってないだろ。体も冷えきっちゃうよ。どうしようもないだろ、もし……」

マモは、ダニの言っていることは理解できないというように、首をふった。

「あんなとこにカラテを置いとくなんて、できなかったんだもん」だまりこくったあと、マモが言った。

「いい病院だったのに」ダニが言った。「病院は、みんなあんなもの。めんどうだけは、ちゃんと見てもらえる」

「カラテのめんどうは見てくんなかった。ずっとひとりぼっちでさ。あいつ、一人で寝たことないんだもん。おれだって、びびっちゃう。あんな大きなふわふわベッドに寝たら」

わかり合うにはちがいすぎる。そのことにマモは気づいたようだ。

「おれは何も——だから、もし重い病気になったら、もし死ぬと思ったら、ほんとうは死なないとしても、友だちのそばにいたいだろ」マモは、思っていることがうまく言えなくて困《こま》った。

「自分のことを、ちゃんとわかってくれる人のそばにいたいよ。治療より、そっちの方が大事だろ」マモはちょっと言いよどんだ。「カラテの魂《たましい》が出て行くとしたら、それはそれでいいんだよ。光の中に入っていくんだもん。おれたちがいっしょにいたら、さびしくもないし」マモは顔をゆがめて首をふった。「でもカラテは死なない。これでだいじょうぶ。ゲタチューも言っただろ？前はもっとひどかったのに、よくなったって。カラテは、おれたちといっしょにいなくちゃ」

ダニは、最後まで聞いていなかった。急にママのことを思い出したのだ。ロンドンの病院にひとりぼっちで入院しているママ。ママもカラテと同じことを考えていたらどうしよう？　知らない場所にほっぽり出されて、おびえていたら。そこで死んじゃったら？　家の人がだれも付《つ》き添《そ》っていない遠いところで。これまで、どうしてそういうことに気がつかなかったんだろう？

ダニは、ママがロンドンに行く日の朝、まともに行ってらっしゃいのあいさつもしなかったのを思い出して、頬を赤らめた。あいさつどころか、パパともろに顔を突き合わせることになる家に、ぼくを置いてきぼりにしていくママに腹《はら》を立てていた。

ママは、ぼくが家出したこと知ってるだろうか？　パパから聞いたかな？　ぼくの家出を知ったら、やきもき心配してるだろう。そのせいで病気が治らないかも。

ダニはマモの腕をつかんだ。

「ねえ、お願いがあるんだけど？　いい？」

「何？」

「ママがどうしてるか知りたいんだ。もうずいぶんたったから」

「おまえの母ちゃん、遠いとこにいるんじゃなかったっけ。どこか外国に」

「うん、イギリス。でも、パパはもう、ママがどうしてるか知ってると思う」

「それを聞いてこいってわけ？」

「そう」

「どうやって？」

「ぼくんちに行って、ネグシーに聞いてきて。門を開けたり閉めたりしてるおじいさん」

「え？　おれがおまえんちに行って、門をたたいて、『ダニがママのことを知りたがってます』なんて言うの？　みんなが飛びかかってきて、おまえがどこにいるか無理やり、言わされるよ。そんなのごめんだね」

ダニは首をふった。

「そんなんじゃない、ちがうよ」

「じゃあ、どうするの？」

「考えてみる」

ダニは、家とそのまわりを思《おも》い浮《う》かべた。

「家のすぐそばに、小さいお店があるのね」しばらくしてから言った。「そこに、ぼくの家族のことを知ってる、親切なおばさんがいる。ネグシーやゼニが、しょっちゅうおしゃべりしてる人。そのおばさんが一人の時に、聞いてみて。きっと知ってると思う。お願い、マモ。お願いだから聞いてきて。きみにも何かしてあげるから。約束《やくそく》する」

「よし、わかった。あした行ってみる」マモは内心、しめたと思った。ダニの家が見られるいいチャンスだ。ずっと、ダニはどんな家に住んでいたんだろうって、あれこれ想像してたんだから。

その晩、みんなでカラテを助け出して居場所に連れもどしたごほうびなのか、いいことがあった。信号のところでの物乞いがとてもうまくいき、まともな夕食ができるほどお金が集まったのだ。その上、一人でぬけ出してゴミあさりをしていたバッファローが、古タイヤ二つと半分にちぎれた段ボールの箱を持って帰ってきた。あたりが暗くなると、ミリオンが古タイヤと段ボールに火をつけた。少年たちは、指についた夕食の残りをなめながら、たき火を囲んですわった。

カラテだけは何も食べなかった。

「おなかはすいてない」カラテがしわがれ声で言った。「病院でたくさん食べさせてくれたから。

ほしいのは水だけ」

カラテはグレーの毛布にくるまって、ミリオンとダニにはさまれてすわっていた。ダニがたき火の明かりの中で見おろすと、カラテは口を開けて早い息をしている。くしゃくしゃの黒い巻き毛が、褐色《かっしょく》の額《ひたい》の上でぬれている。

「おまえ、物語を知ってるんだよね、ダニ」ゲタチューが言った。「それ、やってよ。何か聞かせて」

みんながいっせいにダニを見た。ダニは困ったことになったと思った。物語のことなど、すっかり忘《わす》れていた。

「わかった」ダニがおずおずと言った。「でも、ちょっと待って」

ダニは目を閉じた。小鳥とゾウの物語があるけど短かすぎるし、第一、結末がどうしても好きになれない。でなければ、王さまとフルートの話――だめだ、とちゅうを忘れてる。あっ、いいのがあった。ゼニがメゼレットによく話していた兄と妹の物語。だいたい覚えてるし、メゼレットは何度も何度も聞きたがっていた。

ダニが目を開けた。少年たちは期待をこめた眼差《まなざ》しでダニをじっと見つめ、静かに待っている。

「では」ダニが言った。「お兄さんと妹のお話です」

すぐ横のカラテが、満足そうに深呼吸《しんこきゅう》するのが聞こえた。

「むかしむかし」ダニがはじめた。「男の子と女の子がいました。ママもパパも死んで、二人だけになってしまいました。でもまだ、両親の家に住んでいました」

「家はアディスにあったの？」マモが質問した。

「わかんない。ちがう、田舎《いなか》。とにかく、一匹《ぴき》のハイエナがやってきて、ごはんをつくり、二人のために置いていってくれるようになりました。でも二人は、ハイエナの姿《すがた》を一度も見たことがありませんでした」

「ハイエナ？」ゲタチューが言った。「食べ物をくれるなんて、ハイエナにしては親切だね」

「ちがうってば。親切じゃないよ。だって、二人をだまして、食べようとしてるんだもん」

「どうしてわかったの？」シューズが聞いた。

バッファローがシューズを押したので、シューズはひっくり返りそうになった。

「静かにしろってば。続きを聞けよ」

「子どもたちは、だれが食べ物をくれるのか、知りたくなりました。」ダニが続けた。「そこである日、男の子のかわりに女の子が牛の群《む》れを小川に連れて行き、男の子は隠れて見張っていました。ハイエナがやってきて、お料理をはじめました。ハイエナは雌《めす》で、魔法《まほう》を使っています。スプーンがほしい時は、ただ『スプーン！　わたしのところにおいで！』と言うだけで、スプーンが空中を飛んで来て、手の中に入るのです。それで男の子は、それが魔女みたいに魔法を使うハイエナだということがわかりました」

ダニは輪になってすわっている少年たちの顔を見回した。みんな、うっとりしながらじっと聞いている。

「男の子はハイエナに見つかり、隠れているところから無理やり、引きずり出されました。男の子はこわくておびえましたが、ハイエナは乱暴《らんぼう》なことはしないで、こう言いました。あなたと結《けっ》婚《こん》したいのです。妹さんにも伝えてください。それで、妹が帰ってくると、男の子はハイエナのことを話し、結婚するつもりだ、でも心配しなくていいよ、ハイエナはとても親切だから、食事をつくったりめんどうを見てくれるよ、と言いました」

ダニの横で、カラテが夢中になって体を乗り出した。

「妹が言いました。お兄ちゃん、気でも狂《くる》ったの？　魔女を信じちゃだめ！　それから、逃《に》げなくちゃと、お兄ちゃんを説得しました。そして二人は逃げました。牛をぜんぶ連れて、森に逃げこみました。森には、同じような子どもたちが大勢いて、みんな友だちになりました」

「ぼくたちみたい」カラテが小さい声で言った。

「ハイエナは怒《おこ》りました。二人を追いかけ、見つけると、とても美しい女の人に化けました。男の子はその人がまさかハイエナとは知らず、その美女と恋《こい》に落ち、結婚しました。そして男の子は妹と花嫁《はなよめ》を連れて家に帰りました。

ところがある夜、女の子が友だちの家に泊《と》まりに行った時のことです。ハイエナの美女は、これでやっと男の子と二人きりになれた、男の子を食べる絶好《ぜっこう》のチャンス、と思いました。ハイエナは男の子を殺しましたが、食べるのはあしたにしようと、外の畑に隠しました」

カラテが咳《せき》をした。ミリオンの腕から頭をもたげ、こんどはダニの肩に寄りかかった。親指を口に入れている。もう一方の手はゾウさんのシャツの端《はし》をにぎりしめ、下唇《したくちびる》にあてている。

「女の子が家に帰ってきました」ダニの話が続く。「お兄ちゃんの姿が見あたりません。女の子には、何が起きたのか想像がつきました」ダニはここで言葉を切った。「この次がよく思い出せないけど、とにかく、女の子は外に飛び出し、そこでネズミとサルのところに行きました。でも、ネズミもサルも女の子を助けることはできません。それで女の子はほんとにあわてて、お祈《いの》りをはじめました。すると、神さまが現れたので、女の子は何が起きたのか話すと、神さまは、女の子をお兄ちゃんのところに連れていきました。神さまは、男の子の骨《ほね》をみんなつなぎ合わせて、生き返らせました」

「神さまって、そんなことできるの？」カラテがおどろいた顔をしている。

「それを見たハイエナは、二人を追いかけ回しましたが、谷に落ちて死にました」

「それで終わりか？」ミリオンが言った。ミリオンは、ほかの子みたいにおもしろがってはいないぞ、という顔を取りつくろっている。

「そう」ダニが言った。「あと、女の子と男の子は家に帰り、いつまでも幸せに暮《く》らしましたとさ、で終わり。じょうずに話せなかったな。この物語を話したの、はじめてだし、あちこち飛ばしちゃった。でも、もう思い出したけど」

「おもしろいお話だね」カラテが言った。「もう一回、話して。今度は飛ばさないで、ぜんぶ」

ダニはみんなの顔を見回した。また同じ話をしたら、みんな退屈《たいくつ》するだろうと思ったが、みんなダニを見つめている。口を軽く開けて、映画館《えいがかん》の観客みたいだ。

それでもう一度、話すことにした。話しているうちに、話し方がどんどんうまくなった。感情のこもった声になり、登場人物が生き生きして、言葉もなめらかに出てくるようになった。男の子と女の子、ハイエナの魔女、森の中の少年グループが、目の前のたき火の明かりの中に飛んで入ってきたようだった。ダニの話しぶりが、登場人物に魔法をかけたにちがいない。

前の晩までの数日は、夜が寒くて寒くて、ダニは地面の上で歯をガチガチ言わせながらふるえていた。それに比べると今晩はあたたかい。いつもの居場所の、ひびの入ったコンクリートの歩道は、昼間の太陽のおかげであたたかく、かわいている。坂の下で寝ていた地面とは大ちがいだ。それに、たき火にはまだ赤々とした火が残っていて、少年たちは体だけではなく心まで、あたためられていた。

みんな、あくびをしながら、シャーマと毛布を広げ、寝るしたくをしている。カラテは目を閉じて横たわっているので、もう眠ってしまったのかと思ったが、ダニが寝に行こうとすると、くるりと顔を向けて言った。「となりに寝てね、ダニ。聞きたいことがあるから」

ダニはカラテの横に腰をおろした。かたい地面の上で寝るのには慣れてきたが、横になるのはなるべく先にのばしたいのだ。

「物語に出てきた男の子って、ばかだね」カラテが言った。弱々しく、痰《たん》がからまった声だ。

「どうしてハイエナの女の人と結婚したのかなあ？　妹を連れて逃げればよかったのにね。ぼくだったら逃げるけど」

「うん。でも、すてきな子だと思ったんだよ。ハイエナがうまくだましたからね」ダニの顔がほころんだ。カラテは、メゼレットみたいだ。カラテには、物語も日常生活と同じくらい、大事なことなのだ。

「殺された時、痛《いた》かったのかなあ？」

「たぶんね。でもすぐ終わったと思うよ。男の子に反撃《はんげき》されるといけないから、大急ぎで殺したはずだもの」

「ちがうよ」マモが少しはなれたところから言った。「痛くなんかない。気持ちいい。魂がふわふわと体からはなれて、神さまのところに行くんだから」

「神さまの顔、知ってるよ」カラテが言った。「教会の入り口からのぞいたんだ。壁に絵があった。白い髭《ひげ》をはやしたおじいさんだった」

ダニは何も言わなかった。

「神さまって、お父さんなんだよ」マモが言った。「ちゃんとめんどうを見てくれる」

「ミリオンみたい」こう言うと、カラテはまた目を閉じた。

ダニは横になった。ふと、カラテを抱き上げて、腕の中で寝かせてやりたくなった。でもカラテを起こすのはかわいそうだし、カラテのむこう側で寝ているミリオンを怒らせたくない。かわりに、手をのばしてカラテの手を取り、にぎってやった。

「おやすみ」とダニ。「ぐっすり眠ってね。朝になったら、ずっとよくなってるからね」

カラテは夜明け前に死んだのだろう。ほかの子たちが起きた時、カラテの手はもう冷たくなっていたが、体はまだあたたかかった。

ダニは太陽がのぼると同時に、はっとして目を覚《さ》ました。ミリオンはもう起き上がり、カラテの手をにぎったまま声を出して泣いていた。ダニは、動かない小さな顔を見おろした。カラテの顔はおだやかで、満足げだったが、ひとまわり小さくなっていた。死が、カラテをしぼませてしまったのだろうか。ダニは、喉《のど》がしめつけられて、息ができなくなりそうだった。

「こんなのないよ！　まだほんの赤ちゃんなのに！　こんなふうに死ぬなんて！」

ミリオンがカラテのグレーの毛布をそっとはぎ取り、病院のパジャマをぬがせはじめた。ダニはおどろいて、ミリオンをにらみつけた。

「何すんだよ？」

ミリオンはぎゅっとにぎりしめているカラテの手をこじ開けて、ゾウさんのシャツをはずした。そして、そっと頭に着せかけ、引っぱって、ぴくりともしないやせた胸まで引きおろした。

「カラテ、こんなもん着て行きたくないだろ」と言いながら、ミリオンはシマシマのパジャマの上着をポイと投げた。

それからカラテをまた歩道のコンクリートの上に寝かせた。大きすぎるゾウさんのシャツが、小さな体をすっぽり包んでいる。それはミリオンには見るにしのびない姿だった。カラテを抱き上げ、胸にひしと抱きしめた。ミリオンは、喉の奥から絞《しぼ》り出《だ》すような大きな声で泣いた。ぐるりと取り囲んですわっているほかの子たちも、声を上げて泣いた。

「何もかも、まちがってるよ！」ダニがどなった「何かしてやればよかったのに！　おかしいと思った」

「何それ？　じゃあ、どうすればよかったんだよ？」マモがダニに食ってかかった。「カラテの魂は飛んでったんだよ。自由に。だれにも止められないだろ」

ダニがへこんだ。たしかに、ほかの子たちの言う通りだ。してやれることなんて、何もなかった。カラテの魂はもう飛んでいってしまったのだ。それだけのこと。

ほかの子と同じように、ダニも泣いた。

二人の警官がやってきたのにも、だれ一人気がつかなかった。最初に目を上げたのはミリオンだった。カーキ色の制服ととがった帽子《ぼうし》が目に飛びこんで、ミリオンはたじろいた。

ダニは縮《ちぢ》みあがり、心臓がバクバクしはじめたが、警官はダニには見向きもしなかった。警官たちの目は、ミリオンの腕の中にいる小さな男の子の遺体《いたい》に釘《くぎ》づけだった。

「夜のうちに息を引き取った」ミリオンが言った。「長いこと重病で。入院させたけど、いやがって逃げてきた」

年上の警官が腰をかがめ、じっと見てから、かわいそうにというように舌打《したう》ちした。

「この子なら知ってるぞ。ずっと前から、おまえらとうろついていたもんな、このあたりを」

「おれたちの弟だったんだ」バッファローがさけんだ。

警官が体を起こした。「役場に知らせた方がいい」若い警官に言った。それからふり返ってミリオンに聞いた。「この子の名前は？　どこの子だ？」

「カラテでいいんだよ」ゲタチューが小声で言った。

「この子の母親たちは、ウォンデムって呼《よ》んでた」ミリオンが言った。「家族はいない。ずっとおれたちと暮らしてた。おれたちでめんどう見てたんだ。ほかに知り合いはいない」

「父親の名前は？」

少年たちはたがいに目を見合わせた。

「ミリオンです」ダニはミリオンを見上げながら、大きな声で言った。見つかってしまうかもしれないのに、だまっていられなかった。「この子のお父さんの名前は、ミリオンです」

14

ティグストがこんな気持ちになったのは、生まれてはじめてだった。門のところでサルマの兄さんのヤコブをはじめて見た翌日《よくじつ》にはもう、その気持ちがゆるぎないものになっていた。その日、ヤスミンに昼ごはんを食べさせていると、ヤコブがまたやってきて、ティグストははじめて握手《あくしゅ》をして、きちんとあいさつした。

するとすぐに、ほんわかした幸せに包まれ、大らかな気持ちになった。微笑《ほほえ》みが、知らないうちに顔いっぱいの笑顔になっている。ヤコブも同じように、にこにこしているのを見て、ティグストは急にはずかしくなった。目を伏《ふ》せ、口もとに手をやり、ヤスミンのところにとって返した。ヤスミンは、親鳥を待つ巣《す》の中の雛《ひな》のように、口を大きく開けて次の一さじを待っていた。

サルマがいないので助かった。ファリダーおばさんに用事を言いつけられて出かけているのだ。サルマがいたら、笑われ、からかわれたことだろう。そうしたら、ティグストは一言も返事ができずに、だまりこんでしまったにちがいない。でも実際は、ヤコブがいろいろ聞いてくるのに、物怖《ものお》じせずに答えることができた。ただし目はヤスミンに注いだまま。ヤコブの顔をまともに見ることはできなかった。

ヤコブの声はおだやかでやさしかった。怒《おこ》って大声を出すことなんてあるのだろうか。ヤコブはティグストに両親のことを聞いてきた。ティグストは、父さんは北部の戦争で死んだの、と答えた。母さんは何度かそう言っていたから、本当なのかもしれない。でもときどきティグストは、あたしの父さんがだれなのか、母さんにはわかっているんだろうか、と疑《うたが》ったものだ。

ティグストはふと、母さんが死んでいてよかった、と思った。母さんは、ヤコブに好かれるようなタイプではない。母さんの男友だちのように、バーをわたり歩いて酒びたりになっているヤコブなんて、とても想像できない。母さんが酔《よ》っぱらったり、どなり散らしたりするところを、ヤコブに見られたら、とんだ恥《はじ》さらしだ。

ティグストが、家族はマモ以外にいないこと、そのマモとも連絡《れんらく》が取れなくなっていることを話しても、ヤコブはそれを気にする様子はなかった。ヤコブが知りたいのは、ティグスト自身のことなのだ。アワッサにいてつらくない？　アディスより気に入っているの？　夕方、鳥たちがねぐらに帰るころ、湖のほとりを歩いたことはある？　丘《おか》の頂《いただき》から、湖に沈《しず》む夕日を見たことは？

ヤコブに聞かれて、ティグストは目の前がぱっと開けた気がした。ティグストは、アワッサのことをまだ何も知らないのだ。そんな時間はなかったし、ファリダーおばさんが外出をゆるしてくれたとしても、いったいどこに行けばいいのかわからない。ヤコブにあれこれ聞かれても、答えようがなかった。本当は、自分の方からヤコブにいろいろ質問したい。でも聞く勇気が出なかった。

ヤコブが帰ろうとしているところに、サルマがもどってきた。サルマは二人を見るなり、ティグストが予想したとおりゲラゲラ笑い出した。でもすぐに、ヤコブの顔からティグストの顔、そしてまたヤコブの顔を見て、笑うのをやめ、首をふった。

「ワーオ」サルマが言ったのはそれだけだった。

その日から、ヤコブは毎日やってきた。ティグストは、ファリダーおばさんに見つかって、ヤコブが来るのを止められるのではないかと心配したが、ヤコブは見つからないようにじょうずに立ち回った。どっちみち、ファリダーおばさんはおじさんのことにかかり切りだった。おじさんの容態《ようだい》が一段《いちだん》と悪くなったのだ。

ハミドおじさんは、それから二週間して亡《な》くなった。ティグストは、たまに半開きになったドアからちらっとのぞく以外、ハミドおじさんを見ることはほとんどなかったので、ヤスミンとファリダーおばさんを気の毒には思ったが、悲しんでいるふりをすることはできなかった。それより心配が先に立った。ファリダーおばさんがティグストをアディスに連れて帰ると決めたら、どうしよう。ヤコブに二度と会えなくなってしまう。

ハミドおじさんのお葬式《そうしき》で、ファリダーおばさんが取《と》り乱《みだ》したのは言うまでもない。さめざめと泣《な》き、大きなため息をついたり首をふったりしながら、参列者のお悔《く》やみの言葉を聞いていた。けれどもティグストには、おばさんが悲しみながらもほっとしているのがわかった。ハミドおじさんはずいぶん長いこと病気だったし、だれもが口をそろえて、病気になる前も夫らしい務めを果たす男ではなかったと言っていた。家の中をまとめていたのはファリダーおばさんで、ヤスミンも一人で育てていた。

ハミドおじさんの遺体《いたい》が丘の上の墓地《ぼち》に葬《ほうむ》られた一週間後、恐《おそ》れていたことが起きた。

「アディスに帰るよ、ティグスト」とファリダーおばさんが言ったのだ。ひっつめにした髪《かみ》を黒いスカーフで包んだおばさんは、威勢《いせい》のいい声できっぱり言った。

「いつ？」ティグストは、心に鉛《なまり》のおもりでもつけられたように、みるみるしょげかえった。

「早いにこしたことはないね」ファリダーおばさんはやさしかったころのように、ティグストに笑顔を向けた。「うれしくないのかい？　アディスに帰りたかったんだろ？　こんな退屈《たいくつ》なところに留《と》め置《お》かれていたんだから」

「そんなことありません」ティグストは唇《くちびる》をかんだ。「ここが好きなんです」

ファリダーおばさんがティグストの顎《あご》をひょいとつねった。

「なんだ、じゃあ、またアディスを好きにならなくちゃ。ヤスミンの服は今日の午前中に洗濯《せんたく》しておくように。あさって出発だからね」

この日、知り合ってからはじめて、ヤコブは姿《すがた》を見せなかった。ティグストは気がもめて、屋《や》敷《しき》の門が見えるあたりをうろうろしながら、足音が聞こえるたびに目を上げた。

サルマが、あきれたという顔でティグストを見た。

「すっかりのぼせあがっちゃって。まさか、あの野暮《やぼ》なヤコブに惚《ほ》れる人がいるなんて。退屈な男よ。ハンサムでもないし」

「ハンサムじゃないですって？」ティグストがかっとなった。「なぜそんなでたらめを言うの？　彼《かれ》って――彼って、とってもきれいな目をしてるわ」

ティグストは口をつぐんだ。サルマが吹き出《ふだ》したのだ。

「ヤコブがねえ。きれいな目だって！　あたしの耳、どうかしちゃったのかしら」

ティグストも、しぶしぶ笑顔をつくった。

「きれいだわ。でも、それでどうなるっていうの？」ティグストの笑顔は消え、真顔になっている。「あたし、アディスに帰るの。彼にはもう二度と会えないかもしれない」

「あら、そう」サルマはさらりと言った。「ヤコブはちょっとのろまだけど、しつこいところもあるの。あなたのこと、すっかり気に入ってるみたい。あっさりあきらめたりするもんですか」

その日、ティグストが元気づけられたのは、この言葉だけだった。仕事をする時も、この言葉をかみしめた。ティグストはバラ色の未来を思《おも》い描《えが》くようになっていた。いつかヤコブが持つ店。二人が住む家。二人の子どもたちはどんな顔で生まれてくるのだろう。なんという名前をつけようか。

でも、ちょっと調子に乗り過ぎた。あたしがいなくなったら、あの人は何もかも忘《わす》れてしまうだろう。あの人が、なぜ、あたしなんかと結婚《けっこん》するの――彼のような人が？　どうせあたしは、取るに足りない人間なんだから。

家の中はごった返していた。弔問客《ちょうもんきゃく》は来なくなったが、ファリダーおばさんは、持ち物を選《え》り分《わ》けて荷づくりし、洗濯し探《さが》し物《もの》をし、命令しその命令を取り消し、いそがしいこと、この上ない。その様子を、ハミドおじさんのお母さんが、物憂《ものう》げに見つめている。おじさんのお母さんは田舎《いなか》からやってきて、屋敷のすみで何時間もすわりこんでいる。ティグストには、このお母さんだけが、ハミドおじさんの死を心から悲しんでいるように見えた。

翌日、ヤコブはいつもより早くやってきた。疱瘡《ほうそう》のあとが薄《うす》く残る額《ひたい》に、しわを寄《よ》せている。

「じゃあ、きみもアディスに帰るんだね？」ヤコブがティグストに言った。「卵売《たまごう》りから聞いたんだ。うれしいんだろうね」

「まあ、そんな！　とんでもない！　ここが気に入ってるの。出て行くなんていや！」

ヤコブの額のしわが取れた。

「聞きたいことがあったんだけど――」ヤコブが言いかけた。

ティグストはドキドキした。

「なあに？」

「言えないな。まだ準備ができてない。まだ稼《かせ》ぎが少なすぎる。とても足りない。まだ無理だ――だろ？――自分の店を持つまでは」

「そう。でも待ってるわ」ティグストは、ヤコブの言いたいことを推《お》し量《はか》りながら言った。「あなたの気がすむまで」

「ほんとに？」

ヤコブがティグストの手を取った。おどろいたことに、ヤコブの手がふるえている。ティグストはやっと落ち着きを取りもどした。だいじょうぶそうだ。元気も出てきた。

「もちろん」ティグストが答えた。

「ティグスト！」ファリダーおばさんが家の中から、あせった声で呼《よ》んでいる。「何してるんだい？　早く来て、ヤスミンを表に連れ出しておくれ。朝からずっと、わたしにまとわりついて困《こま》ってるんだよ」

ヤコブとティグストは、あわててはなれた。

「行かなくちゃ」ティグストが言った。持ち前のはにかみ屋が陰《かげ》をひそめ、いつの間にかヤコブの目をのぞきこめるようになっている。それどころか、じっと見つめたまま、目をそらせることができずにいた。

ヤコブはポケットを探《さぐ》り、紙切れを取り出した。

「となりの家に電話がある。ぼくの助けが必要になったら、ここに電話して、用件《ようけん》をことづけてくれ。どっちにしても会いに行くよ。バス代を稼いだら、すぐ」

ティグストは紙を受け取ると、百ブル札《さつ》をしまうときのように、ていねいに折りたたんだ。

「ティグスト！」ファリダーおばさんがまた大声で呼んだ。

「行かなくちゃ」ティグストはこう言うと、家の中にかけこんだ。

マモが、ダニの家に行く約束《やくそく》を果たそうと思い立ったのは、数日たってからだった。

市役所から黒いミニバンが来て、男たちがカラテの遺体を白い布で包んで連れていってしまうと、少年たちはだれからともなく寄《よ》り添《そ》って過ごした。

「カラテをどうするんだろう？」マモがミリオンに聞いた。マモは、ダニと出会った墓地のことを考えていた。あそこなら悪くはない。カラテがあそこに埋葬《まいそう》されるなら、お墓《はか》にも行ってやれる。

　でもミリオンが頭をまわして示したのは、町はずれの丘だった。

「あの丘のどこかに墓地がある。かなり遠い。埋葬してくれる親類がいなくて身元がわからない人は、あそこの墓に入れられる」

「そこって、ちゃんとしたとこなの？　たとえば教会の近くとか？」マモが言った。マモは、そのお墓の様子を心にきざみつけておきたかった。

　シューズは、刺激臭《しげきしゅう》のするバッグに鼻をうずめていたが、頭を上げた。いやなにおいがマモのところまでただよってきて、涙《なみだ》が出そうになった。

「行ったことあるよ。教会なら。マットにくるまれるんだから」シューズが唐突《とうとつ》に言った。

　カラテの本当の母さんも、そこに埋葬されてるんだろうな、とマモは思った。

　それで少し気が楽になった。カラテが、まるでゴミでも片《かた》づけるように、見ず知らずの人たちに連れて行かれるのを見て、むごいことをするものだと思ったけれど、教会の敷地《しきち》の中で母さんの近くにいられるなら、カラテも安心するだろう。

　そのあと、ミリオンのきげんはめまぐるしく変わった。ミリオンとバッファローは、アラックという強い酒を手に入れ、二人でがぶ飲みした。バッファローは真っ赤な目でにらみ、今にも怒《いか》りが爆発《ばくはつ》しそうな顔をしていたが、酒が入るにつれ反応《はんのう》が鈍《にぶ》くなり、そっとしておけば、からまれることもなくなった。ミリオンの方は、手がつけられなかった。飲むほどに、きげんがころころ変わった。やさしくうちとけていたかと思うと、次の瞬間《しゅんかん》には、いきり立ち、攻撃的《こうげきてき》になった。

グループのだれ一人、カラテのことを口にしなかったが、カラテがいなくなって、ぽっかり穴《あな》があき、荒《あ》れた空気がただよっていた。もとにもどるには、しばらくかかりそうだ。

三日目になって、ようやくアラックの酔《よ》いがさめたようで、ミリオンとバッファローは、いつもの二人にもどった。その荒《あ》れ狂《くる》っていた数日、ダニとマモは食料集めを引き受け、朝早く、太陽がのぼる前に、店を出したばかりの近くのレストランに行き、裏口《うらぐち》のゴミ箱から残飯をたっぷり持ち帰った。

マモはみんなといっしょにすわって食べながら、これが一日で一番いい時間だなとしみじみ思った。ぼろを着ただけの少年たちは、夜の寒さで冷え切っているが、のぼったばかりの太陽のおかげで、体がぬくぬくしてくる。おなかもいっぱいになり、ミリオンとバッファローがいつも通りの二人になり、ギャングのみんなも落ち着くと、こういう暮《く》らしも悪くない気がしてきた。

食べる物がすっかりなくなり、ミリオンが気持ちよさそうに足を投げ出してすわるころ合いを見計らって、ダニはミリオンに、マモが気にしていることを聞いた。

「ミリオン、今日、ボレにあるぼくの家まで、マモに行ってもらってもいいかな？　知りたいんだ――ママがどうなったか」

ダニは体をこわばらせて答えを待ったが、ミリオンがだまってうなずいてくれたので、ほっとして大きく息を吐《は》いた。

「近くまでいっしょに行って、道を教えるよ」ダニはマモにこう言うと、はずむように立ち上がった。

マモは、おもしろいことになりそうだと、わくわくしながらダニに笑顔を返した。「自分で行ってドアをノックしたって、だいじょうぶだと思うよ」マモが言った。「母ちゃんにも、おまえだってわかんないよ、きっと」

ダニは、自分の体を見おろした。マモに言われて、心配になったのだ。

「冗談《じょうだん》だって」マモがなんでもないことのように言った。「ちょっとやせただけだよ。それと、服がよれよれになってるだけ」

でもダニが変わったのは、それだけじゃないよな、とマモは思いながら、二人で舗装道路《ほそうどうろ》を歩いていった。道路の穴ぼこをよけ、物売りが地べたに敷いた布の上の商品を蹴《け》とばさないように注意しながら進んだ。ダニの身のこなし方はすっかり変わった。しゃんとして歩き、周囲に気を配りながら、全身に緊張《きんちょう》をみなぎらせている。今もまだ注意は怠《おこた》らないが、塀《へい》にへばりついて、かえって怪《あや》しまれるほど、こそこそすることもなくなった。

マモは帽子《ぼうし》のつばをぐっと引きおろした。ダニがくれた帽子を、いまだに昼も夜もかぶっている。こうして町の知らない場所にくり出すのはうれしいが、スーリのことが少し心配だった。こんな遠出をするには、まだ小さすぎるが、抱《だ》いて歩くのは、なかなかたいへんだ。ミリオンにあずけてくればよかった。

ずいぶん遠かった。すぐに町の中心からは出たものの、行けども行けども、お金持ちの人たちが住んでいる住宅地にはたどり着かない。二人はガソリンスタンドで立ち止まり、裏にまわって蛇口《じゃぐち》から水を飲んだ。その間も、自動車にガソリンを入れている従業員《じゅうぎょういん》から目をはなさなかった。ガソリンを入れ終わったらすぐ、追っぱらいにくるだろう。

「いっしょに行くのは、ここまでにしとく」ガソリンスタンドのわきをするりとぬけて道路にもどったところで、ダニが言った。ダニは、最後にゴミの山に行った時に見つけた黒と白のチェックの布を、こんなに暑いのに、頭から肩《かた》まで巻《ま》きつけている。「ぼくのことを知ってる人が、このあたりには大勢いるから」

ダニはマモに道を教えた。次のくだもの屋のところで左に曲がる。せまい舗装路を行くと、右側にシンバッド・レストランという看板《かんばん》がある。そこを右に曲がって、少し行くと、右側に店がある。カウンターつきの窓《まど》が一つだけついた土壁《つちかべ》の店だ。ダニの家は、そこのちょっと先の左側。高い塀があるから見えないけれど、白い家。金属製《きんぞくせい》の門は薄い緑色に塗《ぬ》ってある。

マモはすぐ歩き出そうとしたが、ダニは急に心配になったようで、マモを引き止めた。

「ぼくのこと、言わないでよ。わかるようなことは、何も言わないでね。約束して」

「もちろん言わない。約束する」

「子守といっしょにいる小さい女の子がいたら、たぶん、ぼくの妹だから」

「わかった」

「髪《かみ》にピンクの玉っころ、つけてるかも」

「見てみるよ」

「だめ！　だれのことも、じろじろ見たりしちゃだめだからね。家も、探《さが》してるみたいな顔しないでよ」ダニはいらいらしはじめた。「疑《うたが》われちゃう。ネグシーは、知らない人がうろついてないか、いつも目を光らせてるんだから」

マモはようやく歩き出した。やきもきしすぎのダニから逃《のが》れられて、助かった。マモは周囲を物めずらしそうに見回した。こういう町並《まちな》みを見たのは、はじめてだ。くだもの屋のところに、靴《くつ》みがきの少年たちが集まっているほかは、周囲にだれもいないようだ。少年たちは、通り過ぎるマモをじろじろ見た。中の一人が、大声で冷やかした。「一ブルのお恵《めぐ》みを。お靴をみがきますから、はだしのおぼっちゃん！」

「一ブルお恵みを。お顔をみがきますから！」マモはやり返したが、バナナの皮が耳すれすれに飛んできたので、頭をかわす羽目になった。

でも少年たちの笑い声は明るい。これ以上からまれることはなさそうだ。道をさらに進んだ。肩をいからせ、こういう知らない場所でも、おどおどしているそぶりは見せないように気をつけた。

ここだ！　ダニが言っていたピンクとブルーの看板がある角だ。少し先に小さい店がある。マモはどうしたものか、迷《まよ》った。どう切り出したらいいか、考えていなかった。近寄って、カウンターのむこうにいる人に、この先に住んでいる病気の女の人はどうしてますか、って聞けばいいんだろうか？　理由を聞かれたらどうしよう？

考える時間をかせごうと、マモはぶらぶら歩いて店を通り過ぎ、白くて長い塀と緑の大きな門の方に進んだ。あれだな。あれがダニの家なんだ。

門の扉《とびら》が一方だけ少し開いていた。中が見たくて、歩く速度をゆるめた。マモの口があんぐり開いた。まるで宮殿《きゅうでん》だ！　鉢植《はちう》えの花に縁取られた広い階段《かいだん》が、柱と柱の間を通ってガラスの玄関《げんかん》ドアまで続いている。玄関の両側には、たくさんの窓がある。木立と砂利《じゃり》を敷きつめた車の通り道、芝生《しばふ》、窓の下の色とりどりの花。

こんな家だったのか、とマモは思った。

あきれたと言おうか、たまげたと言おうか、どぎまぎしてしまう。ダニは、どうしてこんなところから逃《に》げ出《だ》したんだろう。頭がおかしくなったとしか思えない。

とつぜんカーキ色の作業服を着た老人が門から出てきて、マモをしげしげと見た。

「何しに来た？　何をじろじろ見てる？」

「別に」マモは口ごもりながら、あとずさった。「ちょっとその……」

「とっとと行け！」老人はどなりつけ、大きな音を立てて門を閉《し》めた。

マモは、店の方にのろのろと引き返した。親切そうな顔をしたおばさんが、小さな窓のむこうに立ち、身を乗り出して、カウンターの上にお菓子《かし》の袋《ふくろ》を並べている。おばさんは、マモの汚《きたな》いはだしの足を見たとたん、けわしい目つきになった。でもマモはひるまずに立ち止まり、おばさんに愛想《あいそ》よく笑いかけた。

「なんだい？」おばさんが大声で言った。

「水を一杯《ぱい》、もらえませんか？」マモはていねいに言ってから、あわてて、物乞《ものご》いの決まり文句をつけ加えた。「イエスさまのために」

おばさんの目がやさしくなった。おばさんがかがんで、カウンターの下のタンクから水を汲《く》む間、マモは窓からはなれておとなしく立っていた。おばさんがコップを手わたしてくれた。マモは、もう喉《のど》はかわいていなかったが、その水を一気に飲み、小声でお礼を言いながらコップを返した。

「ここに何しに来たの？」おばさんが聞いた。「見たことない顔だけど」

ある計画がマモの頭にひらめいた。

「聖《せい》ラファエル教会を探しているんだけど。この近くでしょう？」

「聖ラファエル？　ちがうだろ。聖ガブリエルなら、そんなに遠くないよ。この道をずっと行った、つき当たり。坂をかなり上るけどさ」

「そこだと思う。聖ガブリエル教会」マモはうなずいた。「あの奥《おく》さん、聖ラファエルって言った気がするけど、まちがえたんだね」

「どこの奥さん？」おばさんが身を乗り出した。よほど、うわさ話が好きなんだろう。こんな静かなところでは、それも仕方ない。

「この近くに住んでる人」マモは、うまくいったぞ、とほくそえんだ。「車で通りかかって、おれの病気の母ちゃんにって、お金をくれたんだ。すっごく親切な人。でも、その人も、病気だった。だいじょうぶですかって聞いたら、外国に行って手術するって言ってた。だから、奥さんが好きな教会で、お祈《いの》りしてあげるって約束したんだ。聖ラファエルって言った気がするけど、ガブリエルだったんだね」

この話に、おばさんが心を動かされたのがはっきりわかった。気の毒にねえ、と言わんばかりにため息をついた。

「ああ、それならルースさまだよ。かわいそうな人でね」

「ルースさま！　そう、そういう名前だった」マモは、熱心すぎると思われないように気をつけながら言った。

「あの人じゃあ、お祈りも役に立たないだろうね」おばさんは首をふっている。「この世では、少なくとも」

「そっか」この時はじめて、マモは自分の役目がどんなに大事なものか、気づいた。今までは、ダニの母ちゃんは、物語に出てくる人のようなものだった。それが今、本当の人になった。「じゃあ、もう亡くなったってこと？」

おばさんは口ごもった。ドキッとさせてやりたいけれど、本当のところはどうなっているのか、よくわからないのだ。おばさんの心はゆれていた。

「亡くなったんだと思うよ」おばさんがやっと言った。「家がごたごたしてるもの。何かあったんだよ。ゼニさんってのは、あそこのメイドで、あたしと仲よしなんだ。そのゼニさんが、だれにも言わない約束なんだけどって言って、教えてくれたけど、ご主人のパウロスさまが毎日、雷《かみなり》さまみたいな顔してどっかに出かけてくんだって。どうやら息子《むすこ》のことらしい。あたしだって、そのくらいはわかるよ。あの子は、もう長いこと見かけないもの。ルースさまが、かわいそうに、手術するって出かけてからこっち、何もかもおかしくなっちまった。でも、なんか別のことが、きのうになって起きたのさ。一日じゅう、人の出入りが激《はげ》しかったんだよ。ほとんどみんな、喪服《もふく》を着てた。屋敷じゅうがザワザワしてね。そうなると、それっきゃ考えられない、だろ？」

「たぶんね」と言った時、ガチャンという甲高《かんだか》い音がしたので、マモはふり返った。薄緑色の門が大きく開き、ぴかぴかにみがいた黒塗りの大型車が門を出て、こっちに向かってくる。マモは後ろに下がって、車をやり過ごそうとした。運転手のすぐ後ろの席に、男の人がすわっている。マモはぱりっとした黒っぽい背広《せびろ》、ワイシャツに黒いネクタイを身につけたその人が、マモの目をじろっと見た。車はそのまま、砂《すな》ぼこりを巻き上げ、小石をはね上げながら、マモの前を通り過ぎていった。

アト・パウロスの怒《いか》りは刻々《こっこく》と変化していた。はじめは、なんてやつだとむっとする程度《ていど》だったが、しまいには、怒り心頭に発した。しかし時間がたってもダニの足取りがまったくつかめず、さすがに心配になってきた。

アト・パウロスは、これまでも人並みの恐怖《きょうふ》は感じながら生きてきた。子どものころは、きびしい父親を恐《おそ》れていたし、若《わか》いころは、エチオピアに革命《かくめい》と戦争の嵐《あらし》が吹き荒れた時代で、いつもびくびくしながら暮らしていた。兵隊に行ってからは、すさまじい恐怖を味わった。すぐ横で部下が木《こ》っ端《ぱ》みじんに吹き飛ばされるのを目の当たりにし、次は自分が死ぬ番だと思ったことも何度かある。

でも今の恐怖は別で、もっと悪かった。アト・パウロスは妻《つま》のことが気になって仕方ない。死んでしまうのではないかと恐れているわけではなかった。手術は完璧《かんぺき》にうまくいったそうだから。恐れているのは、ダニがいなくなったのを知った妻に、監督不行き届《かんとくふゆとど》きをなじられ、愛想をつかされることだった。

もちろんアト・パウロスは、だれから見ても一家の主だし、ルースは夫に素直《すなお》にしたがう妻に見えた。でも実際は、大事なことになると、特にダニのことになると、いつもルースは自分のやり方を貫《つらぬ》いた。アト・パウロスは、ルースがダニを甘《あま》やかしているのに気づいていたが、どういうわけか、やめさせることができずにいた。やることなすこと、裏目に出てしまう。ダニを叱《しか》ると、父をこわがって母のふところに逃げこんでしまう。

「あなたはダニにきびしすぎるわよ」ルースは涙《なみだ》を浮《う》かべて、夫に抗議《こうぎ》した。

ルースが帰ってきて、愛する息子がいなくなったことを知ったら、忽然《こつぜん》と姿を消してしまったと知ったら――アト・パウロスは目をつぶり、ゴクリと唾《つば》を飲みこんだ。考えるだけでぞっとする。わかればなあ！　あのばか息子が何をやらかすか読めればなあ！

それにしても、ダニはいったいどうしたのだろう？　それが問題なのだ。足を向けるとしたら、それはどこか？

アト・パウロスは、はじめは慎重《しんちょう》に、そのうちやみくもに、思いつくままに片端《かたはし》から聞いて回った。電話をしたり、じきじき会いに行くこともあった。何かあったようだねと、うわさになっているのもわかっている。電話をかけてきて、問題は解決したかと聞いてくる人もいた。今のところは、うまく取りつくろっているが、もう何週間もたっている。それなのにダニの行方はまだ何もわからない。

だいじょうぶ。アト・パウロスは何度も自分に言い聞かせた。ダニはだれかといっしょにいるさ。路上をうろついているはずがない。そんな生活は、五分ともつまい。切羽詰《せっぱつ》まれば、すぐ家に帰ってくる。けれども、そんな気休めは、役に立たなかった。

アト・パウロスは、悪夢《あくむ》が現実になったような気分で過ごしていた。

15

ダニは立ったまま凍《こお》りついたように動けなくなった。マモが、いつになくやさしい口調で、ダニの家に大勢の弔問客《ちょうもんきゃく》が来ていたと報告したのだ。ダニは気が遠くなった。けれどもすぐに、くるりと背《せ》を向け、足早に立ち去ろうとした。それをマモが追いかけた。

「でも、ちがうかも。母ちゃんじゃないかも」マモが言った。「あのおばさん、自信のない言い方してたもん。人ちがいってこともあるだろ」

ダニは答えなかった。マモの意見なんか、どうでもよかった。ずっと恐《おそ》れていたことが、心の奥《おく》で予想していたことが、ほんとに起きたのだ。ママが死んじゃった。これで、希望のかけらもなくなってしまった。家で味方をしてくれる人は、もうだれもいない。家には二度と帰れなくなった。死ぬまで路上生活をするしかない。

「ちょっと待って」マモはダニにおくれをとらないように走るのがやっとで、息をはずませながら言った。「もう一回、見てくる。ほかの人に聞いてみるよ。まだ、そうと決まったわけじゃないんだから」

ダニが食ってかかった。

「一人にしてくんない？　じゃあね」ダニはそう言うと、肩《かた》をすぼめ、車で渋滞《じゅうたい》している道を横切って行ってしまった。マモは歩道に突《つ》っ立《た》って、なすすべもなく、去っていくダニを見つめた。

ダニはふり返らなかった。歩いている道も、のろのろ運転で通り過ぎる車も、すれちがう人も、ほとんど目に入らない。ただひたすら、一人になれる場所を見つけたかった。こわれた塀《へい》の陰《かげ》でも地面の穴《あな》でもかまわない、とにかく隠《かく》れたい。そこに閉《と》じこもって、何も考えないでいたいのだ。

すぐに、いい場所が見つかった。教会の塀の外の、うっそうとした木の根もとだ。ダニはそこにすわりこみ、長いことじっと膝《ひざ》をかかえていた。

ダニがいつもの居場所《いばしょ》にもどったのは、夕方になってからだった。みんなはもう、何があったのかマモから知らされていた。舌打《したう》ちし、首をふり、店の裏《うら》のゴミの中から拾ってきたくだものを差し出して、同情してくれたが、事の重大さがよくわからず、すぐにほかの話題に移《うつ》っていった。愛し愛される母さんの味を知っている子はだれもいない。母さんがいたとしても、とっくのむかしにいなくなって、何も覚えていないのだ。

その晩《ばん》、シューズの顔の傷《きず》につける薬をもらいに慈善《じぜん》病院まで遠出したあとは、みんないつもの居場所でおとなしくしていた。マモもずっとダニのそばにいた。ダニはあいかわらず、ぼーっとしていた。とつぜんふりかかった不幸が、まだよく飲みこめないのだ。まわりのことにまで気がまわらない。

「ねえ」マモがダニの腕《うで》に手を置いて言った。「父ちゃんに会いに行ってみたら？　行ってみろよ。父ちゃんも悲しみに暮《く》れてるから、やさしくしてくれるんじゃないかな。息子《むすこ》だろ？　そんならさ」

　とたんに、ダニの目に、映画《えいが》のシーンのような情景が浮《う》かび上《あ》がった——緑色の金属の門がさっと開き、どっしりとした立派《りっぱ》な家が目の前に現れる。メゼレットがゼニの手をふりほどき、ダニのところに走ってきて、膝のあたりにまとわりつく。パパが玄関《げんかん》から出てきて、階段《かいだん》をおりてくる。

　行こうと思えば行けるんだ、とダニは思った。行ってみようか？　行こう！

　ところが、映画のようなシーンはまだ続いていて、パパの後ろにだれかいるのが見えた。パパのすぐ後ろに、フェイサルが立っている。こともあろうに、フェイサルがまだ家にいて、ジグジガに連れていこうと待ちかまえている。それに、パパの顔つきがさっきよりはっきり見えた。目をぎらぎらさせ、怒《いか》りで口をゆがめ、いきりたっている。あの怒《いか》り狂《くる》ったパパの顔よりは、どんなことでも、まだましだ。どんなことでも。ここの暮らしだって。

　気づくと幻《まぼろし》は消えていた。

　パパの息子だからって、それがどうかした？　ダニは胸《むね》がきりきりと痛《いた》んだ。パパは息子だからって大事になんかしてくれない。パパにとって、ぼくはほんの虫けら。軽蔑《けいべつ》されてるもん。日はとっぷり暮れ、冷たい夜の空気がただよってきた。ダニはふるえていた。寒くて。悲しくて。

「ねえ、ちょっとスーリを抱《だ》いてて」マモが子犬をダニの腕にわたした。「飲み水を手に入れてくるから」

子犬はクンクン鳴きながら、ダニの手をなめた。ぼーっとしながら、ダニはふかふかの黄色い毛をなでた。今晩はもう、あれこれ考えるのをやめよう。きっと悪い夢《ゆめ》を見ているだけなんだ。朝になれば、何もかも変わっているかもしれない。

それから数日、ふさぎこんでいるダニもさすがに、ギャング仲間の空気が変わったのに気づいた。最初のうちは、どの子もダニを気づかって、あれこれ質問して困《こま》らせることもなかったし、食べ物も分け前より多くくれるほどだった。けれども次第に、そんな特別あつかいに不満がくすぶりはじめた。

バッファローが文句を言い出した。ほかの子が物乞《ものご》いに出かけるお昼過ぎから夕方まで、ずっと居場所にうずくまっているダニが、食べ物をもらうなんて、おかしいじゃないか。ゲタチューも何度か小声で、トゲのある言葉を吐《は》いた。ダニは、ミリオンまでもが困ったな、という顔で自分を見ているのに気づいた。シューズだけは、ぽつんと空想の世界にはまっていて、何も感じていないらしい。

マモがいっしょうけんめい、味方になってくれている。みんなの不満からかばい、口論がはじまると弁解してくれる。けれども、不満や口論があるのは、まぎれもない事実。ダニにも自分がお荷物になっているのがよくわかった。じゅうぶんな働きをしていないもの。仲間になってすぐ、グループのみんなに服を配ったが、もう何週間も食べ物をもらい、守ってもらっているのだから、そんなものはとっくに帳消しになっている。すぐにも自分の役目を果たし、みんなの役に立たなければ、追い出されてしまう。

でも物乞いなんてできないよ、とダニは思った。知り合いに会うかもしれない。そうしたらつかまってしまう。それに、物乞いをするには、まだ太りすぎている。どっちにしても、物乞いはできない。無理だ。

ダニは、やっかいな事が起きた時のくせで、今回もまじめに考えるのを先のばしにした。

みんなが物乞いに出はらったある朝、ダニは壁《かべ》にぐったりと身をあずけながら、また世話を任されたスーリを見つめていた。ここのところみるみる大きくなってきたスーリは、居場所のむこうの荒《あ》れ地《ち》からにょっきり飛び出した木の根っこと格闘《かくとう》していた。骨《ほね》とまちがえているのだ。いっしょうけんめい引っかいたおかげで、土や小石が掘《ほ》り返《かえ》された。それに混《ま》じって、何やら青くて細長いものが光っている。ダニは立って見に行った。スーリが掘り当てたのは、ボールペンだった。拾い上げてみると、泥《どろ》まみれだが、インクはまだたっぷり入っている。

書けるだろうか。

ダニはゴミの山で見つけたノートをまだ持っていた。汚《きたな》らしくなったジャンパーの内ポケットに入れたままだ。なぜ捨《す》てずにいるのかわからない。ページが折れたり、しわになったり、端《はし》がくるくる曲がったりしているが、どうしても捨てる気になれなかった。

ダニはそのノートを取り出し、ボールペンの泥をこすり取って、書いてみた。はじめは書けなかった。でも強くこするようにボールペンを動かしているうちに、急にインクが出て、ページいっぱいに青い円がくるくる書けた。

ダニは腰《こし》をおろした。ものを書くのはほんとうにひさしぶりで、文字を忘《わす》れてしまったかと思ったが、膝の上に平らにノートを置き、しわの寄《よ》った表紙をのばし、思いっきりていねいな字で「ダニエル・パウロス」と書いてみた。すると自然に手が動きはじめた。最初の白いページを開き、「おそろしいハイエナ」と書き、その下に線を引いた。

この物語を二度目に話したときのことは、ありありと覚えている。カラテが死ぬ前の晩だった。みんなをすっかりとりこにした。どの子も話に聞き入っていた。うまく話せた。とてもじょうずにできた。

ダニは一瞬《いっしゅん》、目を閉じ、道路にあふれかえっている騒音《そうおん》を閉《し》め出《だ》した。それから書きはじめた。

何時間も書き続け、乱雑《らんざつ》な大きい字でページを埋《う》めていった。なんて気分がいいんだろう！ ぼくも、できることをしてるじゃん。それもじょうずに。

もう少しで全部書き終える、という時に、みんなが帰ってきた。みんな疲《つか》れて不きげんな顔をしている。

「スーリはどこ？」マモが聞いた。

ダニは、あてもなく見回した。

「今までここにいたけど」

何時間もスーリを見ていないのが、いささか後ろめたい。マモが心配顔で、スーリを探《さが》しに行った。ミリオンがバッファローに、コインを一つかみ、にぎらせた。

「パンを買ってきて」ミリオンが言った。「それがあり金のすべて。あまり買えないな」

ほどなくバッファローが小さなロールパンを三個持《こ》って帰ってきた。ミリオンはそれをちぎって、まずゲタチューに、それからバッファローとシューズにわたし、残りは一かけらになった。ダニはノートを閉じて、みんなのところに行き、腰をおろしたが、ダニに目をくれる子はだれもいなかった。ダニはミリオンに手を差し出した。バッファローにひじ鉄を食らわされ、ダニはころびそうになった。

「なんで、おまえがもらえるわけ？」バッファローが言った。

ダニは唇《くちびる》をかんで、おずおずと引き下がった。

そこにマモがもどってきた。ひどく怒《おこ》っているようだ。

「めちゃ遠くにいってたぞ、スーリは。肉屋の近くまで」とダニをなじった。「自動車に轢《ひ》かれたかもしんないだろ」

「ごめんね」ダニが小声で言った。

「おまえは一日じゅう、ほかに何一つしてないんだからさ、スーリのめんどうくらい見ろよな」

「ほかに何一つ？」ゲタチューがからかった。「いっしょうけんめい勉強してたぜ、おれたちのかわいい王子さまは。ノートに何か書いちゃってさ」ゲタチューは身を乗り出してダニからノートを奪《うば》い、ページを開いた。書いてあるものを見て、眉《まゆ》を寄せた。「この下手くそな字を書いてたのか、じゃあ？」

ゲタチューはダニが書いた題名の下に指を置き、一字ずつ指さしながら読み上げた。「お・

そ・ろ・し・い・ハ・イ・エ・ナ」

「おもしろかったな、あの話」シューズがうっとりしながら言った。「おれのお気に入り」

「こんなもん、なんの役に立つ？」ミリオンが、ゲタチューからノートを取り上げながら言った。

「おれたち、おまえを養《やしな》うために、一日じゅうかけずりまわってるわけじゃない。それなのに、おまえときたら、すわりこんで物語なんか書いて」

ミリオンはノートを高く掲《かか》げて、引《ひ》き裂《さ》こうとした。

「だめ！　やめて！」ダニがさけんだ。ダニの頭に、あるアイディアがひらめいた。ばかげているかもしれない。でも、せっかく書いた物語を救うには、これしかない。「書いたページを切り取って、売れば？　物語を売れば、ってこと」

ミリオンはノートをにぎりしめ、今まさに引き裂こうとしているところだったが、その手を止めた。

「こんなもん、買う人はいない」

「ためしてよ」緊張《きんちょう》のあまり、ダニの足が靴《くつ》の中で縮《ちぢ》こまった。「お願い、ミリオン、ためすだけでいいから」

ミリオンがダニを見つめた。それから鼻先で笑いながら、ノートをダニに投げて返した。ダニは、ゆっくりていねいに、物語が書いてあるページを破《やぶ》り取《と》った。

「バッファローに売ってもらおうか」ミリオンが言った。

バッファローが顔をしかめた。ダニは目をつぶった。バッファローじゃあ、せっかくの計画が台無しになる。売れないふりをして、ぼくのせいにする。そうしたら、今までよりもっとまずいことになる。

「おれに貸して」マモが言った。「おれが、やってみる」

マモはまだダニのことを怒っていたので、ダニと目を合わせることはなかったが、ダニの手から破り取ったページを受け取ると、再び闇《やみ》の中に消えた。

ダニはほかの子からはなれたところに移動した。緊張で体がこわばっている。それにしても突《とつ》然《ぜん》、崖《がけ》っぷちに追いこまれてしまった。成功《せいこう》か失敗か。ギャング仲間にとどまるか、出ていくか。二つに一つ。じわりと汗《あせ》がにじみ出た。立ち上がって歩き回りたかったが、じっとこらえてすわっていた。スーリをしっかり抱きしめながら、今度こそ、マモを裏切らないようにしようと、自分に言い聞かせた。

ほんの二十分ほどで、マモがもどってきた。ミリオンの手にお金を押《お》しこみながら、ダニに笑顔を向けた。

「二ブルだよ、見て、ミリオン。ちゃんと二ブルあるから」

ティグストは、アディスアベバにもどったのが、いやでたまらなかった。店の仕事をこなしている時も、ヤスミンのきげんをとりながら世話をしている時も、一日じゅう、アワッサのことばかり考えていた。アワッサでは、何もかもステキだった。町の人たちに笑顔が絶《た》えなかった。花も木も、ずっと生き生きして美しかったし、道路もずっと清潔《せいけつ》で、空気も新鮮《しんせん》だった。食べ物までおいしかった。ティグストが思《おも》い浮《う》かべるアワッサは、金色の光に満ちあふれる町と決まっていた。太陽が、毎朝かならずのぼると決まっているように。

ところがここアディスときたら。店の奥《おく》にマットが一枚《まい》あてがわれているだけだ。それと、持ち物を置いておける小さな棚《たな》。しかもそれは、だれでも入ってこられる場所に置いてある。朝から晩まで、働きづめの毎日。

サルマとくつろげるような場所もない。サルマがいない。友だちもいないし、いっしょに話したり笑ったりできる相手もいない。ヤコブのことを知っている人もいないのだ。

店の様子も、以前とはちがっていた。ファリダーおばさんがアワッサに行っている間、店を任されていた、おばさんの義理の弟が、いまだに店を牛耳《ぎゅうじ》ろうとしていて、みんなに目を光らせ、しょっちゅう小言を言っていた。

そんな暮らしぶりではあったが、ティグストは不幸せではなかった。昼間も、そして夜、マットの上で暗闇をじっと見上げている時も、ヤコブのことを考えるだけで心にぽっと灯《ひ》がともった。心の中で、二人で交わした最後のやりとりを何度も何度もくり返した。燃えるような目で長いこと見つめ合った時の気持ちを、ありありと思い出しながら。

「聞きたいことがあったんだけど――」とヤコブ。「まだ無理だ――だろ?――自分の店を持つまでは」

ヤコブから、結婚したいとはっきり言われたことは、一度もない。けれどもティグストには、ヤコブがそのつもりだということは、わかっていた。心の底から確信《かくしん》していた。

ヤコブがとなりの家の電話番号を書いてくれた紙切れは、何度も取り出してはにぎりしめていたので、もう読めなくなっていた。でもだいじょうぶ。くり返し見ていたので、もう覚えてしまった。少しでも不安になったり、さびしくなったりすると、いつもその番号を口の中で唱えていた。お守りのようなものだった。元気がもらえる不思議なお守り。

ティグストは、思い通りにいかない時に備えて、将来《しょうらい》の夢は、あまり考えないようにしていた。あれこれ計画を立てると、その分、失望も大きくなる。そうは言っても、なかなか自分を押さえきれるものではない。バラ色の幻が、たびたび浮かんだ。ヤコブといっしょにいる自分。やさしくて強い人に守ってもらっている自分。こぎれいな家で好きなものに囲まれて暮らしている自分。

アディスアベバにもどった直後の数日は、とてもいそがしかったので、マモを探すことなど考える余裕《よゆう》もなかった。けれども数時間の外出がゆるされるとすぐに、こっそりハンナーおばさんのところに行ってみた。

「気の毒だけど、マモはとんと見かけない。なんの音沙汰《おとさた》もないわねえ」とハンナーおばさんが言った。「せっかく来たんだから、ちょっと入って、あんたの近況《きんきょう》を聞かせて」

ハンナーおばさんの家で過ごした午後は、とても楽しかった。アワッサのことを話したり、顔を赤らめながらヤコブというボーイフレンドができたことを打ち明けたり。その間、マモのことは忘れていられた。けれども店にもどると、またマモのことが気になった。

マモが行きそうなところはどこだろう。こんなふうにいなくなるとは、どうにも腑《ふ》に落ちない。

それも、あたしがファリダーおばさんのところに働きに行ったその日に、なんの手がかりも残さず消えてしまうなんて。

ティグストは、マモがよく少年たちとたむろしていたあたりに行ってみた。新しい顔ぶれの子どもたちが、うろうろしている。その中に一人だけ、知っている顔があった。ぼさぼさ頭におがくずをつけた、小柄《こがら》な少年だ。ペンキを売っている店に入ろうとして、中のお客さんたちが出てくるのを待っている。

ティグストは少年のところに行った。

「こんにちは。あなた、ウォルクでしょ?」

少年はぽかんとした顔でティグストを見つめた。

「あたし、マモのお姉ちゃん」

「ああ」

「アワッサに行ってたの」マモと聞いて、少年が一瞬、さげすんだ目つきになったのに気づき、ティグストは用心した。「マモと連絡《れんらく》が取れないの。どこにいるか、知らない?」

「マモ?」少年は肩をすくめた。「ずっといなかったけど、もどってきたよ。路上で暮らしてる。マモにもマモの仲間にも、あんまり会ってないんだ。おれ、仕事してる。父ちゃんと家具屋で」

少年は、ティグストが感心ね、とほめてくれるのを待つように、言葉を切った。「父ちゃんが、ああいう子たちと遊ぶなって言うから。でもマモなら、あのあたりにいるよ」少年は顎《あご》で、坂の下を示した。「ミリオンのギャングの仲間になってる」

「ギャングの仲間ですって？」ティグストは口をあんぐり開けた。まさかマモは、犯罪者《はんざいしゃ》になったんじゃないでしょうね。

少年は店の中をのぞきこみ、早くティグストと別れたがっているのがわかった。

「もしマモを見かけたら」ティグストがあわてて言《い》い添《そ》えた。「姉ちゃんがアディスにもどってるって伝えてくれない？　ティグストがもどったって。ファリダーおばさんのところにいるって」

「わかった」少年が言った。「もし見かけたらね」

少年は今が逃《に》げ出《だ》すチャンスとばかり、客でごった返している店の中にかけこみ、人をかきわけてカウンターの方に行った。

ティグストは、ファリダーおばさんの家にのろのろともどっていった。マモは路上で暮らしてるんだ！　ゴダナになったってことだわ！　底の底まで落ちた人間！

ティグストは、わけもなく気がとがめた。でも、マモにしてやれることは何もなかった。それに、もしマモがあたしに助けを求めているのなら、家出なんかすべきじゃなかった。

ティグストがもどってみると、ファリダーおばさんの義理の弟にあたるモハメッドが、店の入り口に立っていた。

「こんな時間まで、どこに行ってた？」モハメッドが言った。

「前に住んでた家の、となりの家に行ってました」ティグストがおとなしく答えた。ややこしいことにはなりなくない。「ファリダー奥さまにゆるしをもらってます」

「早く家の中に入れ。床《ゆか》のそうじをしろ」

モハメッドが入り口をふさいで立っていたので、ティグストは横をすりぬけなければならなかった。体が触《ふ》れないように、小さくなって通った。モハメッドは乱暴《らんぼう》な物言いをする一方で、ティグストがアディスにもどって以来、妙《みょう》な目で見る。いつもティグストを目で追っている。じゅうぶん、注意しなくては。

ティグストはため息をつきながら、ほうきを持ち、床そうじをはじめた。アディスでは、何もかもややこしい。アワッサにもどれたらいいのに。


町の真ん中にくり出したゲタチューは、ウォルクにばったり出くわしていた。そのゲタチューとマモは、教会で四十日祭の儀式《ぎしき》があるらしいといううわさを聞きつけ、連れだって出かけた。その道すがら、ゲタチューはマモに、ウォルクからのことづけを伝えた。

「あ、もう少しで忘れるところだった」ゲタチューが言った。「きのう、ウォルクに会ったんだ。おまえの姉ちゃん、もどってきてるってよ。アワッサに行ってたんだって」

「ティグストが？　やっぱりアワッサに？」マモはおどろいてゲタチューを見つめた。「何してたんだろう、そんなとこで？」

「知るもんか。とにかく、もどってきて、だれかの店で働いてるってさ。なんて店か、ウォルクは言ってなかったけど」

「ファリダーおばさんちだ、きっと」

マモは、ティグストのことは忘れかけていた。ばかげた話だが、マモはティグストに裏切られた気がしていた。あんなふうに出ていってしまうなんて。それで、ティグストのことは、頭から閉め出していた。それが急に、ここにもどってきているという。すぐ近くにいると思うと、矢も楯《たて》もたまらなくなった。

「教会には、先に行ってて」マモが言った。「あとから行くから」

ファリダーおばさんの家は遠かった。はじめ、マモは飛ぶように走った。人やロバや自転車の間をすりぬけながら、道路の端をひた走った。店の近くまで来てようやく、速度をゆるめた。最後の角を曲がると、店が見えた。気のきいた緑色の日よけが張り出している店だ。足の悪い少年が、糊《のり》のきいた作業着姿《すがた》で、店の前に出したくだものの台に寄りかかっている。それを見て、マモは立ち止まった。

ティグストに会ったら、どんな気持ちになるんだろう。ずいぶんひさしぶりだし、いろんなことがあったもの。ティグストは、仕事も何もかも、うまくいってるんだろうな。それにひきかえ、おれはぼろをまとった汚い物乞いになっちまった。

ティグストに、人間のくずって思われそう。

マモはもう少しで後ろ向きになって帰りそうになったが、急に、古くて粗末《そまつ》な小屋でむかえた最後の朝のことを思い出した。ティグストは起き出して、朝ごはんを置いといてくれたっけ。

「ティグストは、まだおれの姉ちゃんじゃないか」マモは思った。「ずっとめんどうを見てくれた姉ちゃん」

心臓《しんぞう》がドキドキしはじめた。道路を横切り、店までの二百メートルを歩いた。

作業着の少年はまだくだもの台に寄りかかっている。

「は？　何？」マモが近づくと、少年が顎を上げた。

「ティグストはいる？　もどってるって聞いたけど」

マモは小声で話した。前に来た時、追っぱらわれた、あの不きげんな男がまた出てくるかもしれない。

「中にいるよ」少年が店の中を指した。

マモは動かなかった。店に入っていくだけの度胸《どきょう》がない。あかぬけていて、清潔すぎて、入れない。

少年はマモの気持ちを察したようだ。もたれていた台から身を起こすと、階段を上っていった。

「ティグスト！　だれか訪《たず》ねてきてるよ」

ティグストが店から飛び出してきた。待ちかねていたと言わんばかりにうれしそうな顔をしている。マモを見て、がっかりした顔になったが、背がのびて、ぼろをまとっているものの、目の前にいるのが弟だとわかったとたん、おどろいて息をのんだ。

「マモ！」

ティグストはちらっと後ろを確かめると、マモの腕をつかみ、店の陰《かげ》に引っぱっていった。

二人は立ったまま、見つめ合った。

「どうしたの？　どういうこと？　いったいどこに行ってたの？」

それはティグストの、愛情まるだしの、なつかしい声だった。でも、ぐさりと心に突きささる声でもあった。マモは、その声を信じて裏切られたのだ。

「どこにいたかって？」マモが苦々しげに言った。「どこにいたか、教えてあげる」

マモは、ぽつぽつと、かいつまんで話した。ティグストに話すのは、思ったよりつらかった。今にも泣き出しそうだった。涙《なみだ》をぬぐったり、袖《そで》で鼻みずをふいたりしながら、つっかえつっかえ話した。ティグストは聞いて、おどろいて、あれこれ質問して、首をふった。でもマモは、どんなにさびしくて、こわくて、みじめだったか、姉ちゃんには半分もわかってない、と思った。

「あんたがどこに行ったかなんて、あたしに、わかるわけないでしょ？」マモが話し終えた時、ティグストは弁解がましく言った。「それにどっちみち、あたしには手の打ちようがなかったわ」

二人は見つめ合った。二人とも途方《とほう》にくれ、気持ちがさっぱりかみ合わない二人になってしまったのを、ひしひし感じた。

「ウォルクに聞いたけど、ギャングの一員なんですってね」ティグストが切り出した。マモは、ティグストの非難《ひなん》がましい声に、いらだった。

「そんなんじゃないもん。ただの仲間。助け合ってるだけ」

「住む場所もあるのね、それじゃあ？　寝《ね》る場所も」

マモは答えにつまった。本当のことなどとても言えない。

「うん」

「でも仕事はしてないんでしょ。どうやって暮らしてるの？」

「みんなでなんとかやってる」

ティグストは聞いていないようだ。

「なんなの、この格好は！」ティグストはマモの服の汚《よご》れた袖に触れて言った。

「あとで着がえるよ」

マモはひどい身なりにはじめて気づいたように、自分を見おろした。

「少しお金があるの」ティグストが言った。「ためたのよ、お給料から。困ってるなら、少しあげられる」

マモは、誇《ほこ》りを傷つけられた気がしたのと、はずかしいのとで、かっとなった。

「だから言っただろ。だいじょうぶだって」

くだもの売りの少年の頭が、家の角にひょいと見えた。

「あんたのこと、探してるよ」少年が言った。「ファリダー奥さんが」

「行かなくちゃ」ティグストは身を乗り出して、あわただしくマモを抱きしめた。

「マモに会えたなんて、おどろいた。よかったわ。ずっと心配し通しだったんだから。もう二度と、消えたりしないでね。どこに行けば、あんたをつかまえられる？」

「だめだね。無理だよ」マモはしどろもどろになった。「動きまわってるから。もう心配しなくていいからさ。元気だもん。またすぐ来るから、きっと」

16

ダニが書いた物語をマモが売ってきた時から、ギャングの中でダニの立場が変わった。ミリオンがすぐに、これはものになりそうなアイディアだと乗り気になったのだ。翌朝《よくあさ》、みんながいつものように食べ物集めと物乞《ものご》いに出はらったあとも、ミリオンだけは居残《いのこ》り、ダニの様子を見ながらうろうろしていた。ダニはすわりこんで、ノートの残りのページを膝《ひざ》に広げ、ボールペンを持って新しい物語を書く準備をしている。それを見たミリオンは、スーリを遊ばせながらダニを見守った。ときどきダニの肩越《かたご》しに、どのくらい書けたかのぞきこんだり、「どうだい？」などとはげましの言葉をかけたりした。

ダニは気が散って仕方なかったが、相手はジョヴィロだ。静かにしてとか、あっちに行ってなどという失礼なことは、とても言えない。

マモは、物語を売るという思いつきがうまくいって、ダニに負《ま》けず劣《おと》らず喜んでいた。発育のおそい子が、やっと歩き出したのを喜ぶ親のような気持ちだった。おかしな組み合わせの二人だが、友情が急に深くなった。二人とも口に出しては言わないが、これまでよりはるかに強い絆《きずな》で結ばれた気がしていた。ますます信頼《しんらい》しあう仲になった。

最近のダニは連日、せっせと物語を書いている。マモは、ティグストに会って以来、ダニの物語を売ることだけが楽しみになっていた。ティグストに再会して、絶望《ぜつぼう》のどん底に突《つ》き落《お》とされたのだ。それまでは心のどこかで、ティグストを探《さが》し出《だ》しさえすれば、もと通りの生活にもどれると思っていた。ティグストが住む場所を決めて、めんどうを見てくれるだろうと。それなのに、二人はもう、そんな間柄《あいだがら》ではなくなったのがよくわかった。ティグストにはティグストの暮《く》らしがある。マモが入りこむ場所なんてないのだ。

それがどうかした？　マモは、自分が腹立《はらだ》たしかった。どうってこともないじゃないか？　ティグストの助けなんかいらない。自分でちゃんとやってるんだから。

けれども本当は、みじめではずかしかった。ティグストがマモを見た時の顔は、思い出したくもない。汚《きたな》い身なりをねめまわし、物乞いの卑《いや》しさを嗅《か》ぎとった顔だった。

もうティグストには会わないでおこう。こんな生活からぬけ出すまでは。

マモが元気づくのは、ダニの物語を売っている時だった。ほかの子たちは、売るのが下手くそだ。買いそうもない人の鼻先で物語をパタパタふって見せるだけしか能がない。それも長続きしなくて、すぐあきらめてしまう。でもマモは、おれってセールスマンの才能があるよな、と思いはじめていた。こういうものを買いたがるのは、ごく一部の人だけなのだ。その人たちを見つけなければ。

まもなく、売るなら大学だ、と気がついた。大学の人たちなら、本をたくさん読む。ダニの物語も喜ばれるかもしれない。

その通りだった。少し時間がかかることもあったが、ほとんど毎日、少なくとも二部は売れた。

マモは毎朝、ダニの物語を小わきにかかえて坂を上り、シディストキロの大学に出かけて行った。売りこむ相手は慎重《しんちょう》に選んだ。外国人に声をかけても意味がない。アムハラ語が読めないのだから。かといって学生はお金がないから、こんな物語を買う気はない。第一、学生は友だち以外には目もくれない。いちばん見こみがありそうなのは、眼鏡《めがね》をかけた中年の教師か教授《きょうじゅ》たちだ。本やファイルをわきにかかえ、立派《りっぱ》な石造りの門をくぐって大学の広大な敷地《しきち》に入っていったり出てきたりする。

そういう人たちは、マモが大学の門の外でうろうろしていると、立ち止まってくれることがある。目を落として数行読み、にっこり笑ってポケットに手を入れ、端《はし》が丸まったブル紙幣《しへい》を二、三枚《まい》わたすと、彫刻《ちょうこく》のついたアーチ型の門から静かな芝生《しばふ》の構内に歩いていく。そのとちゅうで早くもダニが書いた物語を読み出し、クックッと笑ったりする。マモは買ってくれた人が大木の林と灰色《はいいろ》の石塀《いしべい》にはさまれた小道に入って見えなくなるまで、満足そうに見送った。

マモは物語を売るたびに自信をつけ、将来《しょうらい》を夢《ゆめ》見ることもできるようになった。いつか行商ができるかもしれない。きれいな小箱に入ったチューインガムやタバコを売り歩いている少年たちのように。そうしてお金をためたら、もっといい仕事について、それから……。

けれども、いつもの居場所《いばしょ》にもどり、ミリオンが差し出す手にお金をわたしたとたん、そんな夢はかき消えた。ギャング仲間の一員でしかないと思い知らされるのだ。一人で商売を広げられるわけがない。仲間に助けてもらわなければ、何もできないのだから。

大学の校門前は引き続きよく売れた。ここで物語を売るようになって数日たったある日、門を出入りする人にきびしい目を光らせている門番たちの、堪忍袋《かんにんぶくろ》の緒《お》が切れた。マモに向かって、どいた、どいたとどなりつけ、なぐりかからんばかりに拳《こぶし》をふり上げてきた。でもマモはたいして困《こま》らなかった。ただの脅《おど》しだとわかっている。しばらく遠慮《えんりょ》しておいて、また来れば、たぶん見て見ぬふりをしてくれるだろう。どうせここでは、見こみのありそうな人にはみんな売ってしまった。別の物語を期待して立ち止まってくれるまでには、しばらく時間がかかるだろう。

ほかの場所で売ってみよう。

マモはゆっくりと校門からはなれた。この町で、読書好きの人がいるのは、ここだけではない。金持ちの子どもたちが行く大きな学校もいくつかある。そういう学校の先生は、大学教授ほど裕《ゆう》福《ふく》ではないかもしれないが、ためしてみるのも悪くない。

そうだ、いつもの居場所にもどるとちゅうに、大きな学校がある。ちょうど午後も半ばだから、いいタイミングだ。一日の授業を終えた生徒や先生たちが、校門から出てくるころだ。

小走りで坂をくだり、その学校に着くと、ちょうど少年たちの下校がはじまり、紺《こん》の制服がずらっと列をなして門から出てくるところだった。元気な笑い声が響《ひび》く。押《お》しくらまんじゅうをする子、待っている車に飛び乗る子、さっさと坂をおりていく子。

わー、かっこいい。マモは内心、うらやましかった。

マモは首をかしげた。ダニもああいう子の仲間だったんだよね。それなのに何もかもほっぽり出すなんて。家でよっぽどひどい目にあったんだろうな。

でもいいさ。たしかにダニがしたことは、ふざけてる。でも今のダニは、少なくともあの子たちみたいに弱っちくない。しっかりしたよ、ダニは。

そんなことを考えていたら、売れ残っている本のことを、忘《わす》れそうになった。ちょうど先生たちが出てくるところだ。ひとかたまりになって歩いている。マモはかけ寄った。売りこむための口上なら、お手のものだ。

「へい、物語はいかが、おもしろい物語。王さまと乞食女《こじきおんな》のお話。わくわく、ドキドキの結末。ほら、どうぞ。おもしろいのなんの。お願いします、マリアさまのために。今日、食べるものがないんです。母ちゃんはいません。父ちゃんは死にました。イエスさまのために……」

これじゃあ、だめだ。ただの物乞いと同じ、つまらない口上になってる。これじゃあ、だれの心にも響かない。通りかかる先生たちにも、さっぱり受けない。見向きもされない。

また二人に無視《むし》された。どっと流れ出てきていた生徒たちも、まばらになってきた。マモはさらに熱心に続けた。大人めがけて次々と、無視されてもお構《かま》いなく、ダニの物語を鼻先につきつけた。

門番が重い門を閉《し》めはじめ、もうあきらめて帰ろうとしたその時、最後の一人が校門から出てきた。背《せ》の低い、なりふりかまわない様子の男の人だ。ゆるめたネクタイをなびかせ、大きなおなかの上でシャツのボタンがはじけ飛びそうになっている。男の人は道ばたに立って、タクシーを呼《よ》び止《と》めようと腕《うで》を上げている。

「書き上げたばかりの物語、ほら」マモは男に走り寄った。

男は、いらん、いらんというように手をふったが、マモは食い下がった。

「おもしろいお話。王さまと乞食女の物語。わくわくしっぱなし。たったの三ブル」

男の人がにこっとした。

「三ブル？　そりゃないだろう。相手をよく見ろ」

「じゃあ二ブル」マモは勢いこんで言った。買ってくれそうだ。

その時、男がふる手に応えて、タクシーが道の端に寄ってきた。

「一ブル五十」マモは必死だった。

男はポケットに手をつっこんで、一ブル紙幣《しへい》と小銭《こぜに》を数枚つかみ出し、マモにわたした。

「文学活動にアプローチする新しい事業は、大いに奨励《しょうれい》すべきだね」男はこう言うと、物語を受け取り、タクシーに飛び乗った。

マモはお金を数えた。一ブル八十セントあった。これでよし。マモはお金をポケットに入れると、坂をくだっていった。でもまだ居場所にもどる必要はない。ＣＤ《シーディー》ショップに行って、流れてくる音楽を聞こうかな。音楽なんて、ずっと聞いてないもん。

ちっぽけなＣＤショップに近づくにつれ、わくわくしてきた。ＣＤショップとは言っても、トタンで囲った小屋で、ペンキで書いてドアにかけただけの看板《かんばん》が、今にも落っこちそうになっている。屋根に取りつけたラウドスピーカーから流れる音楽は、ガーガーと雑音《ざつおん》だらけだが、それでもかっこいい。

ボブ・マーリーだ！　店からは、マモが大好きなボブ・マーリーが流れている。よく知っている声！　角を曲がって坂を上ってくる荷物満載《まんさい》のトラックやバスの音にかき消されそうになっているが、やっぱりぞくぞくする。

マモはうれしくて、笑い出しそうだった。もともと大好きな曲だが、ダニに歌詞《かし》の意味を教えてもらったら、余計、好きになった。

ハーハー息を切らせながら、慣れない英語の歌詞を、それらしくまねて口ずさんでみた。でも、一番好きなコーラスのところだけは、目をつぶって、空をあおぎながら、正確《せいかく》に歌った。数か月前に、大空の下で、ハイルとヨハンネスに聞かせた時のように。

「ウィー　アー　ザ　サバイバーズ！　ザ　ブラック　サバイバーズ！」

コーラスの部分が終わった。マモは目を開けた。店の主人が小屋の入り口に立ち、にこにこしながらマモを見ている。

「だれかと思ったら。いい声してるね。なかなかいい」店主が言った。「そんな声は、めったに聞けない」

マモは、頰《ほお》を紅潮《こうちょう》させ、顔いっぱいの笑顔で、その場をはなれた。咳《せき》ばらいをして、もう一度、歌ってみた。今度はスピーカーからの歌声なしだから、おとなしい声で歌った。

こんなことも仕事になるかな？　歌が？　歌ったら、だれかお金をはらってくれるだろうか？

夢《ゆめ》はふくらむし、ポケットにはダニの物語を売ったお金はあるし、マモはもう長いこと味わったことのない幸せな気分になれた。

アト・メスフィンは、ダニのアムハラ語の先生だ。そのメスフィン先生が、タクシーの後部座《ざ》席《せき》で、手にした紙の束《たば》を見おろしていた。びっしりと文字が書きこんである。

「おや、この字には見覚えがあるぞ」メスフィン先生がつぶやいた。「ダニエル・パウロスの字じゃないか、これは。いったいぜんたいなぜ、あんな宿無しっ子がこれを持っていたんだろう？」

メスフィン先生は窓《まど》の外にうつろな目を向けた。タクシーは混雑《こんざつ》する交差点にさしかかり、警笛《けいてき》を鳴らした。

校長から、あの子の親父《おやじ》さんの計画を聞いた時は、耳を疑《うたが》ったよ。ダニエルをアディスアベバの学校から退学《たいがく》させ、ジグジガにやるなんて。ジグジガときた！　あんなところに子どもを送り出すとは、正気の沙汰《さた》かいな？

メスフィン先生はタクシーの後部で体をゆすり、楽な姿勢《しせい》になった。スプリングが効《き》かなくなった後部座席をおおっている茶色のレザーに、ひびが入っている。ダニが学校に来なくなってから、メスフィン先生はずっとさびしい思いをしていた。大勢の生徒がいても、本当の才能、のびる才能を持った子には、そうお目にかかれるもんじゃない。そこへもってくると、あのダニエル・パウロスには、そういう才能があったよなあ。

ダニエルの親父さんに会いに行った方がよさそうだ。一連の成り行きには、妙《みょう》なところが多すぎる。尋常《じんじょう》じゃあないよ、これは。

メスフィン先生は、アト・パウロスを訪《たず》ねる勇気が出なくて、二、三時間もぐずぐずしていたが、やっとその気になれた。アト・パウロスは、知る人ぞ知る気むずかし屋。強引なやり方で商売を大きくしてきたことは、アディスでは有名な話なのだ。それに、かんしゃく持ちなのも知れわたっている。みすぼらしい年老いた教師が訪ねていっても、歓迎《かんげい》されそうもない。

「ばかなまねをさせてはならん」メスフィン先生は、ボレに行くバスを待ちながらつぶやいた。

「このわたしも、腰《こし》を上げねば」

ボレ通りにある停留所《ていりゅうじょ》でバスをおりると、あたりはもう暗くなっていた。道行く人たちもまばらになってきている。靴《くつ》みがきの少年たちが交差点に面した塀沿《へいぞ》いに、ずらっと並《なら》んでいるところは、希望に満ちた若《わか》いコウノトリが列をなして止まり木にとまっているように見える。メスフィン先生は靴みがきの少年たちを手招《てまね》きした。

「一ブルで、アト・パウロスの家に案内してくれる子はいないかね？」

みんなが塀ぎわからメスフィン先生のところにかけ寄ってきた。

おれがやる！　おれが！　やらせて！

メスフィン先生は、一人を選んだ。選ばれた子は早くも先に立って歩き出し、ついてきてと合図している。

「助かった。ここまででいい」大きな緑色の門に着くと、メスフィン先生は、しわくちゃになった緑色の紙幣を一枚、少年にわたした。「いや、待っていなくていい。もどれ！」

少年は走り去った。メスフィン先生は、少年の姿《すがた》が見えなくなるまで待った。これから赤恥《あかはじ》をかかされるかもしれない。そんなところはだれにも見られたくない。

大きく息を吸《す》って、門をたたいた。間髪《かんぱつ》を入れずに門が開いた。年老いた門番が、疑い深そうな目でメスフィン先生の顔をじっと見た。よく見えないらしい目は、夜寒から身を守るために頭と肩に巻《ま》いたシャーマの陰《かげ》に、半分隠《かく》れている。

「それで？　ご用件《ようけん》は？」

「パウロス氏に会いにきたんだが」メスフィン先生は、大事な客に見えるように気をつかいながら言った。

「アト・パウロスはそちらさんをご存《ぞん》じで？　お約束《やくそく》は？」

「約束はない、だが……」

「とあらば、面会は無理ですな」ネグシーが言った。「こんなおそくに、人を訪ねるもんじゃありませんぞ」ネグシーは門を閉めかけている。

「待ってくれ！」と言った時にはもう、門は閉《と》ざされていた。「ご子息のことで来たと伝えてもらいたい」

門が細く開いた。そのすき間から、ネグシーじいさんがメスフィン先生をじっと見た。

「ここでお待ちを」ややあってから言い残し、ネグシーは足を引きずりながら、煌々《こうこう》と明かりがついている玄関に向かった。

まもなく玄関《げんかん》のドアが開き、アト・パウロスが階段《かいだん》を走りおりてきた。

「ちょっと待ってくれ！」アト・パウロスが大声で言った。「どなたです？　ダニエルの消息を知らせにきてくださったと、ネグシーが言ってるが」

メスフィン先生はアト・パウロスを見つめた。道で会ったら、たぶんわからないだろう。すっかり面《おも》やつれしているし、いばりくさってするどかったはずの目は、藁《わら》をもつかもうとすがりついてくる。メスフィン先生は、準備してきたせりふを忘れてしまった。この様子では、心配がずばり正しかったことになる。確かにおかしい。何か恐《おそ》ろしいことが起きているにちがいない。アト・パウロスの顔には苦悩《くのう》の色が浮《う》かんでいる。

「それが」メスフィン先生が切り出した。「消息と言えるのかどうか、わからんのですが、こういう物語がありましてね。この手書きの文字を見て、はっとしたわけです。お見せすべきと思ったもんで」

「物語？　ダニエルの手書きの文字ですと？　それはご親切に。さあ、どうぞ。中で話を聞かせてください」

メスフィン先生はアト・パウロスに導かれ、広々とした居間に通された。壁《かべ》ぎわに豪華《ごうか》な椅子《いす》がずらりと並んでいる。その一つにすわった。

「どれどれ」と言いながら、アト・パウロスが手を出した。「見せていただきましょうか」

メスフィン先生はマモから買った物語を取り出し、アト・パウロスにわたした。それに目を落として、アト・パウロスの手が、ぶるぶるふるえ出した。

「これを、どこで？」アト・パウロスがささやくように言った。

「校門を出たところで、宿無しっ子に買わされました。実はわたしは、ダニエルにアムハラ語を教えてるメスフィンです」

「そうでした。思い出しました」

アト・パウロスは手にしたページにじっと目を落としている。

「何があったんです？」メスフィン先生がそっと聞いた。みんなをこわがらせているアト・パウロスが、しょげかえっているのはおどろきだった。「ダニエルがいなくなったんですな？　逃《に》げ出《だ》したんですか？」

「ええ、もう何週間も前に。あらゆるところを探したんですが。もう万策《ばんさく》つきました」

「すると、ダニエルをジグジガにはやらなかったんですね？」

アト・パウロスが身ぶるいした。

「ええ。実は、いろいろいきさつがありまして。まあ、一杯《ぱい》いかがです？」

アト・パウロスは話し続けた。二か月前だったら、このしわだらけの老教師には、せいぜいあいさつくらいしかしなかったろう。それがおどろいたことに、今、洗《あら》いざらい胸《むね》のうちをさらけ出している。ダニエルにはずっといらいらさせられてきたこと、妻がダニエルを甘《あま》やかすのをなんとかやめさせようと努力したこと、フェイサルにたのんでジグジガにやる計画を立てていたこと、息子《むすこ》は自分を恐れて家出したのだとわかり愕然《がくぜん》としていること、ダニエルが無事かどうか心配でたまらないこと。

思いの丈《たけ》をやっと話すことができて、胸のつかえが少しおりた。

メスフィン先生は小首をかしげたまま、口をはさまずに聞いていた。ときどき、お気持ちはわかりますよ、というようにため息をついた。

「では、ダニエルは路上で暮らしているかもしれないと、お考えなんですね」アト・パウロスがようやく言葉を切ったすきに、メスフィン先生が言った。

アト・パウロスはうなずいた。

「どう判断《はんだん》すべきか、わからなかったんですが、今これを見て――そうですよ、これが何よりの証拠《しょうこ》じゃありませんか。あの子が生きていることが、これではじめてわかりました。わたしは――その、わたしは、これを持ってきてくださって、心から感謝《かんしゃ》しています。問題は、これからどうすべきかってことです」

メスフィン先生は、早くも立ち上がりかけている。

「ダニエルを探さにゃ。当然でしょう」

「探すったって、どこを？　どうやって？」

アト・パウロスは柄《がら》にもなく途方《とほう》にくれた顔をしている。

「まあ、見ててください」メスフィン先生はもうドアに向かって歩き出した。「自動車をお持ちですね。自動車を使えばずっと楽だ」

アト・パウロスは夕食やレセプションの行き帰りに、夜のアディスアベバをたびたび自動車で通っていた。日が暮れるとたちまち、道路は閑散《かんさん》としてしまう。たまに寒さ対策で着ぶくれした人が、だれもいない歩道を小走りで通る程度だ。アト・パウロスはこれまで、薄汚《うすよご》れた毛布にくるまった人影《ひとかげ》が、都会のビルの壁沿いに横たわっているのに気を止めたことなど、一度もなかった。それが今夜は、メスフィン先生を助手席にすわらせて走りながら、首をのばして、ゴダナが眠《ねむ》っている場所を見つけようとしている。

町の中心に入っていく前に、メスフィン先生は安いレストランの前で車を止めてもらい、インジェラとくだものを買った。

「やつらを起こして質問するなら、何か見返りをやらんことには」メスフィン先生が言いにくそうに言った。今夜の相棒《あいぼう》は何をするかわからない。寝ている集団を見つけたとたん、つかつかと歩み寄ってゆり起こし、息子の消息を詰問《きつもん》するかもしれない。

おどろいたことに、アト・パウロスは忠告《ちゅうこく》を素直《すなお》に受け入れ、メスフィン先生の指図にしたがった。二人は車を止めては、寝《ね》ている一団にそっと近づいた。メスフィン先生が小さく咳《せき》ばらいをして起こし、眠そうな顔の人たちに食べ物を手わたしていく。メスフィン先生だと気づいて、名前を呼んであいさつする人もいる。こうしてたがいに気持ちが通じ合った時だけ、メスフィン先生はアト・パウロスに質問をゆるした。

眠っている一団から一団へと移動《いどう》するにつれ、アト・パウロスの口数が少なくなった。

「先生は経験者ですな、こういう人探しは?」眠りこけている七番目の一団を見たあと、アト・パウロスが言った。「何人か、知ってる顔もおありのようで」

メスフィン先生が、その通りという咳ばらいをした。

「家内に死なれて、わたしは――なんと言ったらいいか――神さまのおかげで、これまで生きてこられたんだって、しみじみ思いましてね。神さまのお恵《めぐ》みがなかったら、わたしもまた、ああいう連中の仲間になっていたかもしれんのです」

メスフィン先生はアト・パウロスがどんな顔をしているか、ちらっと見たが、アト・パウロスは何も言わなかった。

自動車にもどりかけた時、ダニエルの消息を聞いてまわった中の一人が、呼び止めた。「メスフィン先生！」

メスフィン先生はその男のところに行った。しゃがんで男と話している。それをアト・パウロスはじっと見つめていた。

「何を話してたんです？」メスフィン先生が車にもどると、アト・パウロスが待ちかねて聞いた。

メスフィン先生は顔をくもらせている。

「ダニエルを探しているのは、どこのだれなのか、見つけてどうしようとしているのか、知りたがってました」

「そいつ、何か知ってるはずだ！」

アト・パウロスは、眠っている一団の所にすぐ引き返そうとした。

「だめだ！」メスフィン先生がアト・パウロスの袖《そで》をつかんだ。「知っていたところで、何も教えてはくれませんぞ。ダニエルがつかまりたくないと思っているなら、やつらはダニエルを守り通しますからね」

「守るだと？　ふん！」一瞬《いっしゅん》、アト・パウロスの悪いくせが出た。「金さえはらえば、守るもへったくれもないはずだ。わたしが金を出すと言ってきてくれ」

「そこまでおっしゃるなら、言ってきますよ」メスフィン先生が不満顔で言った。「ですが……」

「ですがの次はなんだ？」アト・パウロスがどなった。

「そんなやり方で、ダニエルを見つけ出して、それでいいんですかな？」メスフィン先生が遠慮《えんりょ》がちに言った。「だれかにダニエルを裏切《うらぎ》らせるようなやり方で？　ダニエルは、そんなあなたのところに、もどってくる気になりますか？」

「まちがいなく、あの子は家に帰りたがっている！　こんなみじめな生活の方を選ぶやつがどこにいる？　わたしが言って聞かせれば——つまり、ゆるしてやる、またやり直せる、追試も受けられるし、ジグジガにもやらないと言ってやれば……」

そこまで言って、アト・パウロスは肩《かた》を落とした。言葉通りにうまくいくか、自信がなくなったようだ。

「そうかんたんにいきますかな」メスフィン先生がおだやかに言った。「ああいうことがあったあとだ、すんなりいい関係になれるかどうか。実はわたしは、ダニエルって子は、たいしたやつだと見直してるんですよ。わたしたちが考えていたより、はるかに見どころがあるんじゃないかって」

17

ティグストはだんだん心配になってきた。アディスアベバに帰ってきて、もう数週間になるのに、ヤコブからはなんの連絡《れんらく》もなかった。手紙を待っているわけではない（ティグストは字を読むのが苦手なことをヤコブは知っているだろうから）。でも、ことづけくらいはあると思っていた。友だちでもいい、アワッサからアディスに出てくる人にたのめば、伝えに来てくれるだろうに。

――ヤコブがハローと言ってたよ、とか。

なんの音沙汰《おとさた》もないなんて考えもしなかったわ、とティグストは気をもんだ。ヤコブは愛してくれている。それはまちがいない。いつかあたしたちは結婚《けっこん》するのだ、ヤコブが言っていたように。

でも、あたしのことなんか、忘《わす》れかけているのかもしれない。ほかの女の子に出会ったんだろうか。もっときれいで、もっとかしこい子に。

女の子ならだれだって、ヤコブのような男性を放ってはおかないもの。ヤコブをたよってはいけない。これからは、自分一人でうまくやっていかなくちゃ。

でも、うまくやっていくのは、これまで以上にむずかしくなっていた。ファリダーおばさんは店を義理の弟に任せることが多くなり、その分、ヤスミンに目をかけるようになっていた。

「ヤスミンは、愛する夫が残してくれた、たった一つの宝物《たからもの》だもの」そんなことを言いながら、ヤスミンに新しいドレスを着せて友だちに見せびらかした。「なにしろあの人は、ヤスミンを猫《ねこ》かわいがりしてたからね」

「まさか、とんでもない」ティグストは唇《くちびる》をかみながら思った。ハミドおじさんが、娘《むすめ》をかわいがっているところなんて、見たこともない。ティグストを呼《よ》びつけて弱々しい声で、ヤスミンがやかましくてかなわんから中庭に連れ出してくれ、と言ったことも二、三度ある。

ファリダーおばさんが当てにならないのは、ずっと前に悟《さと》っていた。やさしい時は、いいおばさんだが、ひとたび思いこむと、やっかいなことになる。

ここ一、二週間、マモが現れてからこっち、また意地が悪くなっている。おばさんは、マモが来た時のことを義理の弟から聞いていた。義理の弟は、ティグストが店をぬけ出し、店の陰《かげ》でマモと話しこみ、そのあとマモが立ち去ったのを、しっかり見ていた。

「ああいう連中には、店のまわりをうろつかないでもらいたいんだよ」おばさんがティグストに言った。「お客が寄《よ》りつきゃしない」

「でも、あたしの弟なんですよ！」ティグストは怒《いか》りがこみ上げて、さけんだ。「あの子のせいじゃありません、たとえあの子が……」

「わたしに口ごたえするのかい？」ファリダーおばさんが冷たく言い放った。「いいかい、言っておくよ、何様のつもりか知らないが、あんたに代わってこの仕事をやりたい人は、山のようにいるんだからね」

「わかりました、奥《おく》さま。申しわけありません、奥さま」ティグストは頭を垂《た》れて言った。おばさんがきげんを損《そこ》ねている時は、おばさんじゃない。奥さまと呼ぶにかぎる。

けれども本当に悪いのは、おばさんの義理の弟。悪いのはおばさんの義理の弟。店を一人で取り仕切って、ファリダーおばさんをのけ者にするので、おばさんはおもしろくないのだ。

ティグストは、この男が大きらいだった。できるだけ顔を合わせないようにしていたが、いつも追い回してくる。ほんの些細《ささい》な失敗を見とがめて、つべこべ難《なん》くせをつける。そのくせ、つきまとい、ティグストが一人と見るや、キスしようとする。

ファリダーおばさんが見とがめて、義理の弟をつかまえて注意してくれたこともあるが、その時のおばさんの表情から、悪いのはティグストだろうが、と思っているのが見てとれた。ティグストは、男をそそのかしたりはしていない、近づかないでほしいと思っているくらいだと釈明《しゃくめい》したが、ファリダーおばさんはティグストと視線《しせん》を合わせないようにしながら、「あんたの態度《たいど》次第だよ、ティグスト、あんたの生き方の問題。でも、はっきり言っとくが、あんたの母さんのまねはしない方がいいよ」と言った。

「あそこまで言うなんて、あんまりだ」その夜、ティグストはかたいマットの上でいつまでも寝《ね》つけなかった。「ねえ、ヤコブ、どうして約束《やくそく》通り来てくれないの？　いつになったら再会できるの？」

真《ま》っ暗闇《くらやみ》の中、近くでガサゴソ音がした。こわくて、手足に鳥肌《とりはだ》が立った。まさか、あの男じゃないよね。あの恐《おそ》ろしい男が、まわりにだれもいないのをいいことに、暗闇の中をしのび寄《よ》ってきたらどうしよう。

音がやんだ。またはじまった。ティグストは胸《むね》をなでおろした。ネズミだった。なーんだ。

でもあの男は、やってくる。今晩《こんばん》か、あしたにも。逃《に》げるのは無理だ。あの男に何かされたら、ヤコブはもう、愛してくれないだろう。

それを思うとぞっとして、かえって勇気がわいた。

行動を起こそう。朝になったらヤコブに電話しよう。助けが必要なら電話するようにと言ってくれたんだから。今こそ、助けが必要なんだから。

ティグストは、しっかり覚えている大事な電話番号を口ずさんだ。それを子守歌がわりに、ようやく眠《ねむ》りについた。

ティグストは、今日こそという思いで目を覚《さ》ました。起き上がってマットを片《かた》づけ、髪《かみ》をとかして顔を洗《あら》った。それから、こっそりお金をためている箱を引っぱり出し、小銭《こぜに》を取り出した。そっとふり返って、だれかに見られていないか、あとをつけて来る人はいないかを確《たし》かめてから、店をぬけ出し、角を曲がったところにある公衆《こうしゅう》電話まで走った。

電話をかけたことは一度か二度しかないので、やり方を思い出すのに手間取った。でもようやく、ふるえる手で番号を押《お》し、受話器を耳に押しつけて、はるか遠くのアワッサでベルが鳴っているのを示すブザーの音を聞いた。

「アベットゥ《もしもし》？」

変な声がした。男の声なのか女の声なのかわからない。

「ヤコブは」ティグストがおずおずと言った。「ヤコブはいますか?」

「アベットゥ?」同じ声が言った。

「ヤコブ!」ティグストが声を大きくして言った。「ヤコブと話したいんです」

「ヤコブは、いない」声が言った。

「いいえ、となりの家にいます。そこのおとなりに住んでます」ティグストはゆっくり、はっきり話した。相手は事情を知らないのだ。

「だから」声が少しいらだっている。「ヤコブはここにはもういない。アワッサにはいない。行っちまったから」

ティグストの胸にずしりと重いものがのしかかり、それがぐんぐん重みを増《ま》した。

「どこに行ったんですか?」ティグストが声を荒《あら》らげた。

「アディスにいる。先週、アディスに行っちまった。聞こえてるかね?」

ティグストは頭が真っ白になった。突《つ》っ立《た》ったまま受話器をにぎりしめているが、相手の声などもう耳に入らない。ヤコブがいないなんて! 一週間も前からアディスにいるというのに、会いに来てもくれないなんて!

ヤコブはあたしのことを忘れてしまったんだ。ヤコブの話はみんなただの冗談《じょうだん》。本気ではなかったんだ。

ティグストは受話器をもどし、店の方にのろのろと引き返した。いたんだ舗装《ほそう》に足を取られてつまずいた。どこに向かって歩いているのかもわからない。急に世の終わりが来たような気がした。

この先、どうしよう？　このまま店にいたら、いずれあの恐ろしい男の求めに応じなければならなくなる。でも出ていったところで、行く当てはどこにもない。路上暮《ろじょうぐ》らしになるのが落ちだ、マモのように。でなければ――でなければ母さんがやっていたことをするか。

思わずティグストの足が止まり、道の真ん中に立ちつくした。すぐわきを、仕事に向かう人たちがひっきりなしに急ぎ足で通り過ぎていく。

「ティグスト！　見つけたぞ！　とうとう！」

ティグストが目を上げた。するとヤコブがいた！　ヤコブがいる！　すぐ目の前に立ち、ティグストを見おろし、おずおずと両手を差し出している。ティグストが喜んでいるのかいないのか、確信《かくしん》が持てないらしい。

一瞬《いっしゅん》、ティグストは、これは夢《ゆめ》だと思った。でもちがう、ヤコブがちゃんといる。本物のヤコブが。その手から、かすかに石けんのにおいがただよってくるし、空気を通して体のぬくもりまで伝わってくる。

「まあ！　まあ！」ティグストはそれだけ言うと、どっと涙《なみだ》にくれた。

ヤコブが腕《うで》をとってくれたのがわかる。そのままヤコブについて歩道を歩き、やがて、二人は食堂のカウンターにすわった。ヤコブが紅茶《こうちゃ》をたのんでいる。

「仕事におくれちゃう」と言ってから、ティグストは、もう働かなくていいのなら、気にすることもないと気がついた。

「さびしかった？　ぼくのこと考えていてくれた？」ヤコブは、こう言うのが精いっぱいだった。

「ずーっと。毎日」

「ぼくも。待ってたのに、電話をくれないんだもの」

「かけたわ！　たった今。公衆電話からもどるところだったの。おとなりの人から、あなたは先週からアディスにいるって聞かされて」

少し恨《うら》みがましい口調になった。

ヤコブが笑った。

「本当にうまくいくのか、確かめておきたかったんだ」ヤコブが言った。「これから話すけど、新しい計画があってね。それに、きみが働いている店が見つからなかったんだ。きみを探《さが》して、歩きまくったよ。ミセス・ファリダーの店と言っても、だれも知らないみたいで。でも、ぼくのかわいいティグストに会えて、ほんとによかった！」

ティグストは、「ぼくのかわいいティグスト」と呼ばれたことにうっとりして、あとの話はそっちのけだった。

「従兄《いとこ》のところに泊《と》まってる。彼《かれ》、アディスに店を出したんだ。デブレゼイト通りに。建設機材の店。水道の蛇口《じゃぐち》とかパイプとか、設備の整った家を建てるのに必要なものはみんなそろってる。従兄から、電気関係を強化するのに、ぼくを雇《やと》いたいと言われてね。とてもいいやつなんだ、従兄は。きみも好きになると思う。先週、アワッサのぼくのところに電話をかけてきてね。商売の手を広げるにあたって、ぼくのことを思い出したって言うんだ。おまえ、電気のことにくわしいだろって。とにかく家族か親戚《しんせき》といっしょにやりたいそうだ。それで店の様子を見かたがた、くわしい話を聞こうと思ってアディスに来たってわけ。素晴《すば》らしい店なんだ。何もかもそろってる。すぐにはじめるよ！　それでどうなるか、わかるかい？　一、二年して、すべてが順調でお金がたまれば、そしてきみもファリダーおばさんのところでもらう給料をためれば、ぼくたち、結婚できるってわけだ！　自分たちの家も持てる！　なんだ、なんだ、また泣《な》くのかい？　どうして？　心変わりしたんじゃないよね？　ぼくと結婚したくないのかい？」

「もちろん、もちろん、結婚したいわ！」ティグストは、紅茶が入ったコップをにぎりしめた。やけどしそうに熱いのにも気づかずに。「あなたに、どんなに来てほしかったか。そうよ、あなたは何もまだ知らないのよね」

ティグストは、店でどんな暮らしをしているか、ファリダーおばさんの義理の弟がどんな男か、いっしょうけんめい話した。

「それから弟に会えたの。でも、それが——弟は……」

そこまでしか言えなかった。マモがストリート・チルドレンになって、しかもギャングの仲間だとわかったら、ヤコブはいや気がさして、はなれていくだろう。

ヤコブはマモのことなど、どうでもよかった。

「それで、店のその男、きみを触《さわ》ったりしたのか？」ヤコブが聞いた。怒りで歯を食いしばっているのだろう。顎《あご》の筋肉《きんにく》が盛《も》り上《あ》がっている。

「いいえ、そんなことは」あの男にキスされそうになったことまでは打ち明ける勇気がない。

「でも急に、目の前に姿《すがた》を現したり、あたしが一人になるようにし向けたりするの。それにこっちを見るあの目つきときたら……」

「今度、そいつがそんなことしたら、歯をへし折って喉《のど》に押しこんでやる」

いつもおだやかなヤコブが、こんなすさまじい形相《ぎょうそう》をするとは、信じられなかった。肩《かた》をいからせている。

「そいつ、きみがひとりぼっちで、だれも守ってくれる人がいないと思ってるんだな？　すぐに思い知らせてやる」

ティグストは、ようやく熱いコップから手を引っこめ、わきの下で冷やした。うれしくて、そわそわしながら。

ヤコブはしかめっ面《つら》で、テーブルにかかっている花柄《はながら》のビニールクロスを見おろしている。

「従兄との仕事がどうなるか、見きわめる必要がある」ヤコブが言った。「きみさえよければ、当分はファリダーおばさんのところで働いてもらおうかと思ってた。でもそういうことだとなあ……」

「あなたが来てくれたんだもの。もうだいじょうぶ」ティグストは言った。ああいう恐ろしいことはもう二度と起きないだろう。ティグストは手をのばして、ヤコブの腕にやさしく置いた。それをヤコブの手が包みこむと、あたたかいものがティグストの体に広がった。

「様子を見よう」ヤコブがまた言った。「商売が従兄の計画通りに大きくなったら、店の手伝いが必要になる。食事のことも考えなくちゃ。ぼくら、独身《どくしん》男二人だろ——めんどうを見てもらわなくちゃ。たぶん、それほど長くはかからない」

ヤコブがティグストに、にこっと笑いかけた。アディスに来たヤコブは、アワッサにいる時より自信に満ちているように見える。内気なところや、まごまごしたところが、すっかりなくなっている。

「できることなら、きみとあしたにも結婚したいな」ヤコブがティグストの顎の先をつまみながら言った。

「あたしは、あなたと今ここで結婚したいわ」ティグストがうわずった声で言った。幸せで心がはちきれそうだった。

18

マモも、ギャングの中でダニの立場が変わったことに、ごく自然に気づいた。ダニは、のけ者にされ、じゃま者あつかいされていたというのに、今では、かけがえのない仲間として大切にされている。文章がじょうずで物知りのダニは、尊敬《そんけい》の的《まと》なのだ。

夜になるとダニを取り囲み、一つか二つ物語を聞くのが、ギャングの習慣になった。ミリオンが木箱を引きずってダニのところに持っていき、その上にダニをすわらせると、シャーマにくるまったグループのメンバーが、その足もとにうずくまった。

自作の物語を話す時、ダニはいつものダニではなくなる。マモはその変わり様を見るのが好きだった。登場人物に合わせ、身ぶりも巧《たく》みに、高い声や低い声を使い分ける。今では贅肉《ぜいにく》のかけらもなくなったダニ。ほかの子たちと同じように、やせて引きしまった体つきになっている。

いちばん盛《も》り上《あ》がるのは、物語が終わった時。みんなで感想を言い合ったり、わかりにくいところを直したり、文字にして売るのはどの話がいいか、意見を出し合った。売り出す作品についてミリオンとゲタチューの考えがちがって言い争いになることもあった。そしてバッファローも、いっぱしの意見を述《の》べた。シューズの反応はその時々でちがった。目を輝《かがや》かせ、息をのんで話を聞き、おかしい場面ではとびきり大きな声で笑うこともあったが、むっつりした顔で、ぽつんとはなれてすわり、物語を聞いていないように見えることもあった。

夜になってダニの話をみんなで聞くたびに、マモはカラテのことが思われて、心が痛《いた》んだ。

長い時間をかけて物語を聞いたり話し合ったりした翌朝《よくあさ》のこと、ミリオンは近くに新しくオープンしたばかりのレストランに、グループのみんなを連れて行った。土曜日だった。週末なので、町の中で残り物を探《さが》しても稼《かせ》ぎは期待できない。いちばん手っ取り早いのは、休日を満喫《まんきつ》しようとランチにくり出してくる人たちをつかまえて、物乞《ものご》いすることだ。

書くのに飽《あ》きたダニは、一日休むことにして、ほかの子たちといっしょに出かけた。まだ物乞いをする勇気はないし、知っている人に見つかっても困《こま》るので、目立たないように後ろの方にひかえ、ほかの子が働いているのを見ていた。金持ちが、物乞いする子にどんな態度《たいど》で接するか、気をつけて見ているとおもしろい。

居場所《いばしょ》を最後に出たのはマモだった。スーリをしつけている最中なのだ。毎朝、みんなできちんとたたみ、壁《かべ》ぎわに片《かた》づけておく毛布とビニールシートの番を、スーリにさせようというのだ。子犬といえども、ここ数週間でめっきり大きくなり、するどい歯はもう立派《りっぱ》な武器になる。でも、みんなで出かけるたびに、番をしているように言い聞かせるのに時間がかかった。しかもマモの姿《すがた》が見えなくなるまで、悲しそうに鳴き続ける。それでもだんだん、言いつけ通り待っていられるようになり、スーリはマモの自慢《じまん》の犬になった。

今日もマモが気長に言い聞かせると、スーリはようやく毛布の上にドサッと身を横たえ、前足の上に鼻をのせて、そんなに言うなら言いつけ通りにするわというように、やわらかいしっぽを

二、三度ふった。マモはそれを見て安心し、スーリを残して仲間のあとを追った。
一台の自動車が速度を落として近づき、レストランの前の荒《あ》れた地面に乗り入れて止まった。ギャングの仲間たちは、いち早く自動車に近づき、声をかけようと運転してきた男が出てくるのを待ちかまえた。かなり背《せ》の高い男だ。ジャケットを、さりげなくはおっている。自動車にロックしようと、前かがみになったはずみに、ゆるくはめた腕時計《うでどけい》が手首までずり落ちた。

マモは、こんな風体《ふうてい》の人をどこかで見たような気がして、男の後ろ姿を見つめた。すると男がふり向いた。頬《ほお》に長い傷跡《きずあと》がある。細長い顔。あいつだ。身の毛のよだつ恐《おそ》ろしさが、マモの全身を貫《つらぬ》いた。

男はかがんでズボンの塵《ちり》をはらうと、レストランの中に入っていった。

「あいつ！　あの男！」マモは、となりにいる子の腕を、ありったけの力でつかみながら、しわがれ声で言った。息がつまって、声にならない。

「やめろよ、がらくたキング、放せったら」ミリオンがマモの腕を押《お》しやりながら、いらついた声で言った。

「でも、メルガなんだ。おれを盗《ぬす》んで売り飛ばしたやつ」マモは、いやな思い出をふりはらうように頭をふった。「あいつなんだ」とくり返した。

マモは逃《に》げ出《だ》したかった。でも、もう一人のマモが、レストランにかけこんで、メルガをなぐり殺したがっている。

「今、入っていった男？」ミリオンが聞いた。「まちがいないのか？　あれが、少年をつかまえては売りとばす男？　ほんとに、あいつがおまえを売りとばしたんだな？」

「うん、そう！」マモは躍起《やっき》になってはねまわっている。「おれ、知ってるもん、そう言ったでしょ。ほら、自家用車まで手に入れてる。金持ちになってる！　人を売りとばしたから。ぶっ殺してやる。出てきたところを、ぶっ殺す」

ミリオンは自動車を見ながら考えこんでいる。ダニは、ミリオンがどう出るか、じっと見ていた。するとミリオンが、いたずらっぽい目をきらりと輝かせ、したり顔で目を細めた。

「おまえと、おまえ、それからおまえ」ミリオンはゲタチュー、バッファロー、シューズを指さして、大きな声で言った。「物乞いしてこい、一ブルだ。どこでもいいから、とにかく急げ！」

「今日は土曜日だぞ、ミリオン」バッファローが不平を言った。「どこに行けってのさ」

「行けったら」ミリオンがバッファローをさえぎって言った。

三人は言われるままにかけ出した。

「さあ」ミリオンがマモとダニに大声で言った。その時、もう一台、別の自動車がレストランの前に止まった。「少なくとも二ブルが必要。ここでも稼がないと」

ミリオンはいかにもあわれっぽい表情を浮《う》かべながら、自動車からおりてきた女の人におずおずと近づいた。

「おねえさん、腹《はら》ぺこで」小声で言いながら、手を差し出している。

三十分後、さっき出ていった三人がもどってきた。バッファローがミリオンに数枚《まい》のコインをわたした。

「九十セント」バッファローが言った。「それで精いっぱい」

ミリオンがコインを数えなおした。

「よし、これでいい。ゲタチュー、大至急、金物屋に行け。釘《くぎ》を一袋《ふくろ》、買ってこい」

「釘？」ゲタチューが、何言ってんの、という顔で見返した。

「その通り。行け！」

五分後にゲタチューがもどってきた。袋をミリオンにわたしたが、ハーハー言いながら、息を整えようと二つ折れになっている。

「マモ、隠《かく》れてろよ、あいつが出てきても」ミリオンが命じた。「ぜったいに顔を見られるな。ダニ、おれを手伝え。ほかのみんなは、見張ってろ。だれかが近づいてきたり、おれたちのしてることに目を止めたら、歌を歌って知らせてくれ」

「わかった。でもミリオン、何するわけ？」マモはなんだか物足りない。戦略《せんりゃく》を練ったり待《ま》ち伏《ぶ》せの準備をしたりすればいいのに、いったい何を考えているんだろう。

ミリオンは答えなかった。ミリオンはもうメルガの自動車の後ろで地面を見ている。すばやく周囲に目を走らせ、だれも見ていないのを確認《かくにん》すると、かがみこみ、右後ろのタイヤのそばに釘を並《なら》べ、釘の頭を地面に埋《う》めこんでいる。ちょうどタイヤが転がってくる場所に、釘のとがった方をスパイクのように並べようというのだ。

たちまちミリオンの計画がずばりとわかり、マモは、ざまあ見ろとばかり笑った。ミリオンは袋からさらに釘を取り出し、前の二つのタイヤにもとりかかった。五分後、ミリオンとダニは、何もなかったように自動車からはなれた。ミリオンは歩きながら、空《から》になった釘の袋をポケットにねじこんだ。

落ち着かない一時間が過ぎた。マモの手はじっとりと汗《あせ》ばみ、期待で体じゅうがぞくぞくしている。レストランのドアが開くたびに、心臓《しんぞう》がドキンとする。

「隠れてろよ」ミリオンはひそひそ声でマモに言い続けている。「ぜったい見られるな」

とうとうメルガがレストランから出てきた。笑顔でリラックスしている。どうやらたっぷり飲み、たらふく食べてきたようだ。

自動車のわきに立ち、キーを探《さぐ》っている。すぐそばで、じっと目を凝《こ》らしている少年たちには気づいていない。少年たちは、異様《いよう》に静まり返っている。

ついにメルガが自動車のドアを開け、エンジンをかけた。ギアを入れ、ブレーキをはずす。そして発進。マモはそれを勝《か》ち誇《ほこ》った気分で、じっと見ていた。予定通り、釘がタイヤのゴムにめりこみ、小気味よくブスブスという音を立てながらタイヤをこわしていく。しかも四つのタイヤを一気に。自動車は道に出る前に止まった。

ドアが開いてメルガが出てきた。前のタイヤをのぞきこみ、ブツブツ文句をたれながら、ふらつく足で自動車の後ろにまわった。スペアタイヤを探そうとトランクを開けた時、後ろのタイヤに気づいた。大きなののしり声を上げながら、自動車の反対側にまわり、そっちのタイヤも両方とも、ぺちゃんこになっているのを見た。

怒《いか》り狂《くる》った男は足もとのタイヤを思いきり蹴《け》とばしたかと思うと、次は自動車の屋根を拳《こぶし》で立て続けにたたきつけた。その形相《ぎょうそう》のこわいことといったらない。

その光景を、すぐそばのランドクルーザーの陰《かげ》から見ていたマモは、怒りをおさえきれなくなった。止めようとするミリオンの腕をすりぬけ、メルガめがけて突進《とっしん》し、メルガの目の前で止まった。それから無言で、腕組みをして立ちはだかり、背すじをのばし、精いっぱいメルガの目をにらみながら、メルガがマモだと気づくのを待った。

メルガはマモには目もくれない。気づいてもいないようだ。マモを押しのけて自動車の周囲をまわり、タイヤを一つずつ調べている。なんでこんなことになったのか、さっぱりわからないらしい。

マモは手をのばして自動車を探った。するとサイドミラーに触《ふ》れた。それをやみくもに引っぱった。

「こら、何をする?」メルガはようやく、人がいるのに気づいてさけんだ。

マモは答えなかった。今や両手を使い、思いきりひねって、サイドミラーをもぎ取った。それをメルガの怒り狂った顔の前にぶら下げて見せた。

メルガは一歩前に出て、今にもなぐりかからんばかりに腕をふり上げた。でもすぐに目の前の子がマモだと気づいたようで、たじろいであとずさりした。

「おまえ」メルガが言った。「こんなとこで何してやがる? おまえってやつは……」

マモは、答える間もなく押しのけられた。ミリオンとギャング仲間に取り囲まれ、メルガと自動車から引きはなされたのだ。

「だんな」ミリオンがメルガに猫《ねこ》なで声《ごえ》で言った。「何ごとです？　こいつが何か悪さでもしましたか？　こいつのことなら、ご心配なく。ちょっとした問題児で。こっちで引き受けますよ。自動車がどうかしましたか？　動かないんですか？」

メルガは勢いをそがれ、おとなしく近くのタイヤを指さした。

「パンクじゃないですか？」ミリオンが気の毒そうに言った。「スペアタイヤはどこです？　よければ、タイヤを取りかえるの、手伝いましょうか？」

ほかの子たちが自動車のまわりに集まってきた。

「あらら！」ゲタチューは、心配そうな声を出そうと努力していたが、ダニには、笑い出しそうになっているのがわかった。「このタイヤもつぶれてる、あれ、前のタイヤも」

「なんてこと」ミリオンがかがんで、タイヤの一つをていねいに調べている。「なんだこりゃ？ガラスの破片《はへん》かな？　ちがう、ほら、タイヤに釘がめりこんじまってる。おや、もう一本。これを見て。だれだか知らないが、不注意なやつがいるもんだ。そうだ、だんな、そこを曲がったとこに、タイヤを売ってる店がありますよ。案内しましょう。おれたち、新しいタイヤを運ぶお手伝いしますよ」ミリオンはダニを引っぱって前に出した。「これ、おれの仲間なんですが、自動車の番をさせるんで　一ブルやってください。ほかのやつらは、だんなといっしょにタイヤの店に行きますから。店のオーナーはよく知ってるんで、勉強させますよ。おれを信じて」

メルガは我《われ》に返って、フンという態度で、いばりくさった顔をとりつくろったが、マモの見るところ、ミリオンがメルガに魔法《まほう》でもかけたらしい。まごついたのか、怖《お》じ気《け》づいたのか、メルガはおとなしくポケットから一ブル札《さつ》を引っぱり出してダニにわたした。それからミリオン、バッファロー、ゲタチュー、シューズという小悪魔たちに取り囲まれ、自信なげに歩いていった。

マモは、メルガともろに向かい合ったショックでまだふるえていた。ふと見ると、ダニが手の中のお札を見おろしながら、にっこり笑っている。

「すぐにもどってくるからね」と言うなり、ダニはかけ出して道路をわたり、向かいの店に入っていった。

すぐに、太くて短いペンをにぎりしめてもどってきた。

「マジックペン」ダニはマモに言いながら、マジックのキャップをひねった。「これを消すのは、すごくたいへんだぞ」

ダニは後ろに下がり、ちょっとの間、首をかしげて自動車をながめた。画家が真っ白なキャンバスをじっと見るように。それから大きな乱暴《らんぼう》な文字を、ボンネットいっぱいに書いた。

マモの心に、ふつふつと喜びがわき起こった。

「なんて書いてるの？　なんて読むの？」

「この　男は　奴隷《どれい》商人」ダニが、書いた通り、一言ずつ区切って読んだ。「子どもたちを　盗んで　売っている」

書き終えると、ダニは後ろに下がって、出来ばえを満足そうにながめた。

「もっと書きなよ」とマモ。「自動車の横にも。こう書けば。『この男は、神さまから罰《ばつ》を受ける。逃げても、正義からは逃げられない』って」

ダニはかがんで、また書きはじめた。とうとう両方のドアも、屋根も、後ろも、フロントガラスも、黒々とした呪《のろ》いの言葉でいっぱいになった。

「急げ、もどってくるぞ」後ろの窓《まど》に最後の文字を書いているダニに、マモが言った。

二人はあわてて、近くのランドクルーザーの陰に逃げもどり、そっとのぞいて様子をうかがった。

少年たちは、それぞれタイヤをころがしながら、メルガをぴったり取り囲んで歩いてきた。メルガは不安を笑いでごまかしている。マモのところからも、額《ひたい》に玉の汗《あせ》が吹き出しているのが見える。

少年たちとメルガが自動車のところにもどってきた。メルガは、いたるところいたずら書きだらけの自動車を見るなり、少年たちの輪を逃《のが》れ、怒りの声を上げた。ミリオンとほかの子たちはもじもじしている。字が読めないのだ。それに気づいたダニは、今だとばかり、ランドクルーザーの陰から出て、つとめてさりげなく駐車場《ちゅうしゃじょう》を横切り、少年たちに近づいた。

「あれを見ろよ！」ダニは、ミリオンがよく出す浮《う》わついた、皮肉っぽい声で言った。「ちょっと後ろを向いただけなのにさ。だれかが紛《まぎ》れこんで書いちゃったんだ――ぼくじゃないからね。書いてあること、見てよ。『この　男は　奴隷商人。子どもたちを　盗んで　売っている』だって」

ほかの子たちは、はっと息をのみ、なんてやつだとばかりメルガをにらみつけた。男は見る影《かげ》もないほど真っ青になった。車からじわじわ遠ざかろうとしたものの、少年たちがミリオンの目配せにしたがって、輪を縮《ちぢ》め、男につめ寄った。

「さてさて、こっちには、なんて書いてあるのかな」ダニは、すっかり調子に乗っている。自動車のまわりをゆっくりまわりながら、字ではなくメルガの顔を見つめながら、書いてあることを声に出して読んだ。「この男は、神さまから罰を受ける。逃げても、正義からは逃げられない」

男は声にならない声をふりしぼりながら、なんとか逃げ出そうとしたが、そのたびに、立ちはだかるバッファローの厚い胸板《むないた》にはばまれた。

「まだ金をはらってもらってないぜ」ミリオンが冷酷《れいこく》な声できびしく言った。「タイヤの店に連れてってやったよな。その上、タイヤを運んでやったろうが。金をはらえ」

メルガはポケットをまさぐり、札束を引っぱり出すと、いくらあるのか確《たし》かめもせず、ミリオンの手に押しこんだ。それから、やっとのことで少年たちの輪からぬけ出し、走って逃げた。肩《かた》越《ご》しにふり返った目は、恐怖《きょうふ》と怒りに満ちていた。

ミリオンは手の中の札束を見おろした。ほかの子たちがかけ寄り、ミリオンが勘定《かんじょう》するのを見つめた。

「二十三ブルだ!」ゲタチューが口笛を吹《ふ》いた。「何に使おうか?」

ミリオンは少年たちの顔をぐるりと見回すと、欠けた前歯をのぞかせて、にやりと笑った。

「パーティーだな」

数時間後、みんなでたき火の残り火を囲んですわっている時、ダニは、こんなすてきなパーティーは生まれてはじめてだ、と思った。こんなに心の底から楽しめたパーティーも、はじめてだ。

メルガが逃げていった時、みんな有頂天《うちょうてん》になって、すぐにも、わいわいおどり出したかった。でも長いカーキ色の上着を着たレストランのドアマンが、少年たちに警戒《けいかい》の目を向けはじめたのに気づいたミリオンが、すばやく少年たちを集めてその場をあとにした。みんな飛ぶように走り、いつもの居場所にちょっと寄ってスーリと毛布をかかえると、裏道《うらみち》を通って、空《あ》き地《ち》まで逃げた。路上で危険《きけん》が迫《せま》ると、いつも逃げこむ場所だ。

勝利に酔《よ》って気が大きくなり、お金はあっという間にふっとんだ。おいしそうなインジェラと、スパイスのきいた肉と、アルコール度の強いテチのボトルと、タバコを一箱買った。ミリオンは、小枝や棒《ぼう》きれや捨《す》ててあるタイヤを集めてくるように命じた。日が暮《く》れると、集めたものに火をつけ、そのまわりでおどり、歌い、勝利の雄《お》たけびを上げた。

やがて大さわぎも一通りおさまった。たらふく食べたし、中にはほろ酔いきげんの子までいる。ダニはこれまでお酒を飲んだことはなかったが、テチがまわってくると、ちびちび飲んでみた。でも頭がぼーっとしてきたので、飲むのをやめた。この半日で、背丈《せたけ》までぐんとのびたように見えるマモは、もっと大胆《だいたん》に飲んだ。いつの間にかダニの横に来ている。ダニに寄りかかり、ダニの肩に腕をまわして、大好きな歌を次々に歌った。こんなに満たされた気持ちになるなんて、夢のようだ。ダニも、同じ幸せな気分に包まれていた。

ダニは炎《ほのお》をはさんで向かい側にすわっているほかの子たちを見た。タイヤはまだ燃えているが、火の勢いは弱くなった。そのゆらめく光が、少年たちの日焼けした顔に影をつくっている。今日は少年たちの顔が、自分の顔と同じくらい、いとおしく見える。

みんな、ぼくの兄弟だ。そう思ってから、自分で自分におどろいた。ここにいるみんなは、ほんとの家族より、もっと大事な家族なんだ。

ママが死んだと聞いてからずっと、しょげかえっていたが、今やっと、気分が晴れた。

今日はみんなで、すごいことをやらかした。夢みたいなことを。

少年たちの中で、ミリオンとバッファローがいちばん酔っぱらっていた。ミリオンはすっかり浮かれているが、バッファローはだんだん口数がすくなくなり、むっつりしている。

「あいつを見たか？　あの顔を？」ミリオンは今日の午後の出来事を、もう十回も思い返している。大声で笑い出しては、体を前後左右にゆらし、バッファローの肩をたたきながら話している。

「あの時のあいつったら……なあ、おまえ、おまえ……」ミリオンはほとんど空《から》になったテチのボトルで、炎のむこうのダニを指した。「おまえ、マジックを手に入れて、あんなこと書いちゃって。なんて書いたのか、もう一度たのむ。なんて書いたんだっけ？　発表してくれ」

ほめられたのがうれしくて、ダニは自動車に書いた言葉を大きな声で言った。

「マモもいっしょに考えたんだよ」とダニ。「神さまと正義のところ」

「正義からは逃げられない！」ボトルを飲み干《のほ》そうと頭をそらせながら、ミリオンが勝ち誇ったように言った。それから体を起こして、口をふいた。「あーあ、お前みたいに書けたらな。教養《きょうよう》のあるやつって、すごいよな、バッファロー。教育を受けると、ああいうことを思いつくんだから」

ミリオンはバッファローの背中をぽんとたたいたが、強すぎたとみえ、バッファローが前にのめった。再び頭を上げたバッファローは、ダニをにらみつけた。怒りに燃え上がった目だ。

ダニは心臓がドキンとした。すぐに、何が起きるかわかった。肩からマモの腕をふりほどき、体をこわばらせて、いつでも立ち上がれるように身構えた。

グループの雰囲気《ふんいき》ががらりと変わった。勝った喜びも、仲間同士のうちとけた気分も、泡《あわ》のように消えた。少年たちは疑《うたぐ》り深《ぶか》い目で仲間を観察し、そわそわと落ち着かない。

「やめとけ、ダニ」マモが小声で言った。「おまえには無理。おれがやる。あいつは、おれにまかせろ」

ダニは、バッファローに視線《しせん》をはわせながら、立ち上がった。けれどもバッファローの方が一瞬《いっしゅん》早かった。ダニをにらみつけ、両方の拳を胸の前にそろえて待っている。ダニは身ぶるいしながら深呼吸《しんこきゅう》した。こういう日がいつか来るのは、はじめて会った時からわかっていた。これまで、けんかを売られそうな時はいつも、バッファローを避《さ》けていた。じょうずにその場をはずしたり、マモに助けを求めたり、うまく立ちまわってミリオンに間に入ってもらったり。

でも今日は、逃げるわけにはいかない。覚悟《かくご》を決めて戦う時が来たのだ。

バッファローは酒のせいで少しよろめきながら、火のまわり歩き、ダニが待っているところまで移動してきた。

マモが、がばっと立ち上がった。

「ほっといて」ダニがマモに言った。「じゃまだからどいて」

マモはミリオンを見やった。何か言ってくれるのを期待したが、今起きていることに気づいていないような顔で、ぼんやり火を見つめている。口もとが少し笑っている。

「どけったら」ダニが肘《ひじ》でマモを押しのけた。

マモはしぶしぶわきに寄り、ゲタチューとシューズの後ろに立った。ゲタチューとシューズは、バッファローとダニがたがいに身構えているのを、はらはら、ドキドキしながら、じっと見ている。

はじめに仕掛《しか》けたのはバッファローだった。頭を低くして、強力なパンチをくり出した。ダニにとっては生まれてはじめてのなぐり合い。反射的《はんしゃてき》に飛びのいた。すぐに思い直して、右手をふり回した。それが運よく、バッファローの顎《あご》を直撃《ちょくげき》した。バッファローはよろけたが、うなり声を上げながら再びおそいかかってきた。ダニを羽交《はが》いじめにして押《お》し倒《たお》そうという魂胆《こんたん》だ。ところがダニの全身に、これまで経験したことのない力がわき起こり、筋力《きんりょく》全開。ひょいと横にかわすと、つかみかかってくるバッファローの腕にしがみつき、思いきりひねった。

見つめる少年たちは静まり返っていた。ただマモだけは、小声でダニを声援《せいえん》している。ほかに聞こえる物音は、土ぼこりをあげながら移動する二人の足音と、前へ、後ろへと取っ組み合う時のうなり声だけだ。

幸運がけんかに終止符《しゅうしふ》を打った。バッファローがダニの頭めがけてアームロックをしかけようとしてもがき、バランスをくずした瞬間に、ダニがバッファローの膝《ひざ》に足をかけた。するとダニをしめつけていた手がゆるみ、バッファローが横にゆっくり倒れはじめた。このまま行けば炎の中にもろに落ちる。ダニはぞっとした。

「あぶない！」ダニはさけびながら飛び出し、バッファローの肩に飛びつくと、ありったけの力で、バッファローの体を、くすぶっているタイヤの山の反対側にねじり倒した。

バッファローは地面にたたきつけられた。一瞬、気を失ったように横たわっていたが、やがてダニを見上げた。ダニはふらつきながら立っていた。疲《つか》れて、おどろいて、力がぬけてしまった。

バッファローの目から、怒りの炎が消えている。

「そうさ」バッファローが言った。ミリオンの言葉に殺気だち、すさまじい取っ組み合いをしたことなど忘れたような口ぶりだ。「自動車にあんな落書きするなんて、すごい思いつきだよ」

ダニはとまどった声で笑い、手を出して、バッファローを引っぱり起こした。二人は一瞬、照れくさそうに向き合った。バッファローはダニの肩をたたくと、ミリオンのとなりの、さっきまですわっていた場所にもどった。ミリオンは、バッファローが横からいなくなったのに気づきもしなかった顔をしている。

ダニは、何もかも吹っ切れた安らぎに包まれながら、赤々とした炎の芯《しん》をじっと見おろしていた。こういう場面にどれだけあこがれていたことか。不可能なことに挑戦《ちょうせん》して勝ち、チャンピオンになる自分。ヒーローになる自分。夢見ることしかできなかったなんて、思い出すだけで悲しい。それが今では、輝かしい現実になったのだ！

ダニは炎から目を上げ、もとの場所にもどっているマモのところに歩いていった。その時、目の端《はし》に、人影が二つ、こちらに向かってくるのが見えた。

「気をつけて」ダニはほかの子に警告した。「だれか来る」

いつも警官におびえている少年たちは、はっと我《われ》に返り、逃げる構えを見せたが、光の届《とど》くところまで来ている二人連れは、制服を着た警官ではなかった。最初に目に入った男は、背が低く小太りで、よれよれの服、光ったはげ頭のまわりにもじゃもじゃの白い髪。メスフィン先生じゃないか。ダニはおどろいて、さけび声を上げた。先生の後ろに目を凝らした。もう一人来ている。体をこわばらせた陰気《いんき》な人だ。心配で眠《ねむ》れず、やつれはて、一瞬、見まちがうところだった。

「パパ」ダニが小声で言った。

アト・パウロスとダニは、長いことじっと見つめ合った。二人とも、びっくりして動けない。ダニの目に映《うつ》ったのは、どうしたことか、ひとまわり小さくなり、すっかり老《ふ》けこんだパパ。ダニが恐れていたような激怒《げきど》した顔ではなく、大きな悲しみをたたえた不安げな顔だ。アト・パウロスが見ているのは、やせて、神経《しんけい》を張りつめ、野性味をおびた目つきの少年。シミだらけの、ぼろぼろの服を着ているが、大胆そうで、意気揚々《いきようよう》としている。アト・パウロスは身を乗り出して少年の目を見つめた。とうてい息子《むすこ》とは思えない、という顔で。

「ダニエル、ほんとに、おまえなのか？」最初に口を切ったのは、アト・パウロスだった。

ダニは一歩、あとずさった。息の根が止まりそうだった。

「ジグジガには行かないからね」言うことはそれしかないと思った。でもダニは、それ以上続けるのをやめた。今となっては、あんなことを悩《なや》んでいたなんて、ばかばかしい気がする。ずっとむかしのことじゃないか。はるかむかしの出来事に思える。

アト・パウロスは、ダニの言葉が聞こえなかったような顔をしている。

「こんなに長いこと、どこにいたんだ？　なぜこんなことをした？　パパがどれだけ心配したか、わからないのか？　いったい何をしでかす気だったんだ？」

パパが弱気になっていると見たのもつかの間、アト・パウロスは、以前と同じ怒りのこもった声にもどった。ダニの体は恐怖でぞくぞくした。もう一歩、あとずさった。パパの前に出るといつもコチコチになったものだが、今また、金縛《かなしば》りになりそうな気がしていた。今にも意気地なく「はい、パパ。ごめんなさい、パパ。わからないよ、パパ」と、以前の口ぐせを口走りそうだ。

その時、背後《はいご》で動く気配がした。ミリオンとバッファローが、酔っぱらっていたのはうそのように落ち着いて、ダニのところに歩み寄り、横に立った。

「つまり、おまえの父さんなのか？」ミリオンがダニに聞いた。

ダニがこっくり、うなずいた。

ミリオンが、いぶかるように、メスフィン先生を顎で指した。

「それで、あっちの人は？」

「ぼくのアムハラ語の先生」

「物語の書き方を教えてくれた先生か？」

「うん」

ミリオンはにっこり笑い、体を乗り出すと、メスフィン先生の方に手を差し出した。メスフィン先生はまじめな顔で、腰《こし》を折って握手《あくしゅ》を返した。

マモがダニの横に立ち、ゲタチューとシューズがマモに寄《よ》り添《そ》っている。ダニは、みすぼらしい身なりの仲間たちを、パパが軽蔑《けいべつ》した目で見ているのに気がついた。急にはずかしくなったが、そういう気持ちを急いでふりはらった。するとおどろいたことに、バッファローが、肩を力強く抱《だ》いてくれたのがわかった。反対側からは、マモが肘をしっかり支《ささ》えてくれている。ダニはまた元気づいて、パパを見返した。

「そんなんじゃない」ダニが言った。

「そんなんじゃないとは、どういうことだ？　なんたる答えようだ？」とアト・パウロス。でもダニには、パパが怒りながらも途方《とほう》にくれているのがわかった。

「パパ、知ってるでしょ。なぜぼくが逃げ出したか」ダニは反抗的《はんこうてき》にならないように、できるだけ冷静な声を出した。「ジグジグにやろうとしたよね。でも、ぼくは、行きたくなかったんだ」

「笑わせるな」アト・パウロスが見下げたように言った。「いくらいやだって、それだけで、こんな暮らしを選ぶはずがない」

成り行きを注意深く見守っていたミリオンが、咳《せき》ばらいをして、いかにも世慣れているように、火の中に唾《つば》を吐《は》いた。

「本人が言っているように」ミリオンが言った。「ダニは行かない、そんなところには」

アト・パウロスがミリオンに矛先《ほこさき》を向けた。

「だれだ、おまえは？　おまえには関係ない話だろうが」

「だれだ、そっちこそ？」ミリオンが反撃した。

「ダニエルの父親だ。正真正銘《しょうしんしょうめい》の父親」アト・パウロスは首に青筋を立てている。「だから礼は言うが……」

「こっちはダニのジョヴィロ」ミリオンは、毛糸の帽子《ぼうし》をかっこよくかぶり直しながら言った。

「ダニのなんだって？」

「ダニのジョヴィロ。ダニはおれの言う通りに行動する」

「ちがう、ダニは言う通りになんかしない」マモが割《わ》りこんだ。「ダニは、自分の思い通りにする。好きにできる、今はもう」

ダニは自分が、二匹《ひき》の犬が引っぱり合う骨《ほね》になったような気がした。心臓はドキドキしているが、笑顔がこぼれそうになった。少し自信もわいてきた。

メスフィン先生が、はげ頭をかいた。

「すわったらどうだね？」メスフィン先生は、近くに放り出してある木箱の方に歩きながら言った。「すわって、じっくり話し合おうや」

ミリオンは、よしとばかりうれしそうな笑顔を浮かべ、腕を大げさにまわして、もう一つの木箱を示した。

「お客さんはどうぞこちらへ」ミリオンがアト・パウロスに言った。

「ばかばかしい」アト・パウロスはぶつくさ言いながらも、空き箱に用心深く腰かけ、コートの裾《すそ》を引き寄せた。

メスフィン先生は身を乗り出し、消えそうになっている火に両手をかざしてあたためた。

「なあ、ダニエル」先生が言った。「きみが書いたものには、心底、おどろかされたよ。はっきり言わせてもらうがね、これは天下一品の物語だ」メスフィン先生は、持ってきた物語をポケットから取り出し、マモにふってみせた。「わたしにこれを売りつけたのは、たしか、そこにいるきみの友だちだった。わたしはね、とても感動したよ」

ダニはさっきから、夢の中にいるような不思議な気持ちになっていたが、急に教室のにおいをありありと思い出した。ダニは身ぶるいした。

あそこにはもどれないよ、とダニは思った。だってさ、また落第点ばっかとるに決まってるもん。

アト・パウロスが何か言いかけたが、メスフィン先生が手で止めた。

「教室にきみがいないと、なんともさびしくてね」メスフィン先生がおだやかに言った。「なにしろきみは、これまで教えた生徒の中で、とびきり作文がうまいからね。また教えたいんだよ」

ダニは先生を見上げた。

「でもほかの科目はぜんぜんだめなんだ」ダニが言った。「劣等生《れっとうせい》」

メスフィン先生がうなずいた。

「そこのところを、あれこれ考えてみたんだが。助けてあげる手だてはいろいろある。でも今すぐ学校にもどるのがいいかどうか。すぐというのは、まずいだろうね、いずれにしても」

アト・パウロスが鼻を鳴らした。

「いったいぜんたい、先生、あんたは――」

「まあ、待って」メスフィン先生が言った。それからダニに向き直った。「ほかの先生にも二、三人、相談してみたんだが。いや、きみが習った先生ではないぞ。気心が知れたほかの学校の先生たちだ。みんな、当分の間、個人指導《こじんしどう》をしてもいいと、引き受けてくれた。苦手なところを克服《こくふく》できるように、ほかの科目でも人並《ひとな》みの点が取れるようにね。半年か一年はかかるだろう。調子が出てきたら、学校にもどればいいんだから」

少年たちは火を囲んですわり、話し手から話し手に目を向けながら、一言も聞きもらすまいと耳を傾《かたむ》けていた。少年たちのその様子を見て、アト・パウロスは故郷《こきょう》の村の長老会議を思い出した。長老たちはちょうどこんな風にすわり、村人一人一人にまつわる、あらゆる事柄《ことがら》を裁《さば》いたものだ。長老会議と比べるとは、我ながらなんたること、ばかばかしいと思いながらも、長老会議に似《に》ているように思えてならなかった。

少年たちは心配顔で、視線をメスフィン先生からダニに移した。少年たちは、先生の提案《ていあん》はいったいどういうことなのか、いっしょうけんめい理解しようとしている。うらやましいような、こわいような、そんな眼差《まなざ》しだ。

ミリオンが突然《とつぜん》、ぎくしゃくした笑い声を立てた。ミリオンの自信がぐらついているのがわかる。

「さすが教養のあるやつ」ミリオンが言った。

ダニは、目の前に一本の道が開けたような気がしていた。心をそそられる明るい未来だ。ここを出て、上にのぼって進む道。でも、最初の一歩をふみ出す勇気が出ない。ふみ出すには、底《そこ》なし沼《ぬま》のような深い深い溝《みぞ》を飛び越えなければならない。もし落ちたら、決してはい上がれない底なしの溝だ。

ダニは首をふった。腕をぎゅっとつかんでいたマモの手が、ゆるんだのがわかる。

「そんな話は聞いてないぞ」アト・パウロスがメスフィン先生に食ってかかった。

「確かに。でもダニエルが自分で決めるのが一番だと思ってね」メスフィン先生は一瞬、心配そうにアト・パウロスに目をやってから、ダニに向き直った。「きみさえよければ、落ち着くまで、わたしのところで暮らしたらどうだね。空き部屋ならたくさんある、なにしろ妻が——来てくれたら、わたしもうれしい」

「とんでもない！」アト・パウロスの悲痛《ひつう》な声に、みんなはっとして顔を向けた。心の中でもがき苦しんでいるのがわかる。ダニは、パパを見つめた。こんなパパを見るのははじめてだ。怒りの表情がみるみる消え、心の中をさらけ出しているパパ。

アト・パウロスは手で目をおおった。そんなに見つめないでくれ、とでも言うように。

「たのむ、ダニエル」アト・パウロスが言った。「帰ってきておくれ。さびしくてたまらんのだ。信じられんだろうが。パパといっしょに、今から帰ろう」

ダニは、こみ上げてくるものを、ぐっとこらえた。こんな気持ちになったのははじめてだ。なんだかパパがかわいそう。パパのことが好きになったような気がする。

明るい未来に入るには、越えなければならない深い溝がまだあるが、その溝も少しずつ小さくなってきている。

「どうしよう」ダニが言った。「パパをまたがっかりさせるかも。また怒らせて、フェイサルのところにやられそう」

ミリオンが両手をふり上げた。

「ばかだな、おまえは？　おれならどうするか、手本を見せてやりたい。みんなにも聞いてみろ！」

マモを除《のぞ》いた少年たちは、うなずきながら、ダニは何をぐずぐず迷《まよ》っているんだろうというように、ひそひそ声で話しはじめた。

「ママも帰ってくるんだぞ、来週には」アト・パウロスが続けた。なりふり構わず、息子にたのみこんでいる。「おまえがいなかったら、ママはどう思う？」

「ママ？」

それまで火をじっと見おろしていたダニは、頭をはっと上げ、目の玉が飛び出さんばかりにおどろいた顔をした。

「そうだ。今日電話があってね。家に着くのは――」

「ママ、生きてるの？」

「もちろん、生きてるさ。まさか、おまえ、ばかなこと考えてたんじゃ……」

「でも、家でお葬式《そうしき》が。マモが黒い服を着た人たちを見たんだ。店のおばさんも言ってたし……」

「葬式だと？　ああ、あれは従兄《いとこ》のアセルフェッチの葬式さ。よくわかったな、葬式のことまで。

ちがうんだよ、ママは無事だ。手術は大成功《だいせいこう》でね。これまでになく、元気だそうだ」

「そう、そうだったの！」

ダニは、泥《どろ》がこびりついたズボンの膝につっぷして、肩をふるわせながらむせび泣《な》いた。それからアト・パウロスが立ち上がり、ちょっとためらってから、ダニのところに歩いていった。不器用な仕草でダニを立たせると、胸に引き寄せ、ひしと抱きしめた。


ダニがパパとメスフィン先生の間にはさまれて行ってしまうのを、マモは信じられない気持ちで見つめていた。

「マモもいっしょに行こうよ」ダニは、説得されて家に帰る決心をした時、マモに手をのばしてくれたが、マモはアト・パウロスがぎょっとした顔をしたのを見て、誘《さそ》いに乗らなかった。

ダニはそれ以上、いっしょに行こうとは言わなかった。ダニはぼーっとして、まごまごしているように見えた。自分の身に何が起きているのかさえ、飲みこめていないのだ。

ダニが行ってしまった。何もかも夢だったとでもいうように、ダニが夜の闇《やみ》に消えていなくなり、マモは呆然《ぼうぜん》としていた。あれよあれよという間の出来事だった。メルガに勝ち、すばらしいパーティーに酔《よ》いしれ、ダニがバッファローをやっつけて、すっかりいい気分になっていたと思ったら、あっという間に何もかも変わって、取り返しのつかないことになってしまった。どうにも納得《なっとく》がいかない。

マモは、燃えつきようとしている火のそばに、しゃがみこんだ。たとえようもない悲しみと孤《こ》独《どく》が体のすみずみまで広がっていくのをかみしめながら、体を前後にゆらしていた。ほかの子たちもしょげかえっている。

「ダニの親父《おやじ》さんて」ミリオンは言いかけて、すぐ口をつぐんだ。マモがミリオンを見上げた。ミリオンは唇《くちびる》の端《はし》を一方だけ上げ、次の一手を考える時の、ずるがしこそうな表情を浮《う》かべている。

「親父さんが、どうかした？」ゲタチューが、焦《こ》げた棒で火をかき立てながら言った。

「金持ちだから。おれたちに、なんかしてくれるかも。住む家をくれるとか。なんだってできるはず」

バッファローが唾を吐いた。焼けた灰《はい》がしゅっと音をたてる。

「まさか。あの親父が、おれたちに向けた目、見ただろ。おれたちのこと、人間のくずだと思ってやがる」

「ああ、でもダニがもしかして……」とゲタチュー。

「ダニが？　二度と現れるもんか」バッファローが手きびしく言った。「あいつはやっぱ、おれたちの仲間じゃなかったってこと」

「またダニの物語、聞きたいよな」シューズがしんみりと言った。両腕を胸にまわして、冷たい風から身を守っている。

「でもダニはもういない」バッファローがぴしゃりと言った。

「じゃあ、歌を聞かせてよ、マモ」シューズが言った。「めざめて生きよ、っての、歌って。どの歌かわかるよね」

「みんな、とにかく静かにしろよな。おれをほっといてくんない？」マモが吐き出すように言った。

ここにじっとすわっているなんて、耐《た》えられない。たき火の薄明《うすあ》かりから逃《のが》れるように歩き出した。ころがっている石につまずきながら、荒れた空き地を歩いて行くと、コンクリートの塀《へい》に行く手をさえぎられた。その塀にもたれてうずくまった。涙《なみだ》が鼻を伝って流れ落ちた。どいつもこいつも、いなくなっちゃって。おれはいつも置いてけぼり。信用できる人なんて、いやしない。世界じゅう探しても、一人もいない。

何か冷たいものが、手にさわった。スーリの、ぬれた鼻だった。スーリの体が、少しはなれた家からの薄明かりで、ぼんやり見える。くるりとおなかを出して、くすぐってとばかり待っている。

マモはスーリを抱き上げ、きゅっと胸に抱きしめた。スーリはマモの鼻の頭をなめた。ほんとに愛してくれるのは犬だけってことだ、とマモは思った。

スーリは鼻をクンクンいわせながら体の位置をなおし、やがてマモの腕の中にすっぽりおさまった。スーリのぬくもりを感じながら、ティグストのことを思い出した。小さいころ、ティグストはよく、おれのこと腰に乗せて連れ歩いてくれた。

もう一度、会いに行ってみよっと。そう思うと、少し元気が出た。あした行こう。だって、ティグストは、おれの姉ちゃんなんだから。

マモはいつまでも塀にもたれていた。やがて立ち上がり、かじかんだ手足をのばした。手も足も、芯まで冷えきっている。そして、みんなのところにもどった。火はもう消えていたが、灰のそばに行くと、まだ少しぬくもりが残っていた。

ダニが置いていったバッグから毛布を引っぱり出した。バッグはシミだらけでひしゃげて、見る影もなくなっているが、今夜はずっとミリオンが手もとに置いて守っている。マモはその毛布にくるまって横になり、いつまでも星空を見上げていた。眠れずに。


次の日の朝早く、ファリダーおばさんの店に行ってみると、くだものを売っている少年はいつもの場所にいなかった。マモは歩道に立って、どうしたものか迷った。ティグストを探しに店に入っていっても、意味がない。前にどなりつけてきた男に、またいやみを言われて追い出されるに決まってる。

マモは道路を横切り、日差しをさえぎってくれる塀に寄りかかって、あの少年が現れるのを待った。

少年はまもなく、足を引きずりながら、家の裏からもどってきた。マモは店の入り口近くに人影が見えないか目を凝らしたが、遠すぎてわからない。

マモはかけ出して道路を横切り、少年の前で立ち止まった。

「ティグストは？」

おどろいたことに、少年は親しげな笑顔を向けてきた。

「いないよ。出ていったから。ボーイフレンドといっしょに」

「ティグストがどうしたって？」

マモはがっかりした。ティグストと今度はぐれたら、もう一巻の終わりだ。

「でもきみが来たら、伝えてほしいって言ってた。ここで働くのはやめたって。いやらしいやつがいるからね、ここには。あいつ……」若者《わかもの》は店をふり返りながら、声をひそめて言った。「あのボス。あいつ、きみの姉ちゃんにつきまとってさ。ティグストはいやがってるのに。そこにボーイフレンドが現れて、怒《おこ》ったのなんの。おとなしそうに見えたけど。きみに見せたかったよ。それで、ボーイフレンドがティグストに、荷物をまとめるように言って、二人で出ていった」

「だれだろう？　ボーイフレンドなんていなかったけど」

「ヤコブって名前。アワッサで出会ったんだって。こっちに帰ってからも、ティグストったら、ヤコブのことばっか考えてたみたいだぜ」

「ティグストは、そのボーイフレンドと暮らすつもりかなあ？」マモは何が起きたのか理解しようと、いっしょうけんめいだった。

「そういうこと。今言ったろ。二人は結婚《けっこん》するのさ。とにかくボスにはそう言ってた。いい人だね、きみの姉さん。出ていく時、何したと思う？　ためてた中から、このおれに五ブルくれたんだよ。たまげちゃった。今、デブレゼイト通りに住んでる。きみにそう伝えてくれって。線路をわたって、まっすぐ行くと、シェルのガソリンスタンドがある。その向かいの店だって。水道の蛇口とか電球とか、そんなものを売ってる店」

デブレゼイト通りにあるシェルのガソリンスタンドまでは、とても遠かった。長い坂道を半分くらいくだったところで、それらしいものが見えてきた時には、足にマメができていた。腹ぺこで、喉《のど》もからから。それに心配だった。あの少年がうそをついていたらどうしよう。ちがう道を教えてくれたのかもしれない。悪ふざけで迷子《まいご》にさせられたのだとしたら、どうしよう。またもやがっかりする結果になったら、いったいどうすればいいんだろう。

不安でたまらなくなって、マメができているというのに、ガソリンスタンドまでの最後の道のりを走った。道路の反対側を見ると、すぐに店が見つかった。少なくとも、それらしい店が見えた。できたばかりの新しい店のようだ。金属のパイプや針金《はりがね》の束《たば》、ゴムのチューブなどがショーウィンドウに飾《かざ》ってある。

マモはためらった。この店、近代的でスマートすぎる。こんなきちんとした専門店《せんもんてん》なんて、ティグストのボーイフレンドらしくない。

もしかして、からかわれたんだろうか。それで、こんな遠くまで来てしまったのだとしたら、あの少年をぶっ殺してやる。本気だからな。

マモは、ガタガタと通り過ぎるトラックやバスをじょうずにかわして道路をわたり、勇気をふるい起こして、開けてあるドアから店の中に入った。

清潔《せいけつ》で、ぴかぴかで、きれいに整頓《せいとん》されている。カウンターのむこうに、顔に疱瘡《ほうそう》のあとがある大きな男が立っていた。山になった電線をほぐしているところだ。

「いらっしゃい」男が愛想《あいそ》よく言った。

マモはのどをゴクリとさせた。

「姉ちゃんを探しに来た。ここにいるって聞いたから。ティグストっていうんだけど」

男はたちまち笑顔になった。

「マモなのかい、きみが？」

おどろいたのと、ほっとしたのとで、マモはドキドキした。

「そうだけど。姉ちゃんはいる？」

「ちょっと待って。今、連れてくる」

ヤコブはカウンターの奥《おく》のドアから出ていき、小声でぼそぼそ言っている。すると、喜びの声を上げながら、ティグストが走り出てきた。

「まあ、マモ、どこにいたのよお！」ティグストがさけんだ。「ことづけを聞いたかどうかもわからないから」

マモは背中をしゃんとのばしてティグストに笑顔を向けた。

ティグストはカウンターの板をはね上げ、マモを引っぱって、店の奥にある部屋に連れていった。

「見て」ティグストが言った。「何もかも見せたくて、うずうずしちゃう。すてきな家でしょう？　ヤコブはね」ティグストは、はずかしそうにちょっと笑って首をふった。「あたしの夫になったの。ヤコブと彼《かれ》の従兄が、いっしょにこの店をやってるのよ。二人には、あんたのこと、なにもかも話してあるからね。二人とも、あんたを売りとばした男のこと、信じられない悪党《あくとう》だって言ってたわ。ヤコブはね、あんたもここに住めばいいって言ってくれてるの。販売《はんばい》を手伝えるし。これを見て、マモ。ここで、料理をするのよ。ここに、あんたの寝《ね》る場所をつくってあげる。それとも店の方がいいかしら。販売にはすぐ慣れるわ。物を売るのははじめてだろうけど、ヤコブが教えてくれるからだいじょうぶ。彼ってすごいのよ。彼ね……」

マモは最後の方は聞いていなかった。部屋の真ん中に立ち、ガスバーナーの上の鍋《なべ》からただよってくるタマネギのにおいを嗅《か》いでいた。つい今しがたまで、ティグストが炒《いた》めていたタマネギは、母ちゃんがつくってくれたタマネギ炒めと、そっくり同じにおいがする。ずっとずっとむかし、町の反対側の路地の、古い掘《ほ》っ立《た》て小屋《ごや》で嗅《か》いだにおい。

自分の家にいるみたいだ。マモは、まだおどろきがさめやらない。まるで自分の家に帰ったみたい。

19

三か月がたった。〝大雨期〟が過ぎ、アディスアベバの大気はひんやりすずしくなっていた。町を取り囲む丘《おか》の裾野《すその》は、生え出たばかりの緑の草でおおわれている。

「したくはできてるの？」ルースが、ダニの部屋のドアに首をつっこんで言った。

ダニはベッドのそばに立ち、バッグに何かをつめている。

「したく？」ダニはおどろいて目を上げた。「なんの？」

「プールに行くのよ、もちろん」ルースが言った。「日曜日ですもの。忘《わす》れていたの？」

「ごめんなさい、ママ」ダニが言った。「でも、ぼくは行かない。水泳は苦手だから。それに、いっしょに行きたい友だちは、だれも行かないし」

アト・パウロスがルースの肩越《かたご》しに顔を出した。

「じゃあ、今日の午後は、何をしようか？」

「ぼくは出かける」ダニがそっけなく言った。

「外出するのか？」

「うん。友だちに会いに行く」

「相手はだれだ、聞きたいな……」

「パパの知らない友だち」目を上げると、アト・パウロスの目とぶつかった。

「友だちに会うのは別の日にするんだな」アト・パウロスがかんしゃくを起こしかけた。「テニスをする時、四人いないと困《こま》るんだ。コートでは、おまえはあまり役に立たんけど。おまえのバックハンドときたら……」

「ぼくは行けない」ダニが言った。前と同じように喉《のど》がしめつけられたが、今はパパの目をしっかり見ている。「言ったでしょ。友だちと会うんだよ。約束《やくそく》してるから」

「なら、電話しなさい。先に延《の》ばしてもらえ」

「いやだ」ダニが言った。

アト・パウロスがお説教をしてやろうという顔になった、ちょうどその時、ダニが荷物をつめているバッグに視線《しせん》が行き、アト・パウロスは顔色を変えた。

「ダニエル、いったい何を……」

ダニはドアに向かった。

「午後はいないから」ダニはしんぼう強く言った。「会う約束をしてるんだ。暗くなる前に帰る。じゃあ、行ってくる」

ダニは両親の目の前でドアを静かに閉《し》めた。

マモはケーキ屋さんの前で待っていた。数か月前に、二人がはじめて、ちらっと会った場所だ。マモは新品に近いスウェットシャツを着て、足には靴《くつ》をはいている。ダニがやってくると、マモはちょっとはずかしそうな笑顔を浮《う》かべた。

「何が入ってんの？」マモはダニが肩《かた》にかけているバッグを見て聞いた。「まさか、また家出してきたんじゃないよね」

「ちがうってば」ダニは店の中にずんずん入っていく。「来いよ。あとで話すからさ」

二人は、色とりどりのキャンディーに囲まれながら、カウンターの上に並《なら》んだケーキを、どれにしようか、たっぷり時間をかけて選んだ。やがてダニが支払《しはら》いをすませ、二人ですみのテーブルに腰《こし》をおろした。目の前にはコーラのボトルと、お皿いっぱいに並んだケーキが置いてある。

マモは椅子《いす》にあさく掛《か》け、日曜日の午後の、客でにぎわう店の中を見回した。

「こんな店に、ほんとに入れるなんて、考えたこともなかった」マモが言った。

ダニは照れくさかった。マモがくつろげずにいるのがわかる。ケーキ屋さんを待ち合わせ場所にしたのは、まずかったかもしれない。

店から暑い日差しの中に出ると、二人ともほっとした。

「じゃあ、うまくいってるんだね？」マモが言った。「学校もほかのことも？」

ダニはしかめ面《つら》をした。

「まあね。同じ学年をもういっぺん、やってるんだ。まあまあかな」

「父ちゃんは、相変わらずきびしいの？」

「きびしいけど」ダニが笑いながら言った。「また家出するよって言うと、すごすご引っこんでくれる。いつも、効果《こうか》てきめん」

「でも、まさか、やんないよね、二度目の家出？」

「うん、やんない」ダニは身ぶるいした。「でもさ、パパにはないしょ」

二人はだまって歩いた。相談しなくても、足が向くのは、住み慣れたみんなの居場所《いばしょ》だ。

「きみはどうなの？」ダニが聞いた。「うまくいってる？　何週間も会わなかったけど。ぼくがお店に寄《よ》った時、きみの姉ちゃん、つんけんした感じだったよ」

「うん、そう。姉ちゃんね、赤ちゃんが生まれるんだ。だから気持ち悪いんだって。それでヤコブまで大さわぎしちゃって、まるで自分が赤ちゃん生むみたい」

「ワーオ！」ダニが感動して言った。「じゃあ、きみ、おじさんになるんじゃん」

「今にね。イースターが過ぎたら。それまでに、字が読めるようにするんだ。ヤコブが、夜の学校に行けるように、お金はらってくれた」

マモはダニが感心してるかなと、横目でうかがった。

「気に入ってるの？　夜の学校？」

「たいして。だって勉強、すっごく、むずかしいんだもん」

「そうなんだよね」ダニがしみじみ言った。

二人は、みんなの居場所の近くまで来ていた。古い道が十字路になった角の、歩道の奥《おく》の小さな地面。いつも寄りかかって寝《ね》ていた塀《へい》。二人とも、知りつくしている場所なのに、なんだか別の世界の、めずらしいものを見ているような気がした。

「ここには、いないね」ダニは、みんながいなくてほっとしているのか、がっかりしているのか、自分でもわからなかった。

「いつもここで寝るのはやめたんだよ」マモが言った。「ミリオンがもっといいとこ探《さが》してたもん。駅の近く。そのうちもどってくるかも。持ち物が置いてあるか、見てみようぜ」

二人は塀がくぼんでいるところまで歩いていった。寝る時に使うものを、昼間はここに隠《かく》すことになっているのだ。古びた毛布と、見る影《かげ》もないほどひしゃげたダニのバッグが、きちんと積み重ねてあった。その上で、鼻をひくひくさせながら、小さな雑種犬《ざっしゅけん》が眠《ねむ》っている。

「スーリ！」マモが大きな声で呼《よ》んだ。

そのとたん、スーリは目を覚《さ》まし、立ち上がって、マモに飛びついた。大喜びで鼻を鳴らし、鳴き立てた。

マモはしゃがんで、スーリをなでまわした。

「よしよし、スーリ。会いたかったよ、ずっと」マモが小声で言った。

「きみ、姉ちゃんのとこに連れてったんだとばっか思ってた」ダニが、おどろいて言った。

「ティグストがいやがるんだもん」マモは、スーリが喜ぶ顎《あご》の下をかいてやった。「犬はこわいから、いやなんだって。だから、またここに連れてきて、ミリオンにあずけた。でも、ちゃんと世話してくれてるね。ほんとはスーリの様子が見たくて、ミリオンに会いに来たんだ。スーリが元気なのがわかってよかった」

ダニはバッグをおろし、マモの横にすわって、スーリの耳を引っぱった。スーリはその手をぺろっとなめたが、すぐマモに、愛情いっぱいの目をもどした。

「まだ話してくんないね」マモがようやく言った。「バッグの中身」

ダニはジッパーを開けた。

「みんなに、また持ってきたんだ。服だろ、シューズの新しい靴だろ。お金もある、少しだけど。パパがこれ以上、くれないから。でも、また持って帰らなくちゃ。みんないないいんだもん」

「持って帰らなくてだいじょうぶ」マモが言った。「毛布のとこに置いといたら。スーリが番してくれるから。こんな時間だもん、みんなすぐにもどってくるさ」

ダニは毛布と毛布の間に、プレゼントを隠した。マモはスーリをもう一度なでて、立ち上がった。

「待て、スーリ。見張れ」マモが言った。

スーリは鼻を鳴らしながら、しぶしぶ毛布の山の上にもどって伏《ふ》せた。首をかしげ、マモの仕草を注意深く見つめている。

二人の後ろでは、信号が赤くなり、自動車の列が速度を落として止まろうとしていた。すると、ぼろぼろの服を着た子どもが二人、どこからともなく出てきた。自動車から自動車へと走り回りながら、小さな手で閉《し》まった窓《まど》をたたいている。

「父ちゃんいない、母ちゃんいない」二人が口々にさけんでいる。「おなかぺこぺこ。胃袋《いぶくろ》からっぽ」

子どもたちがダニを見つけた。高そうな服や腕時計《うでどけい》に気づき、ダニめがけてかけてきた。

「父ちゃんいな――」と言いながら、一人の子がダニの袖《そで》を引っぱった。

「おまえのジョヴィロ、だれ？」マモが割《わ》りこんで聞いた。

男の子が、まんまるな目をした。

「ジョヴィロはだれ？」

「ミリオン」小さい男の子が、すごいでしょ、と言わんばかりに前に出た。「みんな、ミリオンといっしょにいるんだ」

「毛布のとこ、注意しといてね」マモが言った。「ミリオンへのプレゼントが置いてあるから。スーリが番してるけど」

「だれ、おまえら？」年上の子が、怪《あや》しんで眉《まゆ》をひそめた。

「ミリオンに聞けばわかるよ」マモが言った。「ミリオンに、よろしく」

マモはダニに、にやっとしてみせた。

「もう帰んなくちゃ」マモが言った。

「ぼくも」とダニ。

二人は、あらたまった顔で握手《あくしゅ》をした。ダニがマモの肩《かた》を軽くたたいた。マモはダニの背中《せなか》をポンと押《お》した。

「じゃあ、またね」ダニが言った。

「うん」マモはくるりと背を向けると、口笛を吹《ふ》きながら、きびきびした足取りで帰っていった。

著者あとがき

私は、アディスアベバの路上で暮《く》らしている大勢の少年と（何人かの少女とも）親しくつき合ってきました。その中でも特に、一人の少年が助けてくれたおかげで、この物語を書くことができました。その少年が、読者のみなさんへのメッセージを託《たく》してきたので、ここに紹介《しょうかい》します。

大勢の人がこの本を読むと思うので、家出をしたいと思っている子どもたちに言っておきたいことがあります。きみたちは、路上で暮らすのは楽チンで、わくわくするような楽しいことだと思っているかもしれません。でも、はっきり言って、それはぜんぜんちがいます。だから家出をする前に、今の生活についてよく考えてください。そして今の生活に満足してください。

でも、もしきみが、もう路上で暮らしているのなら、勇気を出さなければなりません。きっとおなかをすかせ、寒さにふるえていることでしょう。でもいつか、神さまがきみにもチャンスをくださいます。だからそれまで、がまんしてください。路上で暮らすのは、とてもつらいことです。悲しくてたまらなくなることもあるでしょう。でも、時には楽しいことだってあります。だから言っておきますが、けっして自殺しようなんて思わないでください。死のうとしてはいけません。神さまは、そのうちいつか、きみにも力を貸してくださいます。

感謝《かんしゃ》をこめて、ぼくの物語を終わります。

訳者あとがき

本書の著者、エリザベス・レアードは、困難《こんなん》にめげず健気《けなげ》に生きている世界各地の子どもたちを、次々に紹介《しょうかい》しています。パレスチナの少年たちを取り上げた『ぼくたちの砦《とりで》』に続き、今回は、エチオピアの首都アディスアベバの路上で暮《く》らす少年たちの物語です。

母ちゃんが死んだとたん、遠い農家に売り飛ばされ、こき使われ、命からがらアディスまで戻《もど》ってきたマモ。裕福《ゆうふく》な家で何不自由なく暮らしているのにパパがこわくて家出したダニ。偶然《ぐうぜん》、墓地《ぼち》で一夜を共にした、この二人の少年が、その後もストリート・チルドレンとして、いっしょに生きていく物語です。

二人は、ギャングの仲間になります。ギャングといっても、映画《えいが》で見るようなドンパチやらかす恐《おそ》ろしい集団ではありません。マモとダニが加わったギャングは、どんなに苦しくても「決して盗《ぬす》みをしない」ことを、かたく誓《ちか》い合《あ》った少年仲間なのです。リーダーのミリオンは、みんなから慕《した》われています。てきぱきと決断をくだして、みんなを引っぱっていくたのもしいお兄さん。そのミリオンと小さいころからいっしょにいるバッファローは、かんしゃく持ちで少しこわい存在《そんざい》。マモと顔なじみだったゲタチューは、苦労を重ねてきただけあって、たくましい元気者。どこか上《うわ》の空《そら》で、自分の殻《から》に閉《と》じこもっていることが多いシューズ。そして、まだ幼《おさな》くて可愛いカラテ。これがギャング仲間の面々です。

少年たちは、それぞれに個性《こせい》たっぷりで自我《じが》も強いので、新入りのマモとダニは苦労します。そのマモとダニにしても、育った境遇《きょうぐう》があまりにもちがうので、なかなか分かり合えません。でも、いろいろな出来事をくぐり抜けるうち、二人はかけがえのない友だちになっていきます。それればかりかギャングの面々も、兄弟のような大切な存在になります。苦しいことや悲しいことだらけの毎日ですが、子どもらしい工夫をしながら、たくましく生きていく少年たち。マモを売り飛ばしたメルガを見つけて、みんなでやっつけるところは、少年たちといっしょに「やったー！」と手をたたいてしまうシーンです。

ところで、エリザベス・レアードは今回も、アディスアベバで暮らしているストリート・チルドレンや元ストリート・チルドレンから、たくさんの話を聞き出しました。そうして集めた実話をつなぎ合わせて、ひとつの物語にしたのが本書です。きっとマモのように、悪い大人に売り飛ばされ、奴隷《どれい》のような生活を強いられたあげく、自分で自分の命を絶《た》とうとした少年がいたのでしょう。ダニのように、裕福な家庭に育ちながらも、やむにやまれない事情があって家出した少年や、仲間同士、助け合いながら苦しい生活に耐《た》え、やがて落ち着いた暮らしを手に入れた少年も実在したのでしょう。「著者《ちょしゃ》あとがき」では、そういう少年のひとりがストリート・チルドレンに宛《あ》てた、「けっして自殺しようなんて思わないでください……神さまは、そのうちいつか、きみにも力を貸してくださいます」というメッセージを紹介しています。ストリート・チルドレンであれ、両親のもとで豊かな暮らしをしている子であれ、マモやダニの苦しみや悲しみを知れば、命はかけがえのないもの、大切にしなければならないものだとわかるでしょう。生きていく力が沸《わ》いてくると思います。

　エリザベス・レアードの文章を読んでいると、登場するする少年たちが本からするする抜け出して、目の前で生き生きと躍動《やくどう》しはじめるような気がします。そういう原文を少しでも生かせればと思いながら進めた翻訳《ほんやく》は、楽しい作業でした。ただ、ひとつだけ、とても困った問題にぶつかりました。少年たちは、ある日、ゴミの山に出かけ、食べられるものや使えそうなものを探《さが》します。新入りのマモも見よう見まねで加わりますが、偶然、エチオピアの国旗のような色の帽子《ぼうし》を見つけ、ミリオンに差し出します。ミリオンはその帽子がすっかり気に入って、マモに「ガーベージ・キング」というニックネームをつけてくれました。マモは、「ちょっと生意気で、ちょっと強そう」な名前だと得意になるのですが、「ガーベージ・キング」を直訳すると「ゴミの王さま」となってしまいます。生意気で強そうには思えません。しかも原書では、「ガーベージ・キング（The Garbage King）」が、そのまま本のタイトルにもなっているのです。「ガーベージ・キング」なら強そうだし、本のタイトルにもなりそう。でも「ガーベージ」という聞き慣れない言葉は使いたくない。だからといって「ゴミの王さま」では、ニックネームらしくないし、「ゴミ……」というタイトルには抵抗《ていこう》があり、本当に困りました。「ガーベージ」と「ゴミ」と「王さま」が頭の中をぐるぐるまわり続けました。迷《まよ》いに迷ったあげく、評論社編集部にアイディアを出していただき、ニックネームの方は「がらくたキング《ガーベージ・キング》」に、本のタイトルはすっきりと『路上のヒーローたち』に決めました。

マモが「がらくたキング」という日本語のニックネームを「ちょっと生意気で、ちょっと強そう」と思ってくれますように。そして日本の子どもたちも大人のみなさんも、『路上のヒーローたち』というタイトルを見て、「これは面白そうな本だ！」と手に取り、はらはらしながら、時には涙《なみだ》しながら読んでくださいますように。そして何より、今も路上で暮らしている子どもたちに、どうか落ち着いた明るい未来が開けますように、切に祈《いの》ってやみません。

石谷　尚子

二〇〇八年夏

著者：エリザベス・レアード Elizabeth Laird
イギリスの作家。多くの話題作を発表している。マレーシアで教師生活を送り、夫の仕事の関係でエチオピアやレバノンにも長期滞在した。パレスチナの子どもたちを描いた『ぼくたちの砦』は、第53回青少年読書感想文全国コンクールの課題図書になった。ほかの邦訳作品に『ひみつの友だち』(徳間書店)、『今、ぼくに必要なもの』(ピエブックス)などがある。この2作は、共にカーネギー賞の候補作になっている。

訳者：石谷尚子 Hisako Ishitani
東京生まれ。上智大学文学部英文学科卒業。翻訳家。主な訳書に、アブラハム・J・ヘシェル著『イスラエル　永遠のこだま』(ミルトス)、J・バンキン／J・ウェイレン著『超陰謀60の真実』(徳間書店)、石谷敬太編『ママ・カクマ―自由へのはるかな旅』『ぼくたちの砦』(いずれも評論社) などがある。

路上のヒーローたち
二〇〇八年八月三〇日　初版発行
二〇一〇年九月三〇日　三刷発行

●著者　エリザベス・レアード
●訳者　石谷尚子
●装幀　水野哲也
●発行者　竹下晴信
●発行所　株式会社評論社
〒162-0815　東京都新宿区筑土八幡町二-二一
電話　営業〇三-三二六〇-九四〇九
編集〇三-三二六〇-九四〇三
●印刷所　凸版印刷株式会社
●製本所　凸版印刷株式会社
落丁・乱丁本は本社にておとりかえいたします。

ISBN978-4-566-02405-2　NDC933　384p.　188mm×128mm
http://www.hyoronsha.co.jp

評論社のヤングアダルト傑作選

ぼくたちの砦

第53回青少年読書感想文全国コンクール課題図書

エリザベス・レアード 作
石谷尚子 訳

イスラエル占領下のパレスチナ。瓦礫の山を片づけてつくったサッカー場が、ぼくたちの〝砦〟！　いつか自由を、と願いながら明るく生きる少年たちの物語。

328ページ

兵士ピースフル

第54回青少年読書感想文全国コンクール課題図書

マイケル・モーパーゴ 作
佐藤見果夢 訳

いつでもぼくは、兄のチャーリーといっしょだった。故郷の村でも、そして戦場でも……。第一次世界大戦時のある兄弟の運命を描く、胸を打つ物語。

232ページ

ウルフィーからの手紙

パティ・シャーロック 作
滝沢岩雄 訳

ベトナム戦争時のアメリカ。マーク少年は、愛犬ウルフィーを軍用犬として差し出すことに決めた。やがて、ウルフィーの名前で手紙が届き始めて……。

352ページ

チューリップ・タッチ

アン・ファイン 作
灰島かり 訳

あたしはチューリップに会って、そして離れられなくなった。二人して友だちを傷つけ、大人たちをからかった……。現代の少女の心の闇を描きつくす問題作！

232ページ